비행청소년
04

Goldbach's Conjecture

그가 미친 단 하나의 문제, 골드바흐의 추측

아포스톨로스 독시아디스 | 지음

정회성 | 옮김

풀빛

Goldbach's Conjecture

그가 미친 단 하나의 문제,

골드바흐의 추측

•

아이스킬로스는 잊힐지라도 아르키메데스는 영원히 기억될 것이다.
왜냐하면 언어는 소멸하지만 수학적 사고는 불멸하기 때문이다.
어쩌면 '불멸'이라는 말이 가당찮게 들릴지도 모르겠다.
그러나 그 말이 무엇을 의미하든 수학자야말로 불멸할 가망성이 가장 높을 것이다.

– G. H. 하디, 《어느 수학자의 변명》에서

Archimedes will be remembered when Aeschylus is forgotten,
because languages die and mathematical ideas do not.
'Immortality' may be a silly word,
but probably a mathematician has the best chance of whatever it may mean.

– G. H. HARDY, *A Mathematician's Apology*

•

먼저 이 원고의 수정본을 꼼꼼히 읽고 수없이 많은 오류를 바로잡아 주신
켄 리벳 교수님과 케이스 콘라드 교수님께 진심으로 감사드린다.
또한 여러 의문점에 명쾌한 해답을 주신 케빈 버자드 박사님께도
심심한 감사를 드린다. 이분들의 도움에도 불구하고 이 책에 수학적 오류가 있다면,
이는 전적으로 본인의 무지에 기인함을 밝혀 두고 싶다.
끝으로 단어 선정과 편집에 소중한 조언을 아끼지 않은
누이동생 칼리 독시아디스에게도 이 자리를 빌려 고마움을 전한다.

아포스톨로스 독시아디스

열정이 있기에, 도전할 수 있기에 아름다워라

대학에 들어가고 얼마 있지 않아 과 동기였던 친구가 내게 참으로 맹랑한 명제를 제시했다. 그는 내게 "2보다 큰 모든 짝수는 두 소수의 합으로 나타낼 수 있다."고 했지만 나는 반례反例가 반드시 있을 것이라 생각했다. 그 친구는 명제를 툭 던지고 어디론가 사라졌고, 나는 그 명제가 참이 아닐 것이라 생각하며 4=2+2, 6=3+3, 8=3+5, …… 같은 수식들을 써 가면서 하루를 보냈다. 정말이지 그때는 그 문제가 수학사에서 그리도 유명한 문제인지는 꿈에도 몰랐다. 내가 그 문제를 접한 당시만 해도 인터넷이라는 단어조차 사용되지 않았고 수학 교양서적 또한 풍부하지 않았다. 시골에 살던 내가 얻을 수 있는 정보는 교과서와 TV, 오래된 백과사전뿐이었으니 '골드바흐의 추측'을 대학에 들어와서야 접한다는 것은 놀라운 일도 아니었다.

나의 하루를 온전히 훔쳐 버린 이 문제는 그때까지 내가 접했던 수학 문제들, 곧 어렵긴 해도 답과 모범 답안이 있는 문제들과는 완전히 성격이 달랐다. 첫째는 누구라도 말할 수 있는 사실처럼 느껴졌다. 이 문제에 사용된 것이라곤

2보다 큰 짝수, 두 소수, 합뿐이나. 짝수, 소수, 덧셈 같은 수학의 가장 기본적인 개념들만 사용해 누구라도 한번에 명제의 내용이 무엇인지 알 수 있었다. 둘째는 답이 있는지 없는지 몰랐다. 친구는 내게 추측이라는 말을 사용하지 않고 "2보다 큰 모든 짝수는 두 소수의 합으로 나타낼 수 있다."라고 단정적으로 말했지만, 나는 반례가 있을 것처럼 여겨졌다. 참과 거짓 어느 편에 서서 문제를 해결해야 할지 몰라 난감했다. 물론 지금에야 이와 같은 문제가 참으로 많다는 사실을 알지만 그때는 정말 당혹스러웠다. 다행인지 불행인지 도서관에서 우연히 골드바흐의 추측에 관한 자료를 읽게 되어 나의 고민은 하루 만에 끝났다. 만약 도서관에서 자료를 찾지 못했다면 이 책의 주인공처럼 3개월이란 시간 동안 문제를 해결하기 위해 씨름했을까? 지금에 와서 돌이켜 보면 골드바흐의 추측을 몰랐더라도 짧은 시간에 그 문제를 잊고 살았을 것 같다는 생각이 든다. 어쨌든 골드바흐의 추측은 나의 대학 생활 초기에 강한 인상을 남겼으나 서서히 잊혀 갔다.

수학 교사가 되기 위해서, 또는 수학자가 되기 위해 수년간 공부하며 파란만장했던 수학자들의 삶을 접할 수 있었다. 인류 역사에 남을 만한 위대한 발견을 한 수학자들, 짧고 굵은 삶을 살았던 천재 수학자들. 그들의 삶은 수학 책에 남아 있는 그들의 이론만큼이나 흥미진진하고 때론 존경스러웠다. 진리를 탐구하고자 무한한 열정을 바쳤던, 모든 이가 당연시 여기던 사실에 의문을 품고 진리를 발견해 냈던 그들의 삶은 경외스러울 정도다.

반면 보통의 사람들이 느끼는 수학자들의 삶이란 어떠한가? 나를 처음 만나는 이들은 내가 수학 교사라는 말을 듣는 순간 눈앞에 서 있는 나는 어디론가 치워 놓고 자신의 고등학교 시절 고통스럽던 수학 수업 시간을 떠올린다. 또한 곧바로 나를 책상에 처박혀 아무도 관심이 없는 문제에 몰두해 있는 사람, 아무도 이해 못하는 말들을 중얼거리며 복잡한 계산을 하는 사람, 원리 원칙을 중시하는 고집불통인 사람으로 간주하곤 한다. 때론 한발 더 나아가 나에게 1+1=2임을 증명해 보라고 주문하곤 한다. 그때마다 나는 속으로 수없이 외쳐댔다. "수학자들이란 그런 사람이 아니에요. 수학자들은 누구보다도 가슴이 뜨거운 사람입니다. 자연을 느끼고 사람을 사랑하며 타인과 함께하는 삶을 즐기는 사람. 누구보다 순수하고 진리에 대한 열정과 탐구 의지가 강한 그런 사람이에요. 수학자들은 엄격하지만 자유로운 영혼의 소유자예요. 1+1이 2가 아닐 수도 있지요."라고.

올림픽 금메달리스트들이 피땀을 흘리며 훈련하는 모습('과연 인간이 저토록 혹독하게 훈련을 해야 하는가'라는 의문이 들 정도로 혹독한 훈련)에 감동을 느끼는 사람들이 왜 세상의 숨어 있는 진리를 찾기 위해 세상의 모든 유혹에 넘어가지 않고 몰입하는 수학자들에게서는 감동을 느끼지 못하는 걸까. 올림픽 금메달리스트의 영광 뒤에 숨어 있는 노력과 고통의 크기는 짐작하기 어렵지만, 수학을 공부하며 책과 현실에서 눈과 가슴으로 수학자들의 삶을 느낀 나로서는 수학자들의 노력과 고통이 금메달리스트에 못지않을 거라 생각한다.

교사로서 영재 학생들을 가르칠 영광스런 기회를 가졌고, 그 아이들을 가르치며 나의 생각은 더욱 확고해졌다. 그들은 문제를 해결하기 위해 정말로 올림픽 금메달리스트 못지않은 노력을 기울이며 치열하게 살아간다. 그들은 문제를 해결했을 때 말로 표현할 수 없는 성취감을 느끼며, 진리에 좀 더 다가가기 위해 어떤 어려움도 마다하지 않는다.

나는 보통 사람들이 수학자들을 오해하는 이유 중 하나는 수학자들의 삶을 제대로 모르기 때문이 아닐까 생각한다. 그런 면에서 본다면 골드바흐의 추측을 증명하고자 일생을 바쳤던 페트로스 삼촌의 이야기를 다룬 이 소설은 한 인간으로서의 수학자의 모습을 잘 묘사하고 있다. 작가 스스로 수학자 곁에서 수학자를 이해해 가며 우리가 수학을 어떻게 대해야 하는지, 수학자가 된다는 것은 무엇인지, 수학자가 되기 위해 어떤 노력해야 기울여야 하는지, 수학자의 열정과 고뇌에 대해 사실적이고 흥미진진하게 보여 준다.

이 책은 수학자를 꿈꾸는 청소년뿐만 아니라 일반인에게도 잔잔한 감동을 불러일으킨다. 수학에 흥미를 느끼거나 수학자가 되려는 꿈을 가진 청소년이라면 이 책을 읽으며 심오한 수학의 세계를 경험할 것이며, 수학의 진정한 매력에 흠뻑 빠져들 것이다. 또한 '수학'이라는 단어만 들어도 고개를 흔들던 사람에게도 수학의 새로운 모습을 발견하는 기회를 마련해 줄 것이다.

이 책이 지닌 매력은 한 수학자가 사랑과 가족마저 뒤로한 채 온 삶을 바쳐 이루고자 했던 수학을 향한 끝없는 열정과 집념을 통해 우리 모두에게 '이루고자 하는 바가 있다면 주저하지 말고 자신이 가진 모든 것을 쏟아부어 보라'고 소리 없이 외치는 데 있지 않을까.

주인공 페트로스 파파크리스토스는 '그가 미친 단 하나의 문제, 골드바흐의 추측'을 세상 앞에 증명하는 데 결국 실패했지만, 이 책을 읽으며 그의 행보를 따라가 본 독자라면 그에게 결코 실패했다고 말하지 않을 것이다. 설령 페트로스 자신은 "수학에서는 은메달이란 없어. 2등을 위한 자리는 존재하지 않아." 라고 선언했을지언정 그가 보여 준 수학에 대한 애정과 무서울 만큼 강한 집념은 1등만이 최고가 아님을, 그것만이 성공은 아님을 역설적으로 입증해 준다.

지금까지도 증명하지 못한 채 남아 있기에 흥미로운 주제 '골드바흐의 추측'을 중심에 놓고, 20세기 최고의 수학자들과 얽히고설킨 수학적 교류를 하는 가상의 인물 페트로스 파파크리스토스를 주인공으로 설정한 이 책은 치밀한 구성과 짜임새 있는 스토리만으로 단숨에 독자를 사로잡는다. 하지만 수학을 공부했고, 수학을 가르치는 내가 이 책을 독자에게 추천하는 이유는 단지 '흥미로운 수학 소설'이라는 사실 때문만이 아니다. 수학이 결국 인생이 되었던 주인공의 삶이 우리네 삶과 맞닿아 있고, 자신의 인생을 걸 만큼 열정을 쏟아부을 대상을 선택하지만 그 선택으로 인해 아파하고 좌절하는 우리에게 이 책은 그 자체가 얼마나 의미 있는 일인지 깨닫게 해 주기 때문이다. 그것이 수학이라는 학문의 진정성, 순수성과 맞아떨어졌기에 수학은 어쩌면 독자의 인생에 말 거는 다리 같은 것일지 모른다.

이 책을 꼭 읽어 보라고 권하고 싶다. 목표를 세우고 그 꿈을 이루기 위해 끊임없이 경주하는 사람이라면, 그 끝을 상상하기보다는 그곳까지 이르는 길에 온 힘을 기울여 보라고. 또 별다른 꿈이 없다고 희망을 잃은 채 주저앉은 사람이라면, 내면에서 움트고 있을지도 모를 열정을 발견하고 조용히 그 불씨를 지펴 보라고. 빠져들 수밖에 없는 우리의 주인공 페트로스 파파크리스토스가 그랬던 것처럼!

서울과학고등학교 수학 교사

최홍원

골드바흐의 추측 Goldbach's Conjecture

수학자들의 광범위하고 집중적인 노력에도 불구하고 수론에는 결코 증명되거나 반증되지 않는 유명한 가설이 많이 존재한다. '골드바흐의 추측'도 이에 속하는 것으로 현재까지 증명되지 않고 있다.

1742년 러시아에 초빙되어 있던 크리스티안 골드바흐는 이런저런 계산을 하던 중 '모든 짝수는 소수 두 개의 합'으로 표현될 수 있다는 사실을 알게 되었다. 예를 들어 4=2+2, 6=3+3, 8=3+5, 10=5+5, 12=5+7, 50=19+31 등과 같은 합으로 만들 수 있었던 것이다. 골드바흐는 여기에 대한 의견을 구하기 위해 당시 스위스 최고의 수학자였던 레온하르트 오일러에게 편지를 보내 이것이 일반적인 성질인지를 물어보았다.

골드바흐의 편지를 받고 그 내용에 흥미를 느낀 오일러는 1742년 6월 7일, 골드바흐가 말한 명제를 다음과 같이 두 개로 나누어서 정리했다.

① 2보다 큰 모든 짝수는 두 소수의 합으로 나타낼 수 있다.

② 5보다 큰 모든 홀수는 세 소수의 합으로 나타낼 수 있다.

오늘날 우리가 '골드바흐의 추측'이라고 일컫는 것은 바로 첫 번째 명제다. 그리고 두 번째 명제는 '골드바흐의 두 번째 추측' 또는 '골드바흐의 또 다른 추측'이라고 알려져 있다. 오일러는 골드바흐의 추측이 옳다고 확신했다. 하지만 안타깝게도 증명하는 데는 실패했다.

두 번째 명제는 1937년에 러시아의 정수론자 이반 비노그라도프가 증명하는 데 성공했다. 한편 첫 번째 명제에 대한 증명에서 가장 최근에 괄목할 만한 성과를 남긴 사람은 중국의 수학자 첸 징런으로, 그는 2보다 큰 모든 짝수는 하나의 소수와 두 개의 인수를 갖는 합성수의 합으로 나타낼 수 있다는 것을 증명했다.

1998년에 슈퍼컴퓨터로 400조까지는 이 추측이 참이라는 것이 증명되었고, 어느 누구도 골드바흐의 추측에서 어긋나는 짝수를 찾아내지 못했지만, 그렇다고 해서 골드바흐의 추측이 완벽하게 증명된 것은 아니다. 수학에서는 아무리 예가 많은 명제일지라도 증명할 수 없으면 참된 명제일 수 없기 때문이다.

골드바흐의 추측은, 겉보기에는 매우 단순해 보이지만 소수의 문제가 수의 구조와 깊은 관련을 맺고 있음을 시사해 준다.

차례

1

삼촌의 속임수

어느 집안에든 골칫덩어리가 한 명쯤은 있게 마련이다. 우리 집안에서는 페트로스 삼촌이 바로 그런 사람이었다.

아버지와 아나기로스 삼촌은 그의 동생들이다. 이 둘은 형에 대한 자신들의 생각이 유전인자처럼 나와 사촌 형제들에게 그대로 이어질 것이라고 믿었다.

"네 큰삼촌은 쓸모없는 인간이야. 그야말로 실패한 인생이지."

아버지는 기회 있을 때마다 이렇게 말하곤 했다. 그리고 아나기로스 삼촌은 페트로스 삼촌이 늘 빠지는 가족 모임에서 그때그때의 기분에 따라 얼굴을 잔뜩 찌푸린 채 콧방귀를 뀌며 비웃거나 체념한 듯한 목소리로 자기 형의 이름을 멋대로 들먹거렸다.

그러나 나는 여기서 아버지와 아나기로스 삼촌을 위해 이 점만은 분명히 밝혀 두고 싶다. 요컨대 두 사람은 경제적인 면에서 페트로스 삼촌을 양심적으로 공평하게 대했다는 사실이다. 페트로스 삼촌은 할아버지가 세 형제에게 공동으로 물려준 공장을 운영하는 데 있어서 책임은 고사하고 손가락 하나 까딱하지 않았다. 그럼에도 아버지와 아나기로스 삼촌은 전체 이윤에서 페트로스 삼촌 몫을 꼬박꼬박 떼어 주었다(이는 한식구라는 핏줄 의식이 강하게 작용한 결과로, 어쩌면 이 또한 할아버지가 물려준 유산인지도 모를 일이었다). 그런데 페트로스 삼촌은 자기 몫을 우리에게 고스란히 남겨 주었다. 결혼해서 따로 가정을 꾸리지 않았던 삼촌이 세상을 떠났을 때 삼촌의 은행 계좌에서 자동으로 불어난 모든 재산을 조카들이 물려받았던 것이다.

페트로스 삼촌은 자기가 가장 아끼는 조카(삼촌의 표현을 빌리자면)인 나한테 특별히 상당한 규모의 장서를 추가로 물려주었다. 나는 두 권의 책만 남겨 두고 나머지 장서를 몽땅 헬레닉 수학학회에 기증했다. 두 권의 책이란 레온하르트 오일러의 《오페라 옴니아》 제17권, 그리고 독일에서 발행된 과학 잡지 〈수학과 물리학 월보〉 제38호였다. 비록 시시껄렁한 출판물일지언정 이러한 것들은 상징적인 의미를 띤다고 볼 수 있다. 이는 무엇보다도 페트로스 삼촌이 걸어온 삶의 자취를 더듬어 보는 데 없어서는 안 되는 것들이기 때문이다.

페트로스 삼촌의 삶의 출발점은 《오페라 옴니아》 제17권에 실린 편지에 있다. 1742년에 쓰인 이 편지에서 무명의 수학자 골드바흐는 당시의 위대한 수학자였던 오일러의 관심을 끌 만한 의견을 내놓았다.

한편, 페트로스 삼촌의 삶의 종착점은 앞에서 말한 독일의 과학 잡지

183~198쪽에 실린 연구 논문에 있다. '《수학의 원리》* 및 관련 체계에서 형식적으로 결정 불가능한 명제에 대해'라는 표제가 붙은 이 논문은 1931년에 발표되었는데, 이는 당시 세상에 알려져 있지 않던 오스트리아 빈 출신의 무명 수학자 쿠르트 괴델이 쓴 것이다.

사춘기가 될 무렵까지 나는 페트로스 삼촌을 1년에 딱 한 번, 그러니까 삼촌의 생일이자 '성 베드로와 바오로 축일'인 6월 29일에 가족 전체가 의례적으로 삼촌 집을 방문할 때만 만날 수 있었다. 그날 외에는 좀처럼 삼촌을 만날 기회가 없었다.

연중 행사처럼 치러지는 삼촌 집에서의 모임은 할아버지가 시작했는데, 그 자리에 참석한다는 것은 가문의 전통을 중요시하는 우리 가족 모두에게 신성한 의무이기도 했다. 아무튼 나는 1년에 한 번 삼촌을 만나러 에칼리로 향했다. 지금은 에칼리가 아테네 교외의 주택 단지로 변해 있지만, 당시만 해도 그곳은 외딴 숲 속 마을이었다. 페트로스 삼촌이 혼자 살던 집은 드넓은 정원과 과수원으로 둘러싸여 있었다.

어린 시절, 아버지와 아나기로스 삼촌이 다른 사람도 아니고 자기들의 형인 페트로스 삼촌을 경멸하고 무시하는 모습을 볼 때마다 나는 늘 당황하곤 했다. 두 사람의 그런 태도는 시간이 지날수록 내게 수수께끼

* **프린키피아 마테마티카Principia Mathematica** _ 1910~1913년, 앨프레드 노스 화이트헤드와 버트런드 러셀이 쓴 수학 책. 수학의 원리를 논리학의 원리 및 집합과 논리의 관계로 환원시킬 수 있다는 전제 아래 수학의 모든 체계를 공리론적으로 재구성했다. 이 책은 근대 기하학의 선구적 역할을 했다는 평을 받고 있다. - 원주(이후 원주라고 표기된 것이 아닌 주는 모두 옮긴이의 것이다.)

같은 것이 되어 버렸다. 그런 데다 페트로스 삼촌에 대한 어른들의 이야기와 삼촌을 개인적으로 몇 번 만나면서 내가 갖게 된 인상이 너무나 달라 어린 마음에도 의아하게 생각하지 않을 수 없었다.

나는 페트로스 삼촌 집을 방문할 때마다 삼촌의 외모나 행동에서 방탕과 게으름, 또는 타락한 인간에게서 엿볼 수 있음 직한 특징 같은 걸 찾아내려고 애썼다. 하지만 헛수고였다. 그런 걸 찾아내기는커녕 페트로스 삼촌을 감시의 눈으로 살펴보다가 급기야 삼촌에게 마음을 빼앗겨 버리고 말았다. 아버지와 아나기로스 삼촌은 성미가 급했다. 게다가 주위 사람들에게 드러내 놓고 거만하게 굴 때가 종종 있었다. 반면에 페트로스 삼촌은 현명하고 사려 깊은 사람이었다. 움푹 들어간 눈에는 언제나 사람들에 대한 애정이 가득 고여 있었다. 두 동생 모두 천하의 술고래요 골초인 데 반해, 페트로스 삼촌은 물보다 독한 것은 한 방울도 입에 대지 않았고, 항상 정원에서 불어오는 신선한 공기만 들이마셨다. 삼촌은 또 살집이 좋은 아버지나 비만인 아나기로스 삼촌과 달리, 운동과 절제된 생활 방식을 고수함으로써 약간 마른 듯하면서도 강인한 인상을 풍겼다.

내가 페트로스 삼촌에 대해 품은 호기심의 농도는 세월이 흐를수록 점점 더 짙어졌다. 그런데 실망스럽게도 아버지는 삼촌을 두고 '실패한 인생'이라며 입버릇처럼 말할 뿐, 그 외의 이야기는 한마디도 들려주지 않았다. 결국 내가 페트로스 삼촌의 일상적인 행동(어느 누구도 삼촌이 하는 일을 '업무'라고 칭하지는 않을 것이다)에 대해 알게 된 것은 어머니를 통해서였다.

페트로스 삼촌은 매일 새벽같이 일어나 온종일 정원에서 그야말로 뼈 빠지게 일했다. 그는 정원사의 도움은커녕 예초기 같은 흔해 빠진 기계도 쓰지 않았다. 아버지와 아나기로스 삼촌은 이를 두고 삼촌이 구두쇠라 그렇다면서 비아냥거렸다. 페트로스 삼촌은 한 달에 한 번 자그마한 자선 단체를 찾아갈 때 아니면 좀처럼 집을 떠난 적이 없었다. 할아버지가 설립한 그 단체에서 삼촌은 회계 일을 도왔다. 페트로스 삼촌이 이따금 찾아가는 곳은 또 있었다. 그런데 어머니는 거기에 대해서 더는 언급하지 않았다. 삼촌 집은 은자숨어 사는 사람의 거처나 마찬가지였다. 1년에 한 번 찾아오는 가족 외에는 방문객이 전혀 없었다. 삼촌은 그 어떤 사회 활동도 하지 않았다. 그저 밤마다 집 안에 틀어박힌 채 연구에만 몰두했다. 어머니는 이 대목을 이야기할 때 속삭이듯 목소리를 확 낮추었다. 나는 궁금한 나머지 안달이 나서 견딜 수 없었다.

"연구라뇨? 대체 무슨 연구죠?"

"하느님이라면 알까 그걸 누가 알겠니?"

어머니는 심드렁하게 말했다. 나는 아이다운 상상력을 발휘해 비밀스러운 의식이나 연금술중세 유럽에서 크게 유행한 원시적인 화학 기술 따위를 행하는 광경을 떠올렸다.

그런데 뜻밖에도 페트로스 삼촌에 관련된 나머지 정보와 함께 삼촌이 가끔 찾아가는 '또 다른 곳'이 어딘지 밝혀졌다. 어느 날 저녁 아버지가 초대한 손님이 말해 주었던 것이다.

"지난번 클럽에서 자네 형님 페트로스를 만났네. 페트로스는 그때 나를 카로칸으로 한 방에 날려 버렸지."

"무슨 말씀이에요? 카로칸이 뭐죠?"

내가 어른들의 대화에 불쑥 끼어들자 아버지는 대뜸 언짢은 표정을 지었다. 다행히 손님이 친절하게 설명해 주었다.

"카로칸은 체스의 첫수를 두는 좀 특별한 방식이야. 메스 카로라는 사람과 칸, 이렇게 두 사람이 고안했기 때문에 그 이름을 따서 카로칸이라고 부르는 거란다."

그러니까 페트로스 삼촌은 파티시아에 있는 체스 클럽을 이따금 드나들면서 재수 없게 걸려든 적수들을 차례대로 쓰러뜨리고 있었던 것이다.

"아주 굉장한 실력이더군. 정식 대회에 나가면 그랜드 마스터는 따 놓은 당상이겠어."

손님이 페트로스 삼촌의 체스 실력에 감탄하듯 말하자 아버지는 재빨리 화제를 다른 데로 돌려 버렸다.

대개의 경우 가족 모임은 정원에서 이루어졌다. 어른들은 테라스에 마련된 테이블 둘레에 모여 앉아 먹고 마시면서 담소를 나누었다. 아버지와 아나기로스 삼촌은 집주인인 자기들의 형에게 정중한 태도를 보이려고 애썼다(하지만 둘 다 그러는 것이 쉽지 않은 듯했다. 한편, 나와 사촌들은 과수원에서 마구 뛰어놀았다).

언젠가 나는 페트로스 삼촌의 비밀을 낱낱이 밝혀내고야 말겠다고 결심하고는 집 안을 살펴볼 기회를 얻기 위해 화장실에 좀 가야겠다는 핑계를 댔다. 그러자 대단히 실망스럽게도 삼촌이 헛간 옆에 있는 작은 옥외 변소를 가리켰다.

그 이듬해(당시 나는 열네 살이었다)에는 날씨 덕을 톡톡히 보았다. 한여름의 폭풍우가 몰아치자 삼촌은 어쩔 수 없다는 표정으로 프랑스식 창을 열고는 우리를 집 안으로 들였다. 우리가 안내된 곳은 건축업자가 거실 용도로 만든 것이 분명해 보이는 방이었다. 하지만 집주인인 삼촌은 그 방에서 손님을 접대해 본 적이 한 번도 없는 듯했다. 긴 의자가 눈에 띄었는데, 그것은 텅 빈 벽을 향해서 대단히 부자연스럽게 놓여 있었다. 결국 우리는 정원에서 의자를 가져와 반원형으로 배치했다. 그러고는 마치 시골 초상집에서 밤샘을 하는 조문객들처럼 빙 둘러앉았다.

이윽고 나는 주위를 둘러보는 척하며 재빨리 거실 내부를 염탐했다. 페트로스 삼촌이 쓰는 가구라고 해야 벽난로 근처의 낡아 빠진 안락의자와 그 옆에 놓인 자그마한 탁자가 고작인 것 같았다. 탁자 위에는 체스판이 놓여 있었는데, 마치 지금 막 게임을 하다가 만 것처럼 말이 세워져 있었다. 그리고 탁자 옆 마룻바닥에는 체스와 관련된 책과 잡지들이 수북하게 쌓여 있었다. 페트로스 삼촌은 매일 밤 그곳에서 시간을 보내는 것이 분명했다. 결국 어머니가 말한 연구도 체스에 관한 것일 터였다.

하지만 과연 그럴까? 심사숙고하지 않고 쉽게 결론을 내리는 것은 나 자신부터 용납할 수 없는 일이었다. 얼마든지 다른 방향으로 생각해 볼 수도 있는 문제였던 것이다. 우리가 앉아 있는 그 방의 가장 큰 특징, 다시 말해 우리 집 거실과 생판 다르다는 느낌을 주는 것은 책이 헤아릴 수 없을 정도로 엄청나게 많다는 사실이었다. 벽, 복도, 현관, 홀 할 것 없이 바닥부터 천장까지 책이 꽉 들어찬 책장이 놓여 있었다. 뿐만 아니라 바닥에도 책이 잔뜩 쌓여 있었는데, 대부분 낡고 오래돼 보였다.

나는 그 책들에 대해서 에두르지 않고 직접 묻기로 작정하고는 삼촌을 향해 몸을 돌렸다.

"삼촌, 도대체 무슨 책들이죠?"

대답 대신 싸늘한 침묵이 뒤를 이었다. 아무래도 절대로 묻지 말아야 할 것을 물은 것 같았다.

잠시 후 삼촌이 아버지가 앉아 있는 쪽을 힐끔 쳐다보았다. 그러고는 잠시 머뭇거리던 끝에 이렇게 중얼거렸다.

"저 책들은…… 모두 오래됐어."

삼촌은 뭐라고 대답해야 할지 몰라 쩔쩔매면서도 미소를 지어 보이려고 애썼다. 그런 삼촌의 얼굴을 대하자 더 캐물을 수가 없었다.

다시 한 번 생리 현상을 핑계로 삼을 수 있는 기회가 찾아왔다. 이번에는 페트로스 삼촌이 부엌 옆의 자그마한 화장실을 가리켰다. 이윽고 화장실에서 나온 나는 거실로 돌아오는 중에 아무도 나를 주목하는 사람이 없는 걸 확인하고는 드디어 기회를 잡았다고 생각했다.

우선 복도에서 가장 가까운 곳에 쌓여 있는 책 더미에서 맨 위에 놓인 책을 집어 들었다. 그러고는 재빨리 책장을 넘겼다. 안타깝게도 그것은 내가 전혀 이해할 수 없는 독일어(물론 나는 지금도 독일어에는 까막눈이다)로 된 책이었다. 더구나 대부분의 책장에는 여태껏 한 번도 본 적이 없는 $\forall$, $\exists$, $\int$, $\notin$ 같은 낯선 기호들이 가득 박혀 있었다. 그나마 내가 아는 부호들, 가령 $-$, $=$, $\div$ 등이 숫자와 함께 라틴어나 그리스어 글자에 섞여 있는 것이 눈에 들어와서 안심이 되었지만, 어쨌거나 그 정체를 알게 된 순간 그때까지의 신비로운 공상이 완전히 깨져 버렸다. 그것은 바로 수학이었던 것이다!

그날 에칼리를 떠나 아테네로 돌아오면서 페트로스 삼촌의 비밀을 알아냈다는 생각에 흥분한 나머지 나는 아버지의 꾸중을 건성으로 들었다. 아버지는 내가 삼촌에게 버릇없이 군 점과 어른들 일에 참견하고 나서서 꼬치꼬치 캐물은 점 등을 조목조목 짚어 가며 야단을 쳤다. 그러나 아버지의 꾸지람은 위선적이라는 생각이 들었다. 아버지의 말에 의하면, 삼촌 집에 머무는 동안 내가 예의에 어긋난 행동을 해서 줄곧 삼촌의 신경을 건드렸다는 것이다.

페트로스 삼촌에 대한 나의 궁금증은 그 후로도 몇 달 동안 계속 커져만 갔다. 나는 자나 깨나 늘 그 생각밖에 없었다. 학교 수업 시간에 노트에다 수학 기호와 체스 마크를 낙서하듯 그리며 혼자만의 생각에 빠진 적이 한두 번이 아니었다. 수학과 체스, 이 둘 중 하나에서 삼촌을 둘러싼 수수께끼의 해답을 찾을 수 있을 것이라는 확신이 들었다. 하지만 양쪽 모두에서 속 시원한 해답을 찾지는 못했다.

아버지와 아나기로스 삼촌은 수학과 체스에 대해 경멸적인 태도를 보였다. 그렇기 때문에도 두 가지 다 내가 접근하기에는 역부족이었다. 두 사람은 그 두 분야에 흥미를 느끼는 것만으로도 영 못마땅해했다. 하지만 누가 어떻게 보든 그랜드 마스터 자리에 오를 정도의 체스 실력을 지닌 사람이나 두꺼운 책을 수백 권 독파한 수학자를 실패한 인생이라고 매도할 수는 없을 터였다.

아무튼 나로서는 어떻게 해서든 해답을 찾아낼 필요가 있었다. 그래서 나는 한동안 내가 좋아하는 문학 작품 속에 나오는 영웅들의 행동을 흉내 내 보려고도 했다. 요컨대 에니드 블리튼의《일곱 가지 비밀Secret Seven》이나《용감한 아이들The Hardy Boys》혹은《그들의 그리스인 정부Their Greek Soulmate》나《용감한 유령 소년Heroic Phantom Boy》등에 나오는 인물들에게나 어울릴 만한 계획을 세웠던 것이다. 그런 데다 나는 그 계획을 좀 더 세부적으로 구체화시켰다. 즉, 페트로스 삼촌이 자선 단체나 체스 클럽을 방문하느라 집을 비운 사이 삼촌 집에 몰래 침입하기로 한 것이다. 결국 나는 명백한 범죄의 늪에 발을 들여놓으려 하고 있었다.

그러나 궁금증을 달래기 위해서 굳이 죄를 지을 필요가 없어져 버렸다. 그토록 궁금하던 수수께끼의 해답이 밝혀진 것이다. 해답을 얻은 순간, 나는 둔기로 뒤통수를 한 대 얻어맞은 듯한 기분을 느꼈다.

해답을 얻게 된 경위를 설명하자면 이렇다.

어느 날 오후였다. 집에서 혼자 숙제를 하고 있는데, 전화벨이 울렸다. 나는 아무 생각 없이 수화기를 들었다.

"안녕하세요? 여긴 헬레닉 수학학회입니다. 교수님 좀 바꿔 주시겠습니까?"

낯선 남자의 목소리였다. 나는 무심코 이렇게 대꾸했다.

"전화 잘못 거셨는데요. 우리 집엔 교수님 같은 사람 없어요."

"아, 죄송합니다. 처음부터 이렇게 여쭤 봤어야 했는데……. 거기가 파파크리스토스 씨 댁 맞지요?"

순간 내 머리를 스치고 지나가는 것이 있었다.

"혹시 페트로스 파파크리스토스 씨 말인가요?"

나는 짐짓 어른 목소리를 흉내 내어 물었다.

"네, 그렇습니다. 파파크리스토스 교수님입니다."

남자가 말했다.

"교수님이라고요?"

나는 하마터면 수화기를 떨어뜨릴 뻔했다. 억지로라도 흥분을 가라앉혀야만 했다. 제 발로 걸어 들어온 행운을 놓칠 수는 없으니까.

"아, 파파크리스토스 교수님 말씀이군요."

나는 한껏 공손하게 말했다.

"그런데 죄송하지만 여긴 교수님의 동생 집이에요. 그리고 교수님 댁엔 전화가 없어서 교수님께 걸려 오는 전화는 이쪽에서 대신 받고 있어요."

페트로스 삼촌 집에 전화가 없는 것은 사실이었다. 하지만 전화를 대신 받는다는 말은 거짓이었다.

"그럼 교수님 댁 주소라도 알 수 있을까요?"

남자는 쉽게 물러서려 하지 않았다. 그러나 나는 이미 마음의 평정을 되찾았기 때문에 남자는 이제 나의 적수가 되지 못했다.

"교수님은 사생활이 공개되는 걸 좋아하지 않으세요. 그래서 교수님에게 오는 우편물도 여기서 대신 받고 있지요."

다소 거만한 말투로 내가 말했다. 나는 이제 그 가엾은 남자를 가지고 놀고 있었다.

"그럼 전화 받으시는 분의 주소라도 알려 주시면 고맙겠습니다. 헬레닉 수학학회 이름으로 초청장을 보내 드릴 테니까 말입니다."

그날 이후 나는 며칠 동안 끙끙 앓는 시늉을 하며 온종일 집 안에 틀어박혀 있었다. 그러면서 우편물이 배달되는 시간만을 기다렸다. 다행히 오래 기다릴 필요가 없었다. 전화를 받고 나서 사흘째 되는 날, 내 손에는 귀중한 봉투가 들려 있었다. 나는 한밤중이 되기를 기다렸다가 아버지와 어머니가 잠자리에 드는 걸 확인한 뒤 발소리를 죽이고 살금살금 부엌으로 들어갔다. 그러고는 언젠가 읽었던 추리 소설의 한 장면을 떠올리며 봉투에 김을 쐬서 조심스럽게 개봉했다.

이윽고 나는 편지를 읽기 시작했다.

뮌헨 대학

f. 해석학 교수

페트로스 파파크리스토스 귀하

존경하는 교수님께

금번 저희 학회에서는 레온하르트 오일러 탄생 250주년을 맞아

이를 기념하기 위해 '형식 논리와 수학의 기초'라는 주제를 가지고

특별 세미나를 개최하기로 했습니다.

바라옵건대 교수님께서 왕림하시어 저희 학회를 위해

인사말이라도 몇 마디 해 주셨으면 합니다.

그렇게 해 주신다면 대단한 영광으로 여기겠습니다.

그랬다. 존경해 마지않는 아버지가 걸핏하면 '실패한 인생'이라고 무시하던 삼촌이 뮌헨 대학의 해석학 교수였던 것이다! 그야말로 꿈에도 생각하지 못한 일이었다. 그런데 해석학 교수라는 삼촌의 명예로운 직함 앞에 붙은 'f'라는 알파벳이 정확히 무엇을 의미하는지 알쏭달쏭했다. 더욱이 태어난 지 250년이 지났음에도 여전히 기억되어 많은 사람이 추모하는 레온하르트 오일러라는 사람이 누구이며, 그가 이룬 업적이 무엇인지에 대해서는 감조차 잡을 수 없었다.

그다음 주 일요일 아침이었다. 나는 보이스카우트 유니폼을 입고 집을 나섰다. 하지만 주마다 개최되는 보이스카우트 모임에 가는 대신 헬레닉 수학학회에서 보내온 편지를 안전하게 주머니에 넣고는 에칼리행 버스에 올라탔다.

페트로스 삼촌은 낡은 모자를 쓰고 소매를 걷어붙인 채 가래로 채소밭 흙을 갈아엎고 있었다.

"무슨 일로 왔니?"

삼촌이 나를 보고 놀란 표정으로 물었다. 나는 대답 대신 편지를 내밀었다.

"괜한 수고를 했구나. 우편으로 보내도 되는데 말이야."

삼촌은 편지를 거들떠보지도 않았다. 그저 다정하게 미소만 지어 보였다.

"아무튼 고맙구나. 그런데 네가 여기에 온 걸 네 아버지가 알고 있니?"

"아뇨, 모르고 계세요."

기어들어 가는 목소리로 내가 말했다.

"내가 차로 집까지 데려다 주마. 부모님이 걱정할 테니까 말이야."

나는 그럴 필요가 없다고 사양했다. 그러나 페트로스 삼촌은 데려다 주겠다며 막무가내로 우겼다. 그러면서 진흙투성이인 장화를 그대로 신은 채 구식의 낡아 빠진 폭스바겐에 올라탔다. 이윽고 삼촌과 나는 아테네를 향해 출발했다. 집으로 가는 길에 나는 수학학회에서 보내온 초청장에 대해 두어 차례 이야기를 꺼내 보려고 시도했다. 그러나 그때마다 삼촌이 날씨가 어떻다는 둥, 나뭇가지를 치기에 좋은 계절이라는 둥, 보이스카우트 활동은 어떠냐는 둥 자꾸 엉뚱한 쪽으로 화제를 돌리는 바람에 입 한 번 뻥긋할 수가 없었다.

삼촌은 집에서 가장 가까운 모퉁이에 나를 내려 주었다.

"내가 같이 가 줄까?"

"아뇨, 괜찮아요. 그러실 필요 없어요."

하지만 곧 삼촌의 도움이 필요한 일이 벌어졌다. 불행하게도 내게 심부름을 시키려고 보이스카우트 클럽을 방문한 아버지가 내가 결석한 사실을 알게 되었던 것이다. 순진한 나는 아버지에게 모든 것을 사실대로 털어놓았다. 그런데 결론적으로 말해, 그것은 최악의 선택이 되어 버렸다. 차라리 공원 한구석에 쪼그려 앉아서 어른들의 눈을 피해 담배를 피우느라, 혹은 평판이 좋지 않은 친구 집에서 노느라고 클럽에 나가지 않았노라고 거짓말을 하는 편이 훨씬 나았을지도 모른다. 그러면 아버지는 그렇게까지 화를 내지 않았을 것이다.

"큰삼촌하고 관련된 일은 그 어떤 것도 하지 말라고 내가 분명히 말했지?"

아버지는 내 말이 끝나기가 무섭게 고래고래 소리를 질러 댔다. 얼굴이 시뻘겋게 달아오를 정도로 화를 내자, 어머니는 아버지에게 혈압을 생각해서 참으라며 애원했다.

"아뇨, 아버지는 그런 말씀 하신 적 없어요. 한 번도요!"

내가 단호하게 말했다. 그러자 아버지의 말투가 조금 누그러졌다.

"너도 큰삼촌에 대해서 잘 알잖니? 네 큰삼촌이 어떤 사람이란 건 이 아버지가 수천 번도 넘게 말했으니까 말이야."

"물론 큰삼촌을 두고 '실패한 인생'이란 말씀은 수도 없이 하셨죠. 그런데 뭐가 어떻다는 거예요? 그래도 그분은 아버지에겐 형이고, 제겐 삼촌이잖아요. 외롭고 불쌍한 큰삼촌에게 편지를 전해 준 것이 그렇게도 잘못한 일인가요? 그리고 걸핏하면 '실패한 인생'이라고 하시는데, 곰곰이 생각해 보니 그게 과연 일류 대학의 해석학 교수에게 어울리는 말인가 싶군요."

"전직 해석학 교수에게는 어울릴 수 있는 말이지."

아버지가 비아냥거리듯 말했다. 그제야 나는 해석학 교수라는 직함 앞에 붙었던 'f'가 '전前'을 의미한다는 사실을 깨달았다.

화가 머리끝까지 난 아버지는 내게 '도저히 용서할 수 없는 행동을 한 불효막심한 자식'이라고 말했다. 그리고 나로서는 납득하기 힘든 벌을 내렸다. 벌이란 한 달 동안 학교에 갈 때만 제외하고 내 방에서 한 발짝도 움직이지 말라는 것이었다. 그런데 그 벌에는 세 끼의 밥도 내 방에서 해결해야 하며, 아버지와 어머니를 비롯해 어느 누구와도 절대로 대화를 나누어선 안 된다는 조항까지 포함되어 있었다.

나는 진리를 위해 순교하는 심정으로 아버지가 내린 벌을 달게 받기로 하고 내 방으로 들어갔다.

바로 그날 밤, 꽤 늦은 시각이었다. 누군가가 내 방문을 조용히 두드리고 들어왔다. 아버지였다. 나는 책상 앞에 앉아 책을 읽는 시늉을 했다. 그리고 아버지의 명령에 순종하고 있다는 표시로 말 한마디 하지 않았다. 아버지는 침대 맞은편에 앉아서 나를 물끄러미 바라보았다.

잠시 후 나는 아버지의 표정에서 무언가 달라진 것을 느꼈다. 이제 아버지는 웬만큼 화가 풀린 상태에서 조금이나마 자책감을 느끼고 있는 듯했다. 내 추측이 맞았다. 아버지는 자신이 내린 벌이 정도에서 약간 벗어났으므로 그만 철회할 때가 되었다고 하면서 대화의 문을 살짝 열더니, 결국 자신의 전례 없는 비인간적인 행동에 대해 내게 사과를 했다. 표정을 보건대 아버지는 자신의 행동이 지나쳤음을 진심으로 깨달은 것 같았다.

이윽고 아버지는 자신이 지금껏 한 번도 설명하려고 하지 않았던 걸 내가 이해하기를 바란 것이 잘못이었다고 말했다. 백번 옳은 말이었다. 사실 아버지는 페트로스 삼촌에 대해서 내게 솔직히 이야기한 적이 단 한 번도 없었다. 그런 터에 이제야 그 '중대한 잘못'을 바로잡을 기회가 온 것이다. 드디어 아버지가 자기의 형에 대한 이야기를 털어놓기 시작했다. 물론 나는 그런 아버지의 이야기에 끝까지 귀를 기울였다.

아버지의 이야기를 요약하면 다음과 같다.

페트로스 삼촌은 어릴 때부터 수학에 남다른 재능을 보였다. 초등학교 시절 삼촌은 어려운 수학 문제를 쉽게 풀어서 교사들을 깜짝 놀라게 했다. 게다가 고등학교 때는 대수와 기하, 그리고 삼각법의 추상적인 개념들을 줄줄이 꿰찼다. 당연히 삼촌한테는 '신동'이니 '천재'니 하는 수식어가 따라붙었다.

한편, 나한테 할아버지인 삼촌의 아버지는 정규 교육이라고는 거의 받은 적이 없지만 의식 하나는 깨어 있는 사람이었다. 할아버지는 남다른 재능을 지닌 삼촌에게 가업을 잇기 위해 필요한 현실적인 공부를 권하는 대신 스스로 원하는 것을 마음껏 하라고 격려했다. 삼촌은 또래 아이들보다 일찍 대학에 들어갔고, 열아홉 살에 베를린 대학을 우수한 성적으로 졸업했다. 더욱이 대학을 졸업한 이듬해에는 박사 학위를 받은 데다 스물넷이란 젊디젊은 나이에 뮌헨 대학의 정교수가 되었다. 당시로서는 최연소 박사에 최연소 교수였다.

나는 이 대목에서 놀라지 않을 수 없었다.

"아무리 생각해도 '실패한 인생' 같진 않은데요."

내가 한마디 했다.

"얘기 아직 다 안 끝났다."

아버지가 경고했다.

여기서부터 아버지의 이야기는 옆길로 새기 시작했다. 아버지는 자신과 아나기로스 삼촌에 대해, 그리고 두 사람이 페트로스 삼촌에게 품고 있는 감정에 대해 이야기했다. 두 가지 다 그다지 흥미를 느낄 수 없는 시시껄렁한 이야기였다.

아버지와 아나기로스 삼촌은 자신들의 형인 페트로스 삼촌의 성공을 자랑스럽게 여겼다. 둘은 페트로스 삼촌을 털끝만큼도 시기하지 않았다. 두 사람의 학교 성적 역시 남들보다 월등히 뛰어났다. 하지만 페트로스 삼촌이 거둔 눈부신 성과에는 도저히 미치지 못했다. 두 사람은 여태껏 자신들이 형을 따라잡았다고 느껴 본 적이 한 번도 없었다.

페트로스 삼촌은 어릴 때부터 외톨이로 지냈다. 삼촌은 집에서도 혼자였다. 동생들이 있어도 함께 시간을 보낸 적이 거의 없었다. 동생들이 친구들과 뛰놀 때 그는 자기 방에 틀어박힌 채 기하 문제를 풀었다. 페트로스 삼촌이 대학에 다니느라 집을 떠나 있는 동안, 할아버지는 아버지와 아나기로스 삼촌으로 하여금 큰아들에게 편지를 쓰도록 했다. 둘은 '사랑하는 형, 우리는 모두 잘 지내고 있어.' 따위의 인사로 시작되는 장문의 편지를 뻔질나게 써서 보냈다. 반면에 페트로스 삼촌은 어쩌다 한 번, 그것도 엽서에다 짧게 답장을 써서 보내왔다.

1925년 모든 가족이 삼촌을 만나려고 독일에 갔을 때였다. 가족 앞에 나타난 삼촌은 낯선 사람처럼 행동했다. 무언가에 얼이 빠져도 단단히 빠져 있었다. 당시 삼촌이 무엇을 하고 있었는지 가족 중에 아는 사람은 없었으나, 아무튼 그 무언가에 몰입하고 싶어서 안달하는 모습이 역력했다. 그 후 가족은 1940년이 될 때까지 삼촌을 만나지 못했다. 그해 그리스와 독일이 맞붙어 싸우는 바람에 삼촌은 조국으로 돌아올 수밖에 없었다.

"왜 돌아왔죠? 군대에 자원입대하려고 그랬나요?"

내가 아버지에게 물었다.

"자원입대? 천만에! 네 큰삼촌은 애국심 같은 건 손톱만큼도 없는 사람이었어. 독일이 그리스에 선전 포고를 해서 적국민이 되는 바람에 독일을 떠날 수밖에 없었던 거야."

"그럼 왜 다른 나라로 가지 않았나요? 영국이나 미국에도 규모가 큰 대학이 있으니까 얼마든지 그런 나라로 갈 수도 있었을 텐데 말예요. 더구나 큰삼촌이 그토록 위대한 수학자였다면……."

아버지가 기다렸다는 듯이 내 허벅지를 철썩 때리면서 말을 가로막았다.

"바로 그거야! 그 사람은 더 이상 위대한 수학자가 아니었어!"

"그게 무슨 말씀이세요? 어떻게 된 얘기죠?"

내가 초조하게 물었다.

한동안 의미심장한 침묵이 흘렀다. 이는 대화가 오르막길에서 내리막길로 바뀌는 지점, 그러니까 임계점에 도달했다는 신호였다. 아버지는 얼굴을 잔뜩 찌푸리고 내 쪽으로 몸을 기울였다. 그러고는 신음과도 같은 목소리로 나지막이 속삭였다.

"네 큰삼촌은 돌이킬 수 없는 죄를 범했어."

"죄요? 삼촌이 대체 무슨 죄를 범했죠? 도둑질이나 강도질 같은 걸 했나요? 혹시 살인을 저지른 건 아녜요?"

"아니야. 그런 것들은 네 큰삼촌이 저지른 죄에 비하면 그야말로 조족지혈이지. 내 말 잘 들어라. 네 큰삼촌을 이렇게 보는 건 내가 아니라 우리의 주 하느님이시란다. 성경에 '너희는 성령을 욕되게 하지 마라!' 라는 말씀이 있지. 그런데 네 큰삼촌은 돼지 앞에 진주를 내던졌어. 그는 거룩하고 신성하며 위대한 걸 가졌으면서도 아무런 부끄럼 없이 그걸 더럽혔던 거야."

아버지의 이야기가 전혀 예상치 못했던 신학적인 문제 쪽으로 방향을 틀자 나는 순간적으로 긴장했다.

"자세히 좀 말씀해 주세요."

"네 큰삼촌은 천부적인 재능을 지녔어. 그래, 그건 사실이야!"

아버지가 갑자기 목청을 높였다.

"하느님이 네 큰삼촌에게 주신 수학적 재능은 그 어느 것에도 견줄 수 없는 위대한 것이었어. 그런데 그 어리석은 인간이 그걸 쓸데없는 일에 허비해 버린 거야. 그리고 하느님이 주신 재능을 헌신짝처럼 내팽개쳐 버렸어. 도대체 그런 일이 세상에 또 있을까 싶을 정도로 말이야. 배은망덕한 그 인간은 지금까지 수학 발전을 위해 쓸모 있는 일을 한 적이 단 한 번도 없었어. 정말 단 한 번도 없었지! 전혀 없었어! 눈곱만큼도!"

"그 이유가 뭐예요?"

내가 물었다.

"그건 네 큰삼촌이 '골드바흐의 추측'에 그 뛰어난 재능을 몽땅 쏟아부었기 때문이지."

"그게 뭐죠?"

아버지는 내키지 않은 듯 얼굴을 찌푸리면서 이렇게 말했다.

"그건 일종의 수수께끼라고 할 수 있는 거야. 하지만 빈둥거리면서 복잡한 게임이나 즐기는 극소수의 식자연하는학식이나 상식 따위가 있는 체하는 인간들을 제외하고는 그것에 흥미를 느끼는 사람은 하나도 없어."

"수수께끼라고요? 십자말풀이 같은 것 말씀이세요?"

"아니야, 그건 수학 문제란다. 아니, 어쩌면 문제라고도 볼 수 없겠지. 문제는 대부분 풀린다는 전제 아래 있는 거니까. 이 '골드바흐의 추측'이라는 건 수학의 역사를 통틀어 가장 어려운 문제로 꼽히고 있어. 상상이 가니? 이 지구상에서 가장 우수한 두뇌의 소유자들도 그것만은 해결하지 못했단다. 너나없이 덤벼들었지만 말이야. 잘나 빠진 네 큰삼촌도 그중 하나였지. 그걸 해결하겠다고 결심했던 때가 스물한 살이었던가……. 잘은 모르겠지만 아무튼 그 인간은 그때부터 인생을 거기에 허비해 버렸던 거야."

아버지의 이야기를 듣는 동안 나는 다소 혼란스러웠다.

"잠깐만요. 지금까지 말씀하신 게 큰삼촌이 범했다는 죄인가요? 수학의 역사를 통틀어 가장 어렵다는 문제를 해결하겠다고 나선 게 말예요. 그게 죄가 될 건 없잖아요? 오히려 멋진 것 같은데요? 아주 훌륭한 행동 같기도 하고요."

내 말이 끝나기가 무섭게 아버지가 나를 노려보며 입을 열었다.

"만약 네 큰삼촌이 그 문제를 풀었다면 멋지다거나 훌륭하다는 등의 찬사를 보낼 수도 있겠지. 그런데 그 이상의 찬사도 아무런 소용이 없게 돼 버렸어. 네 큰삼촌은 그 문제를 풀지 못했으니까."

아버지는 내게 점점 짜증을 내기 시작하더니 어느새 평소의 모습으로 되돌아와 있었다.

"인생의 진정한 비결이 뭐라고 생각하니?"

잔뜩 찡그린 얼굴로 아버지가 물었다.

"글쎄요, 잘 모르겠는데요."

아버지는 자기 이름의 머리글자가 수놓인 실크 손수건에 대고 힘껏 코를 풀었다. 그러고는 이야기를 계속했다.

"사람은 모름지기 스스로 이룰 수 있는 목표만을 세워야 하는 거야. 그게 인생의 진정한 비결이지. 물론 목표를 이룬다는 건 당사자가 처한 환경이나 지위 또는 능력에 따라 쉬울 수도 있고, 어려울 수도 있지. 하지만 명심해야 할 건 목표는 반드시 '이룰 수 있는 것'이어야만 한다는 거야. 나는 네 방에다 네 큰삼촌의 초상화를 걸어 둘 참이란다. '절대로 본받아서는 안 될 인생의 표본'이라는 설명을 달아서 말이야."

페트로스 삼촌에 대해 아버지로부터 들은 이야기가 편파적이고 불충분한 것인 줄은 안다. 그런데 막상 중년으로 접어든 나이에 이 글을 쓰려고 하다 보니, 당시의 어린 내 마음에 일던 혼란을 설명하기가 아무래도 쉽지 않다. 아버지는 주의를 줄 생각으로 나한테 그런 말을 한 것이 분명하지만, 그것은 오히려 정반대의 효과를 불러일으켰다. 요컨대 아버지는 비정상적인 자기의 형에게서 나를 떼어 놓기는커녕 바짝 달라붙게 만들어, 나로 하여금 페트로스 삼촌을 찬란히 빛나는 별처럼 우러러보도록 했던 것이다.

아버지의 이야기를 들었을 때 나는 내심 초조했다. 그토록 유명한

'골드바흐의 추측'에 대해 아는 것이 전혀 없었기 때문이다. 하지만 당시의 나는 그것이 무엇인지 알고 싶은 마음이 거의 없었다. 나를 매료시켰던 것은 나한테 다정한 데다 좀처럼 남들 앞에 나서지 않는 겸손한 페트로스 삼촌이, 인간이 품을 수 있는 최고의 야망을 실현하기 위해 끊임없이 노력했다는 사실이었다. 물론 삼촌이 그렇게 한 것은 심사숙고한 끝에 내린 결정이겠지만, 여태껏 살아오면서 내가 보아 왔던 사람, 그것도 나와 가장 가까운 혈육이 수학의 역사를 통틀어 최고로 어려운 문제를 푸는 데 일생을 바쳤다는 사실이 자랑스러웠다. 그의 동생들이 결혼해서 아이들을 낳아 기르고, 사업을 하며 보통 사람들처럼 일상에 지친 세월을 보내는 동안, 페트로스 삼촌은 프로메테우스처럼 가장 어둡고 접근하기 어려운 학문 분야의 한 편에 빛을 비추기 위해 고군분투했던 것이다.

그러한 노력이 실패로 끝났다고 해서 삼촌에 대한 나의 평가가 낮아진 것은 결코 아니었다. 오히려 나는 삼촌을 더욱더 존경하게 되었다. 삼촌을 생각하면 무모한 줄 알면서도 전쟁터에 나가 곤경을 겪는 낭만주의적 영웅의 모습이 떠올랐다. 사실 삼촌은 테르모필레를 지키는 레오니다스나 그가 이끌던 스파르타 군과 조금도 다를 바가 없었다.* 그

* 기원전 480년 7월, 제3차 페르시아 전쟁 때 그리스 테살리아 지방의 테르모필레에서 전투가 벌어지자 스파르타 왕 레오니다스는 천 명의 병사를 이끌고 진입로를 지키면서 페르시아 군의 남하를 저지했다. 그러나 내통자가 페르시아 군에게 산을 넘는 샛길을 가르쳐 준 바람에 레오니다스를 비롯한 모든 병사가 전사했다. 비록 패전했지만 스파르타 군의 용맹성은 먼 훗날까지 회자되면서 지금도 그리스의 민족적 영웅으로 추앙받고 있다.

렇기 때문일까, 학교에서 배운 콘스탄틴 카바피의 시 중 마지막 구절은 바로 삼촌을 두고 쓴 것처럼 생각되었다.

> ……
>
> 그러니 앞을 내다본 그들에게 크나큰 영광이 있을지니
>
> 많은 이들이 예언한 그대로
>
> 반역자 에피알테스가 모습을 드러내고
>
> 마침내 페르시아인들은 비좁은 협곡을 지나게 되리라

아버지나 아나기로스 삼촌이 페트로스 삼촌에 대해 경멸조의 이야기를 늘어놓기 전에도 나는 (어른들의 말을 곧이곧대로 믿어 버리는 사촌들의 태도와는 대조적으로) 페트로스 삼촌에게 가슴 뛰는 호기심의 차원을 넘어 동정심까지 느끼고 있었다. 그런 터에 삼촌과 관련해서 진실이 무엇인지 알았으므로 (이 또한 지나치게 편향된 생각의 결과인지는 모르겠지만) 망설일 것 없이 삼촌을 내 삶의 귀감으로 삼았다.

그 결과 수학 과목들에 대한 내 태도에 변화가 일면서 그때까지 다소 지지부진하던 수학 성적이 극적으로 향상되었다. 대수와 기하, 삼각법 등 거의 모든 수학 과목에서 깜짝 놀랄 만큼 성적이 오른 것이다.

그러한 사실을 성적표에서 확인한 아버지는 당혹스러운 듯 눈썹을 치켜세운 채 의심의 눈초리로 나를 바라보았다. 그러나 거기서 그칠 뿐, 성적을 가지고 트집을 잡지는 않았다. 하기는 아들이 받아 온 우수한 성적을 가지고 트집을 잡을 일이 뭐 있겠는가.

헬레닉 수학학회에서 레온하르트 오일러의 탄생 250주년을 기념하는 행사를 개최하기로 한 날이었다. 잔뜩 기대에 부푼 나는 예정된 시간보다 일찍 행사장으로 나갔다. 학교에서 배운 수학 지식만 가지고는 '형식 논리와 수학의 기초'라는 세미나의 주제가 정확히 무엇을 의미하는지 알 수 없었다. 그것은 초청장을 받은 후로 줄곧 내 호기심을 자극했다. 물론 '형식을 제대로 갖춘 환영회'라든지 '단순 논리' 같은 말의 의미는 나도 대충은 알고 있었다. 하지만 '형식'이란 말과 '논리'라는 개념이 어떤 식으로 결합될 수 있다는 것인지 알쏭달쏭했다. 마찬가지로 건물을 지을 때 기초 공사가 필요하다는 것 정도는 알고 있었지만 '수학의 기초'라니, 도대체 수학에 웬 기초일까 하는 생각이 들었다.

이윽고 청중과 발표자들이 자리에 앉았을 때, 나는 그들 틈에 섞여 있을지도 모를, 수도승처럼 깡마른 모습의 페트로스 삼촌을 찾기 위해 주위를 두리번거렸다. 하지만 헛수고였다. 예상했던 대로 삼촌은 거기에 오지 않았던 것이다. 나는 삼촌이 절대로 초청에 응하지 않으리란 것을 이미 알고 있었다. 그러면서도 혹시나 했는데, 보이지 않자 이제는 삼촌이 수학을 특별히 생각하지 않는다는 확신이 섰다.

첫 번째 발표자로 나선 회장이 각별한 경의를 표하며 삼촌의 이름을 들먹였다.

"그리스가 낳은 세계적으로 유명한 수학자이신 페트로스 파파크리스토스 교수님께서 몸이 불편한 관계로 이 자리에 참석해서 연설을 하시지 못하게 됐습니다. 참으로 안타까운 일이 아닐 수 없습니다."

회장의 말을 듣고 나는 속으로 웃었다. 삼촌이 몸이 불편해서 불참했다는 것은 단지 상황을 모면하려는 변명에 지나지 않는다는 사실을 아는 사람은 청중 가운데 오직 나 하나뿐일 거라는 자부심을 느끼면서.

페트로스 삼촌은 끝내 나타나지 않았지만, 나는 행사가 끝날 때까지 남아 있었다. 그러면서 사람들의 존경을 한 몸에 받는 수학자(레온하르트 오일러는 수학의 모든 분야에 걸쳐서 커다란 이정표를 남긴 사람임에 틀림없었다)의 간단한 이력을 들었다.

오일러에 대한 소개가 끝나자 주제 발표자가 나와서 기조연설중요 인물이 일의 근본 목적이나 뜻, 정책, 방향 등에 대해서 설명하는 연설을 한 다음 '형식 논리학과 수학의 기초'에 대해 자세히 설명하기 시작했다. 나는 발표자의 설명에 점점 빨려 들었다. 물론 발표자의 설명을 다 알아들을 수 있는 것은 아니었다. 그러나 처음 몇 마디밖에는 알아듣지 못했을지라도 내 영혼은 황홀경에 젖은 채 수학이라는 세계에 깊이 빠져들어 갔다.

사실 수학에 관련된 정의와 개념, 각종 기호들은 여전히 이해하기 어려운 것들이었다. 하지만 그런 것들은 깊이를 헤아릴 수 없는 심오한 지혜처럼 내게 신성한 느낌을 주었다. 연속체 문제, 알레프집합론에서의 실수 전체 집합의 농도, 타르스키, 프레게, 귀납적 추론, 힐베르트의 프로그램, 증명 이론, 리만 기하학, 실증 가능성과 불가능성, 무모순성의 증명, 완전성 증명, 집합의 집합, 만능 튜링 기계, 노이만의 자동 장치, 러셀 역설, 불대수 등등 전에는 한 번도 들어 본 적이 없는 갖가지 명칭과 용어들이 마술처럼 내 마음을 사로잡으면서 강당 안에 울려 퍼졌다.

사정없이 굽이쳐 밀려오는 그런 단어들에 도취된 나는 어느 순간 '골드바흐의 추측'이 무엇인지 이해했다고 생각했다. 그러나 내가 주의를 집중하기도 전에 세미나의 주제는 페아노의 공리, 소수 정리, 닫힌 체계와 열린 체계, 공리, 유클리드, 오일러, 칸토어, 제논, 괴델 같은 신비스러운 쪽으로 전개되어 가고 있었다.

역설적으로 들리겠지만 '형식 논리와 수학의 기초'라는 주제 아래 행해진 그날의 강연에서 소개된 내용들은 하나같이 신비스러운 베일에 싸여 있었고, 그런 이유로 젊은 내 영혼은 그것들에 걷잡을 수 없이 매료되었다. 그런데 만약 베일이 걷혀 그 내용들의 실체가 낱낱이 드러났다면 과연 그때도 나는 그것들에 흠뻑 빠져들 수 있었을까? 그럴 수도, 그렇지 않을 수도 있겠지만, 어쨌거나 나는 그 강연을 듣고서야 플라톤 학회의 입구에 적힌 '기하학을 모르는 사람은 들어오지 마라 oudeis ageometretos eiseto.'라는 말의 의미를 이해할 수 있었다.

그날 저녁, 나는 크리스털 같은 명료한 교훈을 얻었다. 수학은 우리가 학교에서 배우는 2차 방정식을 풀거나 입체의 부피를 구하는 것처럼 시시하지 않다. 그것들보다 훨씬 더 흥미진진하다. 수학자들은 개념의 낙원, 요컨대 수학을 모르는 보통 사람들로서는 도저히 접근할 수 없는 '장엄한 시적 세계'에서 산다.

헬레닉 수학학회에 참석한 그날 저녁은 내 삶의 전환점이 되었다. 내가 난생처음 수학자가 되겠다고 결심한 것은 그날 저녁 바로 그곳에서였다.

그해 학년 말, 나는 수학 과목에서 최고의 성적을 올려 우등상을 받았다. 아버지는 아나기로스 삼촌에게 자랑하지 않고는 도저히 견딜 수 없다는 듯 상을 받은 아들에 대한 자랑을 늘어놓았다.

그 무렵, 나는 이미 미국에 있는 대학에 들어가기로 결심한 상태였다. 미국 대학에서는 학생이 입학할 때 관심을 가지고 있는 전공 분야를 묻지 않는다고 들었기 때문에, 나는 수학을 전공으로 선택한 끔찍한 사실(아버지는 그렇게 생각할 것이다)을 아버지 모르게 2, 3년 정도 숨길 수 있으리라고 생각했다. 그런 터에 두 사촌이 장차 가업의 경영을 맡겠다고 나섰다. 그래서 나는 경제학을 공부할 생각이라며 대충 얼버무림으로써 아버지를 속이고 다른 계획을 세웠다. 말하자면 권위적인 아버지와 나 사이에는 대서양이 가로놓여 있으므로 일단 대학에 들어간 다음에야 내 운명을 향해 스스로 나아가리란 생각을 했던 것이다.

그런데 그해의 '성 베드로와 바오로 축일'에 페트로스 삼촌 집을 방문했을 때, 나는 그만 자제심을 잃고 말았다. 나는 충동적으로 삼촌을 구석으로 끌고 갔다. 그러고는 내 계획을 털어놓았다.

"저, 수학자가 되려고 해요."

진지한 내 말에 삼촌은 아무런 반응을 보이지 않았다. 말도 없었고, 표정의 변화도 없었다. 그러다 갑자기 심각한 눈초리로 내 얼굴을 쏘아보았다. 순간 나는 '골드바흐의 추측에 얽힌 미스터리를 풀려고 애쓸 때도 이런 모습이었을 거야.'라고 생각하며 전율했다.

"넌 수학이 뭐라고 생각하니?"

짧은 침묵이 흐른 뒤 삼촌이 내게 물었다. 약간 기분 나쁜 말투였다.

나는 미리 준비해 둔 대답을 내놓았다.

"삼촌, 전 우리 반에서 1등이에요. 우등상도 받았어요."

삼촌은 잠시 생각에 잠겼다가 이내 어깨를 가볍게 으쓱거리며 말했다.

"이건 중요한 문제야. 신중히 생각해서 결정할 문제라고. 그러니 나중에 다시 얘기해 보자꾸나."

삼촌은 그렇게 말한 다음 안 해도 그만인 말을 덧붙였다.

"네 아버지한테는 말씀드리지 않는 게 좋겠다."

며칠 후 나는 만반의 준비를 갖추고 삼촌을 찾아갔다.

페트로스 삼촌은 나를 부엌으로 데리고 갔다. 그러고는 삼촌이 손수 가꾼 과수원에서 딴 시큼한 체리로 시원한 주스를 만들어 내게 건넨 뒤 맞은편에 앉아 교수님다운 근엄한 표정으로 나를 바라보았다.

"자, 말해 봐라. 네가 생각하는 수학이란 어떤 거지?"

삼촌의 표정은 내가 뭐라고 대답하든 분명히 틀릴 것임을 암시하는 듯했다.

나는 수학이 '과학의 절정'이라는 둥 '전기, 의약, 우주 탐사 등에 응용할 수 있는 학문'이라는 둥 그야말로 진부해 터진 설명을 늘어놓았다.

페트로스 삼촌이 눈살을 찌푸리며 말했다.

"응용 분야에 관심이 있으면 차라리 엔지니어가 되는 게 어떻겠니? 아니면 물리학자가 되든지. 그런 직업도 어느 정도는 수학과 관련이 있으니까 괜찮을 것 같은데 말이야."

삼촌은 '어느 정도'란 말에 힘을 주었다. 결코 호의적으로 던진 말이 아니었다. 나는 더 심한 창피를 당하기 전에 삼촌과 말 상대를 할 만한 실력을 갖추지 못했다는 사실을 솔직히 고백하기로 마음먹었다.

"제가 왜 수학자가 되려는가에 대해서는 설명을 드릴 수가 없어요. 그저 제가 말씀드릴 수 있는 거라곤 단 하나, 수학자가 되고 싶다는 거죠. 삼촌이라면 저를 이해해 주실 거라고 믿었는데……."

페트로스 삼촌이 잠시 생각에 잠겼다가 물었다.

"혹시 체스에 대해서 아니?"

"조금은 알아요. 그렇다고 제게 게임 하자는 말씀은 하지 마세요. 삼촌한테는 어림도 없는 실력이니까요."

내 말에 삼촌이 미소를 지었다.

"게임 하자는 얘기가 아니야. 네가 이해하기 쉽게 예를 들려는 거지. 자, 잘 들어 봐라. 진정한 수학은 응용하고는 아무런 상관이 없어. 그리고 네가 학교에서 배우는 계산 같은 것과도 아주 거리가 멀지. 수학은 물리적이고 감각적인 세계와는 무관한 지극히 추상적인 지적 구조에 대해 연구하는 학문이야. 적어도 수학자가 추상적인 지적 구조에 관계하는 한 말이지."

"바로 그거예요."

내가 재빨리 말했다. 삼촌이 내 얼굴을 흘끔 바라보았다.

"물론 수학자들은 그런 연구를 하면서 즐거움을 느끼지. 체스 경기자들이 경기를 하며 즐거움을 느끼듯이 말이야. 게다가 진정한 수학자의 정신 구조는 시인이나 작곡가의 그것과 아주 유사해. 그러니까 수학자란 한마디로 말해서 아름다움을 창조하고 조화와 완벽을 추구하는 일을 하는 사람이랄 수 있지. 사실 수학자는 실용적인 걸 추구하는 사람과는 정반대편에 있는 사람이야. 말하자면 엔지니어나 정치가, 그리고……."

삼촌은 여기서 잠시 말을 멈추었다. 아무래도 자기 주관에 비추어 좀 더 혐오스러운 직업을 찾아내려는 것 같았다.

"사업가 따위와는 거리가 멀지."

나로 하여금 수학자가 되려는 꿈을 포기하게 하려고 이런 이야기를 꺼냈다면 삼촌은 오해를 해도 너무 지나치게 오해한 셈이었다.

"그래서 제가 수학자가 되려는 거라니까요!"

내가 흥분된 목소리로 소리쳤다.

"저는 엔지니어 같은 건 되고 싶지 않아요. 가업 같은 것도 물려받고 싶지 않고요. 저는요, 진정한 수학에 빠져 보고 싶어요. '골드바흐의 추측'에 빠졌던 삼촌처럼 말예요!"

끝내 나는 사고를 치고 말았다. 에칼리로 오기 전, 나는 '골드바흐의 추측'에 대한 이야기는 무슨 일이 있어도 꺼내지 말자고 속으로 다짐했다. 그런데 흥분한 나머지 경솔하게도 그 이야기를 입 밖에 내고 말았던 것이다.

페트로스 삼촌의 표정은 조금도 흐트러지지 않았지만, 손은 가늘게 떨렸다.

"누가 얘기해 줬니?"

삼촌이 조용히 물었다.

"아, 아버지가요."

기어드는 목소리로 내가 말했다.

"아버지가 뭐라고 얘기했는지 좀 더 자세히 말해 봐라."

"삼촌이 그걸 증명하려고 했대요."

"그게 다니?"

"네. 아, 참! 그리고 성공하지는 못했다고 했어요."

삼촌의 손은 이제 떨리지 않았다.

"다른 얘기는 없었니?"

"네, 없었어요."

"음……. 우리 내기할래?"

"내기라뇨? 무슨 내기요?"

"내 말 잘 들어라. 난 수학을 하나의 예술로 본단다. 스포츠도 마찬가지겠지만, 이쪽은 최고가 아니면 아무런 쓸모가 없어. 그럭저럭 유능한 축에 끼는 엔지니어나 변호사, 또는 치과 의사 같은 경우 어느 정도는 창조적인 전문가로서 저마다 하는 일에서 성취감을 느끼며 살아갈 수가 있지. 하지만 수학자의 경우는 최고가 아니면……. 난 지금 학자를 얘기하는 거지 고등학교 수학 선생을 얘기하는 게 아니야. 단지 걸어 다니는 비극이랄 수 있는 보통 수준의……."

"삼촌!"

나는 삼촌의 말을 가로막았다.

"저는 보통이 될 생각은 눈곱만큼도 없어요. 최고가 될 거예요."

삼촌이 미소를 지었다.

"그런 말을 하는 걸 보면 넌 확실히 나를 닮았구나. 나도 한때는 대단한 야망을 품었지. 하지만 너도 알다시피 의지만 갖고는 안 돼. 이쪽은 부지런하면 반드시 그 대가가 돌아오게 마련인 다른 많은 분야하곤 달라. 수학에서 최고가 되려면 뭔가가 더 필요해. 수학자로서 성공하기 위해서는 필요한 조건이 또 있다고."

"그게 뭔데요?"

삼촌은 그것도 모르냐는 듯 묘한 표정을 지어 보였다.

"재능이야. 좀 더 확실하게 말하자면 타고난 천재성이지. 이 점을 명심해야 돼. 수학자는 태어나는 것이지 만들어지는 게 아니란 걸 말이야. 만약 네가 부모에게서 수학에 대한 천재적인 유전 인자를 이어받지 못했다면 넌 평생 헛수고만 하다가 그저 평범한 인간으로 생을 마감하게 될 거야. 죽어라 애쓰면 뛰어난 범재凡才는 될 수 있을지 모르지. 하지만 그래 봤자 범재일 뿐이야."

나는 삼촌의 눈을 똑바로 쳐다보았다.

"그런데 무슨 내기를 하자는 거예요?"

삼촌은 잠시 머뭇거렸다. 무언가 곰곰이 생각해 보는 것 같은 표정이었다. 마침내 삼촌이 다시 입을 열었다.

"난 네가 실패와 불행으로 뻗어 있는 길을 걷지 않기를 바란다. 그래서 하는 얘기인데, 네가 최고의 재능을 타고난 것으로 판단됐을 경우에만 수학자가 되겠다고 나와 약속해 줄 수 있겠니? 결국 내 말은 그 약속을 걸고 내기를 하자는 거야. 어때?"

나는 몹시 당혹스러웠다.

"제가 그걸 어떻게 판단할 수 있죠?"

"넌 그럴 수도 없지만, 그럴 필요도 없어. 판단은 내가 하는 거니까."

삼촌이 가볍게 웃으며 말했다.

"삼촌이 판단한다고요?"

"그래. 내가 문제를 하나 내줄 테니까 집에 가서 그걸 풀어 와. 그 문제를 푸느냐 못 푸느냐에 따라 너한테 타고난 수학적 재능이 있는지 없는지 알 수 있으니까 말이야."

삼촌이 제안한 내기로 인해 내 가슴속에서는 두 가지 감정이 교차되고 있었다. 나는 시험 대상이 되는 것이 싫었다. 하지만 도전은 얼마든지 할 자신이 있었다.

"시간은 얼마나 주실 건가요?"

내가 물었다.

삼촌은 눈을 반쯤 감고 생각에 잠겼다.

"음, 새 학년이 시작될 때까지가 어떨까? 10월 첫째 주니까 앞으로 석 달 정도 남은 것 같은데 말이야."

순진한 나는 석 달이라면 한 문제가 아니라 수십, 수백 가지 문제도 거뜬히 풀 수 있을 것이라고 생각했다.

"좋아요!"

"그런데 문제가 좀 어려울 거야. 아무나 풀 수 있는 문제가 아니란 얘기지. 하지만 위대한 수학자가 될 정도의 재능을 갖고 있다면 충분히 풀 수 있는 문제야. 아, 참! 맹세할 게 하나 있다. 다른 사람의 도움을 청해선 안 되고, 어떤 책도 참고해서는 절대 안 되는데, 그러지 않겠다고 맹세할 수 있지?"

"네, 맹세해요."

"그 말은 결국 내기를 받아들이겠다는 뜻이니?"

삼촌이 나를 뚫어져라 바라보며 물었다.

"물론이죠."

나는 그렇게 말하고 한숨을 내쉬었다.

삼촌은 아무 말 없이 황급히 자리를 비웠다가 잠시 후 종이와 연필을 들고 나타났다. 무척이나 사무적인 태도였다.

"자, 그럼 시작할까?"

드디어 수학자 대 수학자의 대결이 시작되었다.

"소수에 대해선 학교에서 배웠겠지?"

"그야 당연하죠. 소수는 1보다 큰 자연수 중에서 1과 자기 자신 외에는 약수를 갖지 않는 수를 말해요. 예를 들면 2, 3, 5, 7, 11, 13 같은 수들이죠."

내가 소수에 대한 정의를 내리자 삼촌이 만족스러운 미소를 지었다.

"잘 아는구나. 그렇다면 소수는 과연 몇 개나 될까?"

나는 순간적으로 삼촌의 질문에 대답할 수 없을 것 같은 위기의식을 느꼈다. 갑자기 눈앞이 캄캄했다.

"소수가 몇 개냐고요?"

"그래. 몇 개지? 학교에서 배우지 않았니?"

"그런 건 안 배웠는데요."

삼촌은 한숨을 깊이 내쉬었다. 그리스 수학 교육의 수준이 이 정도밖에 안 되느냐는 식의 실망스러운 표정이 역력했다.

"좋아. 어차피 알아야 할 필요가 있는 거니까 설명해 주지. 소수는 무한하다. 이는 기원전 3세기경에 유클리드가 처음으로 증명해 냈어. 그가 보인 증명 방식은 아주 멋지고 간결한 거였지. 유클리드는 귀류법*을 사용했는데, 이는 먼저 자기가 증명하려는 명제의 반대 사실을 가정한 데서 출발해. 그러니까 일단 소수는 유한하다고 가정한 다음…….”

페드로스 삼촌은 나를 위해 빠른 손놀림으로 종이 위에 설명을 써 가면서 위대한 수학적 조상의 증명 방식을 보여 주었다. 그것은 내가 난생처음으로 접해 본 진정한 수학의 표본이었다.

“그런데 이렇게 하면 처음의 가정에 위배돼. 그러니까 소수는 유한하다고 가정하기 때문에 모순이 일어나는 거고, 그래서 결국엔 소수는 무한하다는 결론이 나오는 거지. 알았니? 증명 끝!”

“우와, 정말 멋지네요! 아주 간단하고요!”

나는 삼촌의 독창적인 증명 방식에 흥분한 나머지 큰 소리로 말했다.

“정말 그렇지?”

삼촌의 목소리도 약간 흥분되어 있었다.

“그런데 아주 단순하면서도 간단한 증명이지만 유클리드 이전에는 어느 누구도 그것을 생각해 낸 사람이 없었어. 이런 얘기 뒤에 숨겨진 교훈이 뭔지 한번 생각해 봐라. 사물은 때때로 이치를 깨닫고 나서 돌이켜 볼 때만 비로소 간단해 보인다는 거야.”

나는 철학적인 생각 따위는 하고 싶지 않았다.

---

* 어떤 명제가 '참'임을 증명할 때, 그 명제의 결론을 부정함으로써 가정 또는 공리公理 등이 모순됨을 보여, 원래 결론이 성립한다는 것을 간접적으로 증명하는 방법. 간접 증명법이라고도 한다.

"그런데 삼촌께서 내주신다는 문제가 뭐죠? 제가 풀어야 할 문제가 이런 건 아닐 거잖아요."

삼촌은 먼저 종이 위에 문제를 쓰고 그것을 내게 읽어 주었다.

"2보다 큰 모든 짝수는 두 소수의 합으로 나타낼 수 있다는 걸 보여 봐라."

나는 잠시 생각에 잠겼다. 그 자리에서 문제를 풀 수 있는, 그래서 삼촌에게 일격을 가할 수 있는 영감이 떠오르기만을 간절히 기도하면서. 하지만 그런 일은 일어나지 않았고, 나는 고작 이렇게 물을 수밖에 없었다.

"그게 다예요?"

페트로스 삼촌이 손을 내저으며 말했다.

"이건 그렇게 단순한 문제가 아니야. 우선 특정한 예를 들어 생각해 볼까? 4=2+2, 6=3+3, 8=3+5, 10=3+7, 12=7+5, 14=7+7 등으로 말이야. 숫자가 커지면 커질수록 계산의 덩치도 커지긴 하지만 아주 확실한 방법이지. 그러나 무한대의 짝수가 나오기 때문에 이런 식으로 접근하는 건 불가능해. 그러니까 보편적인 증명을 찾아내야만 하는데, 결국 넌 생각했던 것보다 훨씬 어렵다는 걸 알게 될 거야."

"어렵든 쉽든 일단 해 보겠어요. 당장 시작할게요."

나는 자리를 박차고 일어났다. 씩씩하게 대문을 나서는 내게 삼촌이 부엌 창문으로 얼굴을 내밀고 소리쳤다.

"얘야, 문제가 적힌 종이는 안 가져갈 거니?"

시원한 바람이 불어왔다. 나는 축축한 땅에서 올라오는 습한 기운을

폐부 깊숙이 들이마셨다. 약속된 미래에 대한 기대와 찬란한 희망으로 가슴이 벅차올랐다. 지금에 와서 돌이켜 보니, 그 순간만큼이나 행복했던 때는 내 인생에서 두 번 다시 없었던 것 같다.

"필요 없어요, 삼촌. 이미 제 머릿속에 들어와 있는걸요. 2보다 큰 모든 짝수는 두 소수의 합으로 나타낼 수 있다! 해답을 가지고 10월 첫째 주에 찾아뵐게요!"

내가 큰 소리로 말하자 삼촌의 단호한 경고성 목소리가 거리로 울려 퍼졌다.

"우리가 한 약속 잊지 마라! 그 문제를 풀었을 때만 넌 수학자가 될 수 있는 거야!"

여러모로 혹독한 여름이 나를 기다리고 있었다.

다행스러운 일인지 모르지만, 부모님은 1년 중 가장 무더운 7, 8월이면 언제나 나를 필로스에 있는 외삼촌 댁으로 보내곤 했다. 그곳에 간다는 것은 곧 내가 아버지의 사정거리에서 벗어난다는 뜻이었다. 결국 나는 아버지 몰래 임무를 완수해야만 하는 또 다른 문제(페트로스 삼촌이 내준 문제 하나만으로는 충분하지 않다는 것일까)에 대한 부담을 느끼지 않아도 되었다. 필로스에 도착하자마자 나는 외사촌들에게 수영은 물론 오락을 하거나 야외 영화관에 갈 시간이 조금도 없으니 그리 알라고 단단히 일렀다. 그러고는 곧장 부엌(여름이라 외가 식구들이 모두 밖에서 식사를 하기 때문에 부엌이 안전했다) 식탁 위에 종이를 펼쳐 놓고, 그때부터 잠자리에 들 때까지 페트로스 삼촌이 내준 문제와 씨름했다.

사람 좋은 외숙모가 내게 지나치다 싶을 만큼 신경을 써 주는 것만 빼고 나를 방해하는 것은 거의 없었다.

"너무 열심히 공부하는구나. 좀 쉬어 가면서 하지그래? 방학이잖니. 어서 책을 한쪽에 밀어 두고 좀 쉬거라. 쉬려고 여기 온 것 아니니?"

그러나 나는 최후의 승리를 쟁취할 때까지 결코 쉬지 않겠다고 다짐했다. 나는 식탁 앞을 한시도 떠나지 않은 채 삼촌이 내준 문제의 해답을 찾기 위해 다각적인 접근을 시도했다. 혹시 페트로스 삼촌이 거짓이 분명한 명제를 증명하게 함으로써 나를 함정에 빠뜨리려는 것은 아닐까 하는 의심이 들기도 했다. 그런 데다 이따금 허허벌판을 걷는 것처럼 연역적 추리 방식이 지겨워질 때도 있었다. 그럴 때면 나는 특정한 예를 들어 보기도 했는데, 각고의 노력 끝에 2,300개 정도의 소수를 표로 만들었다. (말하자면 이것은 내 힘으로 만든 원시적인 '에라토스테네스의 체sieve'*인 셈이었다.) 그러고는 두 소수의 합은 짝수가 된다는 원칙을 확실히 해 두기 위해서 그 소수들을 전부 둘씩 짝지어 더하는 일을 계속했다. 결국 나는 삼촌이 요구한 조건(모든 짝수는 두 소수의 합으로 나타낼 수 있다)을 만족시키지 못하는 제한된 범위에서 그 문제를 생각하고 있었던 것이다.

끊임없이 커피를 마셔 대면서 매일 밤늦게까지 연구에 연구를 거듭하던 8월 중순의 어느 날이었다. 나는 드디어 해냈다는, 그러니까 해답을 찾았다는 생각에 무한한 기쁨을 느꼈다.

* 그리스의 수학자 에라토스테네스가 고안한, 소수를 찾아내는 방법. - 원주

나는 여러 페이지에 걸쳐 해답에 대한 논거를 적은 다음 페트로스 삼촌에게 속달로 부쳤다. 그런데 승리의 기쁨도 잠시였다. 2, 3일 뒤 우편배달부가 내게 다음과 같은 내용의 전보를 건네주었다.

넌 모든 짝수를 소수와 홀수의 합으로 나타낼 수 있다는 걸 증명했구나.
하지만 그것은 끝이 빤히 보이지 않니?

실패로 인한 충격에서 벗어나기까지 꼬박 일주일이 걸렸다. 나는 내키지 않는 마음을 추스르고 다시금 연구에 몰입했다. 이번에는 귀류법을 써 보기로 했다.

'두 소수의 합으로 나타낼 수 없는 짝수 n이 존재한다고 가정해 보자. 그러면…….'

그런데 내가 문제를 풀려고 노력하면 할수록 점점 더 분명해지는 것이 하나 있었다. 그것은 바로 이 문제가 수학에서 가장 중요한 요소인 자연수에 대한 근본적인 진리를 나타내고 있다는 사실이었다. 나는 이내 다음과 같은 의문 속으로 빠져들었다.

'자연수들 속에서 소수를 분류하는 정확한 방법이 과연 존재할까? 그리고 어떤 하나의 소수에서 다음 소수를 찾아내는 방법이 있을까?'

나는 이러한 의문만 풀린다면 현재의 곤경에서 벗어날 수 있으리라고 확신했다. 그래서 책을 통해 의문에 대한 해답을 찾아볼까 하고 두어 번 생각했으나, 그때마다 외적인 도움은 받지 않겠다고 삼촌에게 맹세한 것이 마음에 걸려 그만두었다.

삼촌은 소수가 무수히 많다는 것에 대한 유클리드의 증명을 설명함으로써 그 문제를 해결하기 위해 내가 필요로 하는 것을 이미 주었다고 말했다. 그런데 나는 거기서 한 걸음도 나아가지 못하고 있었다.

마지막 학년이 시작되기 2, 3일 전인 9월 말, 나는 시무룩하니 풀 죽은 모습으로 에칼리에 갔다. 페트로스 삼촌 집에는 전화가 없었기 때문에 용건이 생길 때마다 직접 찾아가야만 했다.

"잘 지냈니?"

삼촌이 인사 끝에 체리 주스를 마시겠냐고 물었다. 나는 쌀쌀맞게 거절했다.

이윽고 자리에 앉으려는 순간 삼촌이 물었다.

"그래, 문제는 풀었니?"

"아뇨. 아직 풀지 못했어요."

그때 내가 마지막으로 하고 싶었던 것은, 나 스스로 실패하기까지의 과정을 밝히고 삼촌에게 그 이유를 설명해 달라고 요구하는 것이었다. 문제의 해답을 구하든 증명하든 그런 것에는 아무런 관심이 없었다. 당시의 나로서는 짝수든 홀수든 수와 관계된 것은 모두 잊어버리는 것이 소원이었다. 물론 소수도 마찬가지였다.

그러나 페트로스 삼촌은 호락호락 넘어가지 않았다.

"음, 그럼 이제 끝났구나. 우리가 한 내기 기억하고 있지?"

삼촌으로서는 당연히 자기의 승리를 공식적으로 확인할 필요가 있을 터였다. 나는 삼촌이 진작 나의 참패를 확신하고 있었다는 생각이 들었다. 은근히 부아가 치밀어 올랐다. 그렇지만 그런 속내를 드러냄으로써 삼촌의 유쾌한 기분을 북돋울 마음은 추호도 없었다.

"네, 기억하고 있어요. 삼촌도 기억하고 계시죠? 문제를 풀지 못하면 저는 수학자가 될 수 없다는 약속……."

"그게 아냐!"

삼촌이 별안간 격한 어조로 내 말을 잘랐다.

"네가 그 문제를 풀지 못하면 절대로 수학자가 되지 않겠다는 약속이지!"

나는 삼촌을 노려보았다. 삼촌의 말대로 그렇게 약속했는지 잘 기억나지 않았다.

"알았어요. 어쨌든 문제를 풀지 못했으니……."

"그래, 약속대로 하겠다고 말해라!"

삼촌이 다시 내 말을 가로막고 말했다. 마치 자기 인생이(혹은 내 인생이) 말 한마디 한마디에 달려 있는 것처럼 힘을 주면서.

"그러죠. 그렇게 해서 삼촌이 기쁘시다면야 골백번도 더 말할 자신 있어요."

나는 태연한 척하려고 일부러 호기 있게 말했다.

"이건 나를 기쁘게 하는 따위의 문제가 아니라 우리의 계약에 대한 존중일 뿐이다! 자, 어서 수학에 관심을 끄겠다고 약속해!"

삼촌의 목소리가 꽤 거칠게 느껴졌다. 아니, 잔인하게 느껴졌다. 어느새 나는 삼촌에게 증오심을 품고 있었다.

"좋아요. 수학에 관심을 끄겠다고 약속드리죠. 이제 속이 좀 시원하세요?"

나는 차갑게 쏘아붙이고 자리에서 벌떡 일어났다. 그러자 삼촌이 위협하듯 손을 들고 제지했다.

"잠깐 기다려!"

눈 깜짝할 사이에 삼촌이 주머니에서 종이 한 장을 꺼내더니 그것을 펼쳐 내 코앞에 들이밀었다. 종이에는 이렇게 쓰여 있었다.

> 아래 서명한 나는 스스로의 온전한 판단하에 다음과 같은 사실을 지킬 것을 엄숙하게 맹세하는 바다. 고도의 수학적 능력에 대한 시험에 실패한 나는 삼촌인 페트로스 파파크리스토스와의 약속에 따라 대학에서 수학을 전공하지 않음은 물론, 수학 교수가 되려는 어떠한 시도도 하지 않는다.

그야말로 뒤통수를 얻어맞은 기분이었다. 나는 가만히 삼촌을 바라보았다.

"서명해라!"

삼촌이 나지막이 명령했다.

"꼭 서명을 해야 돼요?"

나는 투덜거리듯 기분 나쁜 말투로 말했다. 굳이 감정을 숨기고 싶지 않았다.

"서명해! 약속은 약속이야!"

삼촌이 사납게 다그쳤다.

나는 삼촌이 내민 만년필을 뿌리치고 볼펜을 꺼내 휘갈기듯 서명을 했다. 그러고는 삼촌이 뭐라고 말할 새도 없이 삼촌 앞에 종이를 내던지고 쏜살같이 문으로 달려갔다.

"기다려!"

삼촌이 소리쳤지만 그때는 이미 내가 집을 빠져나온 뒤였다.

나는 삼촌의 고함이 들리지 않을 때까지 달리고 또 달렸다. 그러다 숨을 헐떡거리며 길바닥에 주저앉아 어린아이처럼 엉엉 울기 시작했다. 분노, 좌절, 모멸감 등이 눈물에 섞여 뺨을 타고 흘러내렸다.

고등학교의 마지막 학기가 끝날 때까지 나는 페트로스 삼촌을 한 번도 만나지 않았다. 그해 6월, 가족이 에칼리의 삼촌 집을 방문할 때도 나는 핑계를 대고 집에 머물렀다.

결과를 놓고 보건대 그 여름의 일은 페트로스 삼촌이 의도하고 예상했던 대로 한 치의 오차도 없이 정확하게 전개되었다. 나는 삼촌과의 약속을 지켜야 한다는 의무감과 상관없이 수학자의 꿈을 송두리째 허공으로 날려 버렸다. 그나마 다행스럽게도 실패를 겪고 난 뒤의 부작용은 그렇게 심하지 않았다. 게다가 모든 과목에 흥미를 잃은 것은 아니었기 때문에 고등학교 성적은 졸업할 때까지 우수한 상태로 이어졌다. 그리고 그 덕에 나는 미국의 일류 대학으로부터 입학 허가서를 받았다.

등록할 때 나는 학생 기록 카드의 전공란에 '경제학'이라고 기재했다. 경제학 전공은 3학년이 될 때까지 계속 이어졌다.* 나는 전공 필수인 미적분학 개론과 선형대수(우연히 두 과목 모두 A학점을 받았다)를 제

* 미국의 대학에서는 학위를 받을 전공 분야를 밝히지 않고 2학년까지 마칠 수 있다. 설령 전공을 선택했다고 해도 3학년이 시작되기 전까지는 변경이 가능하다. - 원주

외하고 2년 동안 다른 수학 과목은 일체 신청하지 않았다.

페트로스 삼촌의 성공적인(어쨌든 처음에는 그랬다) 계획은 수학의 절대적 결정론을 내 삶에 적용시키기 위한 것이었다고 볼 수 있다. 물론 그것은 모험이었지만, 매우 치밀한 계산 아래 세운 것이었음에 틀림없다. 교양 정도로 배우는 기초적인 수학 과목들에서는 삼촌이 낸 문제의 정체를 찾아낼 가능성이 매우 희박했다. 그 문제가 속해 있는 분야는 수학 전공자들을 겨냥한 선택 과목들에나 들어 있는 '정수론'이었기 때문이다. 삼촌은 아마 내가 자기와의 약속을 지키는 한 대학을 졸업할 때까지(어쩌면 죽는 날까지도) 진실을 알지 못하리라고 생각했을 것이다.

그러나 현실은 수학만큼 믿을 만한 것이 못 된다. 진실은 결국 밝혀지고야 말았다.

3학년이 되는 첫날이었다. 나는 운명의 신(어느 누가 이 같은 일을 두고 우연의 일치라고 말할 수 있으랴)이 새미 엡스타인과 내가 한방을 쓰도록 배정해 주었다는 사실을 통보 받았다. 브루클린 출신으로 가냘프게 생긴 새미는 학생들 사이에서 수학의 천재로 통했다. 그는 열일곱이던 그 해에 벌써 학위를 받기로 되어 있었다. 명목상으로는 대학생이지만 그의 실력은 대학원생 뺨칠 정도였다. 그가 듣는 강의도 그만큼 수준급이었다. 새미는 이미 대수적 위상 수학 분야의 박사 학위 논문을 준비하고 있었다.

당시 나는 앞날이 창창한 예비 수학자로서 겪었던 심각한 정신적 충격으로부터 어느 정도 벗어난 상태였다. 그렇기 때문에 새로운 룸메이트의 신상에 관한 이야기를 전해 들었을 때 마음이 가벼우면서도 기뻤다. 우리는 첫날 저녁, 학생 식당에서 나란히 앉아 음식을 먹으면서부터 친해졌다. 식사 도중 나는 무심결에 이렇게 말했다.

"새미, 너 수학 천재라며? 그럼 2보다 큰 모든 짝수는 두 소수의 합으로 나타낼 수 있다는 것 정도는 쉽게 증명할 수 있겠네."

새미가 갑자기 웃음을 터뜨렸다.

"뭐야? 이봐, 내가 그걸 증명할 수 있다면 이처럼 한가하게 앉아서 너랑 저녁이나 먹고 있지 않을 거야. 교수가 됐어도 한참 전에 됐을걸. 게다가 수학의 노벨상이라는 필드상도 수상했을 테고 말이야."

새미의 입에서 나온 말이 섬광처럼 빛나며 무시무시한 진실을 밝혀내고 있었지만, 나는 그때까지만 해도 무슨 소리인지 정확히 몰랐다. 내가 그 진실을 알게 된 것은 새미의 다음 말을 듣고 나서였다.

"조금 전에 네가 말한 건 '골드바흐의 추측'이란 거야. 아직까지도 해결되지 않았을 만큼 가장 어렵기로 악명이 높은 수학의 난제들 중 하나지."

새미의 말이 떨어지기가 무섭게 내 감정은 부인, 분노, 낙담, 인정이라는 비탄의 4단계 중 제1단계(심리학 개론 시간에 주워들은 이야기를 정확하게 기억하고 있다면 맞을 것이다)에 들어섰다.

"그, 그럴 리가 없어! 저, 절대로!"

나는 새미의 말을 잘못 들은 것이기를 간절히 바라면서 소리쳤다.

"그럴 리 없다니, 그건 또 무슨 소리야?"

새미가 나를 빤히 바라보며 이어서 말했다.

"내 말이 맞아. '골드바흐의 추측'이라고. 모든 짝수는 두 소수의 합으로 나타낼 수 있다는 가설, 그래 이건 지금까지 한 번도 증명된 적이 없기 때문에 말 그대로 가설일 뿐이야. '골드바흐의 추측'은 바로 이 가설의 명칭이고. 이 가설은 골드바흐란 수학자가 오일러에게 보낸 편지에서 처음 소개됐어.* 그런데 엄청나게 큰 짝수들에 시험한 결과 그것이 사실이라는 건 밝혀냈지만, 어느 누구도 일반적인 증명은 하지 못하고 있지."

나는 새미의 다음 말은 듣고 싶지 않았지만, 아예 들리지도 않았다. 내 감정은 이미 분노의 단계에 들어서 있었다.

"빌어먹을 늙은이! 개만도 못한 인간! 염병할, 지옥 불에나 떨어져라!"

나는 그리스어로 고래고래 욕설을 퍼부어 댔다.

새미는 정수론에 나오는 가설로 인해 자신의 룸메이트가 지중해 태생 특유의 격렬한 흥분을 하는 모습에 놀란 모양이었다. 그는 몹시 당황한 채 내게 자초지종을 설명해 달라고 말했다. 그러나 나는 말할 기운이 없었고, 그럴 기분도 아니었다.

열아홉의 나이에도 나는 꽤 순진하고 건전한 편이었다. 그때까지 알코올이라고는 고등학교를 졸업하던 날, 내가 성인이 된 것을 축하하는 아버지와 함께 마신 스카치 위스키 한 잔과 친척의 결혼식에서 축배 주

* 사실 크리스티안 골드바흐가 1742년에 레온하르트 오일러에게 보낸 편지에는 "모든 자연수는 세 소수의 합으로 나타낼 수 있다."고 적혀 있다. 그런데 (만일 이 명제가 참이라면) 짝수를 나타내는 이러한 세 소수 중 하나는 2일 것이다(홀수인 세 소수의 합은 홀수이고, 짝수인 소수는 2밖에 없다). 따라서 모든 짝수는 두 소수의 합으로 나타낼 수 있다는 자연스러운 결론에 이르게 된다. 아이러니하게도 '골드바흐의 추측'이라고 이름 붙인 사람은 골드바흐가 아니라 오일러다. - 원주

로 마신 와인 한 모금이 전부였다. 그 외에는 한 번도 입에 대 본 적이 없었다. 그렇기 때문에 그날 밤 학교 근처의 술집에서 마신 엄청난 양의 술(처음에는 맥주였으나 그것이 버번위스키로 발전했다가 급기야 럼주로까지 이어졌다)은 n거듭제곱으로 온몸에 퍼졌고, 그 결과 나는 그 후유증을 톡톡히 치러야만 했다.

아마 맥주를 서너 잔 정도 마시고 난 뒤였을 것이다. 분노의 감정이 웬만큼 가라앉자 나는 페트로스 삼촌에게 편지를 썼다. 그리고 얼마 뒤 곧 죽을 것이라는 숙명론적인 확신이 들자, 바텐더에게 소원이니 편지를 대신 좀 부쳐 달라고 맡겼다. 삼촌의 주소를 적은 쪽지와 한 달 용돈 중 남은 돈도 건넸다. 그러고는 그만 정신을 잃었다.

과음 탓으로 기억 상실증에 걸린 상태나 마찬가지였기 때문에 그날 밤의 일은 더 생각나지 않는다. 편지의 내용 역시 잘 기억나지 않는다. 아마 그 편지(그 뒤 세월이 흘러 삼촌의 유품을 받았을 때, 나는 감정에 휘말린 나머지 삼촌의 문서들 가운데서 내 편지를 찾아내려는 노력조차 하지 않았다)에다 악담과 무례한 폭언을 늘어놓거나 모욕, 비난, 저주의 말들을 쓰지는 않았던 것 같다. 그래도 편지의 요지는 내 인생을 망쳐 놓았으므로 그리스에 돌아가는 즉시 삼촌을 인간의 상상력이 미칠 수 있는 가장 악랄한 방법으로 괴롭힌 다음에 죽일 작정이라는 것이었다.

얼마나 오랫동안 악몽에 시달리면서 의식을 잃고 있었는지 모른다. 내가 정신을 차린 것은 다음 날 오후 늦게였다. 나는 기숙사의 내 방 침대에 누워 있었다. 그리고 새미는 책상 앞에 앉아서 상체를 굽힌 채 책을 읽고 있었다. 내가 신음을 하자 그가 다가와서 전후 사정을 설명했다. 결론적으로 말하자면, 도서관 앞 잔디밭에 죽은 듯 의식을 잃고 쓰러져 있는 나를 몇몇 친구가 발견해서 데려왔다는 것이다. 그 전에 친구들은 나를 질질 끌다시피 해서 의무실로 데려갔는데, 당직 의사는 간단하게 내 상태를 진단하고는 금세 돌려보냈다고 했다. 사실 의사는 나를 진찰할 필요도 없었겠지만 하고 싶지도 않았으리라. 내 옷은 토사물로 범벅이 된 데다 몸에서는 술 냄새가 진동했을 테니까.

앞으로 나와 같은 방을 쓸 일이 걱정되었는지 룸메이트인 새미가 이렇게 물었다.

"이런 일 자주 있어?"

자존심이 상한 나는 이번이 처음이라고 말하고는 한마디 덧붙인 뒤 다시금 깊은 잠에 빠져들었다.

"이건 순전히 '골드바흐의 추측' 때문에 생긴 일이야."

고통스러운 두통이 가라앉는 데는 꼬박 이틀이 걸렸다. 내 감정은 분노의 다음 단계인 낙담으로 들어섰다(분노의 단계는 술을 퍼마시는 동안에 졸업한 것 같았다). 나는 이틀 밤낮을 기숙사 휴게실의 안락의자에 축 늘어진 채로 흑백의 형상이 춤추듯 움직이는 TV 화면을 멍하니 바라보며 지냈다.

스스로 자초한 그 같은 무기력 상태에서 벗어날 수 있도록 도와준 사람은 바로 새미였다. 새미는 변덕스러운 데다 자기중심적이고 얼빠진 수학도의 모습과는 달리 내게 진정한 동료애를 보여 주었다. 내가 소동을 피운 지 사흘째 되는 날 저녁, 새미가 내 앞에 서서 나를 내려다보며 말했다.

"내일이 등록 마감일이란 거 알고 있어?"

"음……."

나는 신음을 토해 냈다.

"등록은 했고?"

새미의 질문에 나는 만사가 귀찮다는 듯 손을 휘휘 내저었다.

"수강할 과목은 정해 놨어?"

내가 다시금 고개를 가로젓자 새미는 대뜸 눈살을 찌푸렸다.

"내가 상관할 바는 아니지만, 발등에 불이 떨어진 마당에 그렇게 종일 넋 놓고 앉아서 바보상자나 들여다보면 어떡해? 어서 기운 차리고 일어나."

나중에 새미가 털어놔서 알게 된 일이지만, 당시 그가 우정 어린 태도를 취했던 것은 벼랑 끝에 매달린 친구를 돕겠다는 충동적인 마음에서가 아니었다. 그보다는 새로운 룸메이트와 그 악명 높은 수학 문제 사이에 도대체 어떤 사연이 있을까 하는 호기심이 작용했기 때문이었다.

그런데 새미가 어떤 동기를 가지고 그랬든, 그날 밤 나는 그와 긴 시간 대화를 나누고 나서 전혀 딴사람이 되었다. 말하자면 페트로스 삼촌을 용서하게 되었던 것이다. 만약 그때 새미의 이해와 도움이 없었더라면 그 처참한 상황을 이겨 내지 못했을 테지만, 어쨌든 나는 확실히 변해 있었다.

학생 식당에서 저녁을 먹으며 시작된 우리의 대화는 방으로 돌아와서도 계속되었다. 새미와 커피를 마시면서 밤새도록 이야기하는 중에 나는 모든 것을 털어놓았다. 우리 가족, 보통 사람들과 다른 페트로스 삼촌에 대한 내 어린 시절의 동경, 점차 알게 된 삼촌의 뛰어난 재능과 훌륭한 체스 실력, 삼촌 집에서 본 수많은 책, 헬레닉 수학학회에서 온 초청장과 뮌헨 대학의 교수라는 직함, 아버지가 대략 설명해 준 삼촌의 삶, 가령 삼촌의 젊은 시절의 성공과 말년의 비참한 추락, 그리고 이러한 것과 '골드바흐의 추측' 사이의 알 수 없는(적어도 내게는 그랬다) 관계 등에 대해서 이야기했다. 또 내가 수학을 공부하려고 처음으로 결심했던 일, 3년 전 여름에 에칼리의 삼촌 집 부엌에서 단둘이 나눈 대화에 대해서도 숨김없이 털어놓았다. 그런 다음 맨 마지막으로 삼촌과의 '내기'에 대해서 이야기했다.

새미는 작은 눈을 가늘게 뜨고 아무 말 없이 내 이야기에 귀를 기울였다. 그러다 내게 수학적 잠재 능력이 있는지 시험하기 위해 삼촌이 낸 문제에 대한 설명을 하자 별안간 분노의 목소리로 소리쳤다.

"치사한 인간!"

"내 말이 그 말이야!"

내가 맞장구쳤다.

"네 삼촌은 변태 아니면 정신병자야!"

새미가 계속 떠들어 댔다.

"그렇지 않고서야 어떻게 어린 조카한테 여름 내내 '골드바흐의 추측'을 풀게 할 수 있겠어? 네 삼촌은 어쩌면 네가 충분히 도전해 볼 만한 문제라고 생각했을 수도 있겠지. 하지만 그건 말도 안 돼. 어떻게 그럴 수가……. 짐승만도 못한 인간 같으니라고!"

순간, 정신이 반쯤 나간 상태에서 페트로스 삼촌에게 보내는 편지에다 욕설을 휘갈겼던 일이 뇌리를 스쳤다. 어느새 내 마음은 삼촌을 옹호하는 한편, 삼촌의 행동에 대해 합당한 변명을 찾으려는 쪽으로 기울어져 있었다.

"삼촌이 무슨 앙심을 품고 그랬던 건 아닐 거야. 내가 더 큰 절망에 빠지지 않게 하려고 그랬던 게 틀림없어."

"대체 무슨 권리로?"

새미는 그렇게 말하면서 주먹으로 책상을 힘껏 내리쳤다(나와 달리 그는 아이들이 부모나 웃어른의 기대에 부응하지 않아도 되는 집안 분위기에서 자랐다).

"인간은 누구나 자신이 선택한 것에 절망할 권리가 있는 거야."

새미가 열띤 어조로 말했다.

"그리고 '최고가 되라'느니 '뛰어난 범재'라느니 하는 따위의 말은 웃기는 소리야. 넌 얼마든지 위대한 수학자가 될 수도 있었는데……."

새미는 갑자기 말을 멈추고 나를 빤히 바라보았다.

"잠깐, 내가 지금 왜 과거형으로 말하고 있지? 넌 지금부터라도 얼마든지 위대한 수학자가 될 수 있는데 말이야."

새미의 얼굴에 화색이 돌았다.

"무슨 얘기야, 새미? 이젠 너무 늦었어. 너도 그건 알잖아."

내가 심드렁하게 말했다.

"절대로 그렇지 않아! 전공 결정 마감일이 내일인데, 뭐가 늦어!"

"내 말은 그게 아니야. 난 다른 것들에 너무 많은 시간을 허비했어. 그리고…….”

“그리고 뭐? 바보 같은 소리 그만해!”

새미의 목소리는 단호했다.

“열심히 노력하면 잃어버린 시간은 되찾을 수 있어. 중요한 건 시간이 아니라 의욕을 되찾는 일이야. 뻔뻔스러운 네 삼촌이 파괴해 버린, 수학에 대한 네 열정만 되찾으면 돼. 난 너를 믿어. 넌 반드시 할 수 있단 말이야. 내가 도와줄게.”

어느새 밖은 어두웠다. 나는 비탄의 4단계를 마무리 짓는 마지막 인정의 단계를 코앞에 두고 있었다. 페트로스 삼촌은 천인공노할 속임수를 써서 내가 가야 할 삶의 방향을 엉뚱한 쪽으로 돌려놓았다. 그러나 다행히 나는 방향을 잘못 튼 그 지점에서부터 인생을 다시 시작하게 되었다.

새미와 나는 학생 식당에서 아침을 먹은 뒤, 수학과에서 배부한 과목 일람표를 펼쳐 들었다. 새미는 내게 각 과목에 대해서 대략적으로 설명해 주었다. 마치 오랜 경력의 호텔 지배인이 메뉴판의 요리 항목을 소개하듯이. 나는 새미의 설명을 받아 적었다. 그리고 오후에 학적과로 달려가서 1학기에 수강할 과목을 신청했다. 해석학 개론, 복소해석학, 현대 대수학 입문, 위상 수학 개론 등이 그날 내가 신청한 과목이었다.

물론 나는 전공란에다 ‘수학’이라고 적었다. 조금도 망설이지 않았다.

개강 후 며칠 동안 나는 새로운 과목에 적응하느라 힘든 나날을 보냈다. 그럴 때 페트로스 삼촌에게서 전보가 왔다. 전보를 받기 전, 나는 보낸 사람이 삼촌이라고 예측했기 때문에 받지 않으려고 했다. 그러나 내용에 대한 호기심을 도저히 억누를 수가 없었다.

나는 삼촌이 변명을 늘어놓을지, 아니면 내가 보낸 편지의 말투를 문제 삼을지 알아맞혀 보기로 하고는 후자를 택했다. 내 예상은 여지없이 빗나갔다. 삼촌의 전보에는 다음과 같은 글이 적혀 있었다.

> 네 심정을 충분히 이해한다. 내가 한 일을 이해하려면
> 너는 '괴델의 불완전성 정리'에 대해 알아야 할 것이다.

그 무렵 나는 '괴델의 불완전성 정리'에 대해 아는 것이 전혀 없었다. 또 그것이 무엇인지 알고 싶지도 않았다. 라그랑주의 정리, 코시의 정리, 파투의 정리, 볼차노의 정리, 바이어슈트라스의 정리, 하이네의 정리, 보렐의 정리, 르베그의 정리, 티호노프의 정리 등 내가 듣고 있는 과목에서 나오는 정리들만으로도 벅찰 지경이었다. 어쨌거나 나는 페트로스 삼촌이 내게 보인 행동이야말로 그의 정신이 이상하다는 증거가 아니겠느냐는 새미의 주장을 다소나마 인정할 수밖에 없었다. 특히 전보의 마지막 구절에서 삼촌은 수학의 정리를 들먹이며 자신의 비열한 행동을 변명하고 있었다. 그러나 야비한 늙은이의 망상은 그 이상 내 흥미를 끌지 못했다.

나는 룸메이트에게 전보 이야기는 한마디도 꺼내지 않았다. 그것에 대한 생각도 더는 하지 않았다.

강의가 없는 크리스마스 시즌을 나는 새미와 함께 수학 도서관에서 보냈다.*

선달그믐 날, 새미는 브루클린에 있는 집으로 나를 초대했고, 나는 그의 가족과 함께 새해를 맞았다. 새해 첫날, 흥겨운 분위기에서 한창 부어라 마셔라 하고 있을 때였다. 새미가 나를 조용한 구석으로 끌고 갔다.

"네 삼촌에 대해서 얘기 좀 나눌 수 있을까?"

새미가 물었다. 그 문제는 그날 밤새도록 이어졌던 대화 이후로 한 번도 거론된 적이 없었다. 서로 무언의 합의라도 본 것처럼.

"그거야 얼마든지. 그런데 아직도 궁금한 게 있니?"

내가 웃으며 말했다.

새미가 주머니에서 종이 한 장을 꺼내 펼쳤다.

"얼마 전 그 문제와 관련해서 몇 가지 조심스럽게 조사해 봤어."

새미의 말에 나는 바짝 긴장했다.

"조사? 도대체 어떤 조사야?"

"나쁜 쪽으로 생각하지 마. 그저 저서 목록 같은 것들을 찾아봤을 뿐이니까."

"그래서?"

"난 네가 존경하는 삼촌이 사기꾼이란 사실을 알아냈어."

"사기꾼이라니?"

* 이 글을 쓰는 주목적은 내 자서전을 쓰는 데 있는 것이 아니므로 내가 걸어온 수학적 행보에 대해서는 더는 자세히 설명하지 않겠다(호기심 많은 독자들을 위해 나의 수학적 행보를 '더디지만 꾸준했다.'라는 말로 요약할 수 있을 것이다). 페트로스 삼촌과 관련된 것에 한해서만 내 이야기를 하겠다. - 원주

그 말은 정말이지 듣고 싶지 않은 것이었다. 피는 물보다 진하다고 하지 않던가. 나는 펄쩍 뛰면서 삼촌을 감싸고 들었다.

"이봐, 새미! 어떻게 그런 말을 할 수 있지? 우리 삼촌이 뮌헨 대학의 해석학 교수였다는 건 분명한 사실이잖아. 그런데 사기꾼이라니, 무슨 말을 그렇게 해!"

새미는 침착하게 대꾸했다.

"난 20세기의 수학 잡지에 실린 모든 논문을 저자별로 분류해 놓은 색인을 훑어봤어. 그 결과 네 삼촌의 이름으로 나와 있는 기사를 세 개나 찾아냈지. 그런데 '골드바흐의 추측'은 물론이고, 그것과 관련된 논문은 없었어. 단 한 줄도 없었지."

나는 도무지 이해할 수가 없었다. 어떻게 그런 이유만으로 삼촌을 사기꾼이라고 매도할 수 있다는 말인가.

"그래서 그게 뭐 어떻다는 거야? 삼촌은 '골드바흐의 추측'을 증명할 수 없다고 처음으로 인정한 사람이야. 그러니 발표된 이론이 없을 수밖에 없지. 안 그래? 이건 지극히 당연한 얘기 아닌가?"

새미는 겸손한 척 미소를 지었다.

"그건 네가 잘 몰라서 하는 소리야. '골드바흐의 추측'과 함께 아직까지도 풀리지 않은 유명한 문제로 '리만의 가설'이란 게 있어. 그런데 왜 리만의 가설을 증명하려고 노력하지 않느냐는 동료 수학자들의 질문에 저 위대한 데이비드 힐베르트가 뭐라고 대답했는지 알아?"

"뭐라고 대답했는데?"

"'황금 알을 낳는 거위를 뭣 때문에 죽이나?'라고 했대. 그 말이 무슨 뜻이겠어? 위대한 수학자들이 위대한 문제를 풀려고 덤벼들 땐 수많은 수학적 성과들을 얻는 거야. 이른바 '중간 성과'라고 하는 것들이지. 처음에 풀려고 했던 문제들은 비록 해결되지 않은 채 남을 수도 있지만 성과는 성과지. 이해를 돕기 위해 예를 하나 들어 볼까? 유한군有限群 이론은 갈루아가 일반적인 5차 방정식을 풀려고 하다가 얻은 결과인데……."

새미가 한 말의 요지는 이랬다. 최고 수준의 수학자가 '골드바흐의 추측' 같은 위대한 문제와 일생에 걸친 씨름을 할 경우에는 반드시 가치 있는 중간 성과를 '단 하나'라도 얻어 낸다. 그런데 페트로스 파파크리스토스는 젊은 시절을 통틀어 그렇지 못했다. 그러니까 그는 발표할 만한 아무런 성과도 얻지 못했던 것인데, 이런 이유에서 그가 거짓말을 했다(여기서 새미는 귀류법을 적용했다)고 결론지을 수밖에 없다.

결국 페트로스 삼촌은 '골드바흐의 추측'을 증명하려고 애쓴 적이 한 번도 없다는 것이 새미의 생각이었다.

"대체 뭣 때문에 삼촌이 그런 거짓말을 했을까?"

쥐구멍에라도 들어가고 싶은 심정으로 내가 물었다.

"네 삼촌은 수학자로서 이렇다 하게 내세울 게 없는 자신의 처지를 호도호지부지 덮어 버림하기 위해 '골드바흐의 추측'에 대한 얘기를 꾸민 거야. 내가 '사기꾼'이란 심한 표현을 쓴 것도 바로 그 때문이지. 너도 알다시피 이 문제는 무척 어려운 거라서 설령 그걸 풀지 못했다고 해도 뭐랄 사람은 하나도 없어. 결국 네 삼촌은……."

"말도 안 돼!"

내가 소리쳤다.

"수학은 페트로스 삼촌의 삶이었어! 삼촌의 유일한 관심사이자 열정의 대상이었다고! 그런데 삼촌이 뭘 호도하고 꾸몄다는 거야? 말도 안 되는 소리 그만해!"

내 말에 새미가 고개를 가로저었다.

"기분 나쁘겠지만 내 말 들어 봐. 난 그 문제에 대해 우리 과의 저명한 교수님과 얘기를 나눴어. 실은 방금 한 얘기도 그분한테서 들은 거야."

내 얼굴에 당황한 빛이 스치는 것을 새미가 놓쳤을 리 없다. 왜냐하면 그가 서둘러서 이렇게 덧붙였기 때문이다.

"물론 네 삼촌의 이름은 들먹이지 않았어."

새미는 이어서 '저명한 교수님'의 이론을 설명하기 시작했다.

"정확히 언제인지는 모르지만, 네 삼촌은 젊었을 때 이미 수학에 대한 능력이나 의지를 상실한 것 같아. 어쩌면 둘 다 잃었을 수도 있지. 그런데 불행한 일이긴 하지만, 이건 어느 분야를 막론하고 초기의 개척자들에게서 흔히 나타나는 현상이야. 갖고 있는 에너지를 전부 불태우고도 결국은 좌절감을 맛볼 수밖에 없는 게 대부분의 조숙한 천재들이 타고난 운명이랄 수 있지."

새미 역시 언젠가는 그 같은 슬픈 운명이 자신에게도 닥치리라고 예상하는 듯했다. 그의 마지막 말은 진지함을 넘어 슬프게까지 들렸다.

"가련한 네 삼촌이 어느 순간부터 수학을 하지 않게 된 건 그의 의지에서가 아니었어. 그는 수학을 계속할 수 없었던 거야."

선달그믐 날 새미와 이야기를 나눈 뒤로 페트로스 삼촌에 대한 내 태도는 또 한 차례 변화를 겪었다. 삼촌이 내게 '골드바흐의 추측'을 증명하도록 한 것이 속임수였다는 사실을 처음 알았을 때 느꼈던 분노는 어느새 눈 녹듯 사라져 버렸다. 나는 좀 더 너그러운 마음, 아니 삼촌에 대한 동정심마저 품게 되었다. 삶의 유일한 힘이자 기쁨이며, 위대한 재능이기도 한 것을 갑자기 잃어버렸다고 생각한 순간 삼촌은 얼마나 괴로웠을까. 그토록 앞날이 창창했던 삼촌인데……. 가엾은 우리 삼촌!

생각하면 할수록 나는 그 '저명한 교수님'에게 화가 났다. 어떻게 알지도 못하는 사람에 대해 아무런 근거도 없이 그런 식의 악담을 할 수 있다는 말인가. 새미도 마찬가지였다. 친구의 삼촌에게 '사기꾼'이라니, 그런 경솔한 표현을 써도 된다는 말인가!

나는 페트로스 삼촌에게 변명할 기회를 줘야 한다고 생각했다. 또한 그의 동생들이 '실패한 인생' 운운하며 경거망동하게 내뱉은 말이나, 잘나 빠진 '저명한 교수님'과 건방진 천재 새미가 내린 엉터리 판단에 대해서도 삼촌이 반격할 기회를 가져야만 한다고 생각했다.

드디어 피고에게 변론할 기회가 온 셈이었다.

삼촌의 변명을 듣는 사람으로는 그의 가장 가까운 혈육이자 피해자이기도 한 내가 최고의 적임자라는 생각이 들었다. 확실히 내가 피해자라는 면에서 보면 삼촌은 내게 빚을 져도 크게 지고 있었다.

나는 무언가 준비할 필요가 있다는 강박관념에 쫓겼다.

삼촌이 보낸 전보는 갈기갈기 찢어 버렸다. 그렇지만 그 내용은 잊지 않고 있었다. 삼촌은 '괴델의 불완전성 정리'에 대해 알아보라고 했다. 삼촌의 의도는 정확히 알 수 없었지만, 삼촌이 내게 보인 비열한 행동에 대한 설명도 결국은 불완전성 정리 안에 들어 있을 것이라고 생각했다(당시 불완전성 정리에 대해 전혀 아는 바가 없던 나는 그 이름에서부터 무언가 좋지 않은 느낌을 받았다. 특히 몇 가지 비유적인 의미를 암시하는 것처럼 보이는 '불'이라는 부정 접두어가 마음에 들지 않았다).

다음 학기 전공 과목을 선택할 즈음 첫 번째 기회가 찾아왔다. 나는 내 질문이 페트로스 삼촌과 관계가 있지 않을까 하는 의심을 사지 않도록 조심하면서 새미에게 물었다.

"괴델의 불완전성 정리에 대해 들어 본 적 있어?"

새미는 우스꽝스럽고 과장된 포즈로 허공에다 대고 팔을 휘둘렀다.

"그걸 말이라고 해!"

"사실은 삼촌이 괴델의 불완전성 정리에 대해 들어 본 적이 있느냐고 물었는데, 그게 뭔지 알아야 말이지. 어느 분야에 속한 정리야? 위상 수학이야?"

새미가 여전히 어처구니없다는 표정으로 나를 바라보았다.

"불완전성 정리도 몰라? 넌 정말 수학에 있어서 무식의 극치를 달리는구나!"

"그만 놀리고 설명 좀 해 줘. 대체 그게 무슨 정리야?"

괴델의 위대한 발견에 대해 새미는 일반적인 논조로 설명했다. 그리고 수학 이론들의 견고한 구조에 대해서 유클리드가 갖고 있던 생각, 즉 몇몇 기본 공리로부터 시작해 엄격하고 논리적인 귀납법에 의해서 하나의 정리로 발전해 나간다는 것도 이야기했다. 또한 새미는 그로부터 2200년 뒤의 일인 '힐베르트의 제2문제'를 비롯해 러셀과 화이트헤드의 《수학의 원리》에 대해 간략하게 언급한 다음, 마지막으로 불완전성 정리를 가능한 한 쉬운 말로 설명했다.

"하지만 그게 가능할까?"

내가 눈을 크게 뜨고 물었다.

"가능하냐고? 그건 이미 입증된 사실이야!"

새미가 대답했다.

2

도전, 그리고 실망

여름 방학을 보내기 위해 그리스에 오고 나서 이틀째 되는 날, 나는 에칼리로 갔다. 솔직히 페트로스 삼촌 앞에 불쑥 나타나고 싶은 마음은 없었다. 그래서 편지로 미리 만나자는 약속을 한 상태였다. 결과적으로 공정한 재판처럼 삼촌에게 변명을 준비할 시간을 넉넉히 준 셈이었다.

나는 약속 시간에 맞춰 삼촌 집에 도착했다. 우리는 곧 정원으로 가서 앉았다.

"내가 가장 아끼는 조카(삼촌이 나를 그렇게 부른 것은 그때가 처음이었다)께서 신대륙에서 무슨 소식을 가져왔을까?"

공손한 조카가 자신을 염려해 주는 삼촌을 방문한 것이라고 믿도록 내가 놔두리라고 생각했다면, 삼촌은 오해를 해도 크게 한 셈이었다.

나는 일부러 삐딱하게 대꾸했다.

"저는 1년 뒤에 학사 학위를 받을 겁니다. 대학원 시험을 볼 준비는 벌써 시작했어요. 삼촌의 의도는 실패했습니다. 삼촌이 반대하시든 말든 저는 수학자가 될 겁니다."

삼촌은 어쩔 수 없다는 듯 양 손바닥을 하늘로 향한 채 어깨를 으쓱해 보였다.

"물에 빠져 죽을 운명을 지닌 사람은 절대로 침대에서 죽는 법이 없지."

삼촌이 그리스 속담을 인용하면서 나를 빤히 바라보았다.

"아버지한테는 말씀드렸니? 찬성하시던?"

"뜬금없이 아버지 얘기는 왜 꺼내시는 거예요?"

내가 쏘아붙였다.

"삼촌과 나의 '내기'를 부추긴 사람이 아버지였나요? 아버지가 내게 '골드바흐의 추측'과 씨름해서 제 능력을 증명하도록 엉뚱한 획책일을 꾸밈을 한 건가요? 그게 아니면, 수년간 아버지가 삼촌을 후원해 준 데 대해 큰 빚을 졌다고 생각한 나머지 제가 아버지의 가업을 잇게 해서라도 아버지한테 보답하기로 한 건가요?"

페트로스 삼촌은 강한 반칙성 공격을 받고도 표정 하나 바꾸지 않았다.

"네가 화내는 것도 무리는 아니지. 하지만 이해하려고 좀 해 봐라. 어쩌면 내가 쓴 방법에 문제가 있을지도 모르지. 그러나 그 동기는 하얀 눈처럼 순수했단다."

삼촌의 말에 나는 차갑게 응수했다.

"순수하다고요? 삼촌의 실패가 제 인생에 영향을 끼친 걸 보면, 순수한 구석이 전혀 없는 것 같은데요."

"오늘 시간 좀 있니?"

삼촌이 한숨을 내쉬고 물었다

"삼촌이 원하시는 만큼은 있어요."

"그럼 좀 더 편하게 앉거라."

"그러죠."

"이제부터 내 얘기를 들어 봐라. 그런 다음에 스스로 판단하기 바란다."

페트로스 파파크리스토스의 이야기

이 글을 쓰는 지금의 나로서는 수십 년 전의 어느 여름날 오후에 삼촌이 썼던 말투와 표현을 정확히 기억할 수 없다. 결국 나는 완전성과 일관성을 기하기 위해 삼촌의 이야기를 3인칭으로 재구성하는 쪽을 택했다. 그리고 아무리 애써도 기억나지 않는 부분에 대해서는 삼촌이 연구 진척 과정을 적어 둔 여러 권의 두꺼운 일기와 함께 가족이나 동료 수학자들과 주고받은 서신 가운데 남아 있는 것들을 참조해서 보충했다.

페트로스 파파크리스토스는 1895년 11월에 아테네에서 태어났다. 사업가로 자수성가한 그의 아버지는 일밖에 모르는 남자였고, 어머니는 남편밖에 모르는 여자였다. 그 사이에서 맏아들로 태어난 페트로스는 유년기를 고독하게 보냈다.

지나친 애착은 고독에서 싹트는 경우가 많다고 하는데, 이는 평생을 숫자와 관련된 일로 보낸 페트로스에게 딱 들어맞는 말이다. 그는 일찍부터 계산에 남다른 재능을 보였다. 그에게는 특별히 기분을 전환할 만한 취미가 없었기 때문에 그 재능은 금세 과도한 애착으로 발전했다. 어릴 적에도 그는 틈만 나면 머릿속으로 복잡하기 짝이 없는 계산을 하곤 했다. 두 동생이 생겨서 집안에 활기가 돌 때도 마찬가지였다. 그는 암산에 정신이 팔린 나머지 집안 분위기가 달라졌어도 전혀 눈치채지 못했다.

페트로스가 다닌 학교는 프랑스 예수회 수사들이 운영하는 종교 기관으로, 수학에서 타의 추종을 불허하는 화려한 전통을 지닌 곳이었다. 페트로스의 첫 스승인 니콜라스 수사는 금세 제자의 재능을 알아채고 그를 총애했다. 어린 페트로스는 스승의 각별한 지도로 동급생들의 수준을 훌쩍 뛰어넘어 두각을 나타냈다. 니콜라스 수사 역시 대부분의 예수회 소속 수학자들과 마찬가지로 (당시에 이미 구식이 된) 고전 기하학을 전문적으로 연구한 사람이었다. 그는 종종 독창적이면서도 복잡하기는 하지만 수학적으로는 흥미가 없는 문제를 만드느라 시간을 보내곤 했다. 페트로스는 스승이 직접 만든 문제뿐만 아니라 예수회 수학책에서 골라낸 문제까지 놀랄 만큼 쉽게 풀었다.

그런데 페트로스의 관심은 처음부터 정수론에 쏠려 있었다. 그것은 예수회 수사들이 잘 알지 못하는 분야였다. 하지만 페트로스는 수학적 재능을 타고난 데다 어릴 때부터 끊임없이 문제를 풀면서 실력을 쌓아왔기 때문에 거칠 것이 없었다.

페트로스가 열한 살 때였다. 그는 '모든 자연수는 네 개의 수를 제곱한 것의 합으로 나타낼 수 있다.'는 말을 들었는데, 어떤 숫자를 제시하든 단 몇 초 만에 분해해서 예수회 수사들을 깜짝 놀라게 했다.

"99는 어떻게 나타내지?"

수사들이 이렇게 물으면 그는 금방 다음과 같이 대답했다.

"99는 8^2 더하기 5^2 더하기 3^2 더하기 1^2입니다."

"그럼 290은?"

"12^2 더하기 9^2 더하기 7^2 더하기 4^2입니다."

"도대체 어떻게 해서 그처럼 빨리 대답할 수 있지?"

페트로스는 아무것도 아닌 듯이 그 방법에 대해 설명했다. 그러나 선생들은 종이와 연필과 충분한 시간이 없으면 도저히 이해할 수 없다는 표정을 지을 뿐이었다. 어떤 문제를 내든 어린 페트로스는 계산의 중간 단계를 생략한 논리적 비약에 의해 금세 답을 제시했다. 이는 수학적 직관이 뛰어나게 발달되어 있지 않고는 불가능한 일이었다.

열다섯 살 무렵, 페트로스는 예수회 수사들이 알고 있는 거의 모든 지식을 터득했다. 수사들로서는 더 가르칠 것이 없었다. 그들은 재능 있는 제자가 계속 퍼부어 대는 수학적 질문에 자신들이 대답하기는 역부족임을 깨달았다. 교장이 페트로스의 아버지를 찾아온 것도 그 무렵이었다.

페트로스의 아버지는 자식들에게 시간을 많이 할애하는 사람은 아니었다. 하지만 그리스 정교에 의한 아버지로서의 본분은 익히 알고 있었다. 그는 원래 장남을 분리파 교회 소속의 외국인이 운영하는 상급 학교에 입학시키려고 했다. 그 학교가 그 자신이 그토록 속하고 싶어 하는 사교계 명사들 사이에서 명성이 자자했기 때문이다. 그러나 그는 아들의 수학적 재능을 더 효과적으로 연마하려면 프랑스의 수도원으로 보내야 한다는 교장의 제의에 마음을 고쳐먹지 않으면 안 되었다.

'빌어먹을 가톨릭교도가 내 아들을 손아귀에 움켜쥐려고 안달이군.'

그는 이렇게 생각했다.

페트로스의 아버지는 고등 교육을 받지 못했음에도 결코 무지하지 않았다. 그는 타고난 재능에다 노력을 기울이면 누구든 크게 성공할 수 있다는 사실을 개인적인 경험을 통해 터득하고 있었다. 그렇기 때문에 아들이 천부적인 재능을 마음껏 발휘할 수 있도록 길을 열어 주었다. 그는 도움이 될 만한 주변 사람들을 찾아다니며 수소문한 끝에 독일에 위대한 수학자가 있다는 사실을 알게 되었다. 그 사람은 유명한 콘스탄틴 카라테오도리 교수로, 우연찮게도 같은 그리스 정교 신자였다. 페트로스의 아버지는 만날 약속을 정할 겸 즉시 카라테오도리 교수에게 편지를 썼다.

페트로스는 아버지와 함께 베를린으로 향했다. 그곳 대학의 연구실에서 카라테오도리 교수가 은행원 같은 차림으로 그들을 맞이했다. 교수는 페트로스의 아버지와 잠시 세상 돌아가는 이야기를 나눈 뒤, 아들과 단둘이 있게 해 달라고 말했다. 그런 다음 페트로스를 칠판 쪽으로 데리고 가서 분필을 주고는 문제를 냈다.

페트로스는 마치 누가 살짝 가르쳐 주기라도 한 것처럼 적분을 풀고, 급수의 합을 계산하고, 명제를 증명했다. 이윽고 명망 높은 교수의 검토가 끝나자 소년은 정교한 기하학상의 구조, 복잡한 대수 항등식, 자연수의 속성 등 스스로 발견한 것들에 대한 자신의 견해를 밝혔다. 그 가운데서 자연수의 속성에 관한 견해 중 하나는 이렇다.

'2보다 큰 모든 짝수는 두 소수의 합으로 나타낼 수 있다.'

"분명히 그걸 증명할 수는 없을 텐데."

명망 높은 수학자가 말했다.

"아직은 그래요. 하지만 그게 일반 원리라는 건 확실합니다. 1만 단위까지 직접 확인해 봤으니까요."

페트로스가 대답했다.

"소수의 분포에 대해선? 주어진 자연수 n보다 더 작은 소수가 얼마나 있는지 계산하는 방법을 밝힐 수 있겠니?"

카라테오도리가 조심스레 물었다.

"아직은요. 하지만 n이 무한대에 가까워질수록 n보다 작은 소수의 개수는 n을 $\log_n$으로 나눈 비율에 가까워져요."

페트로스가 대답했다.

카라테오도리는 숨을 헐떡였다.

"어디에선가 읽은 모양이구나."

"아녜요, 교수님. 이건 그냥 제 계산표에서 나온 합리적인 외삽법*인걸요. 그리고 제가 학교에서 공부하는 책은 오직 기하에 관한 것뿐이에요."

조금 전만 해도 딱딱하게 굳어 있던 교수의 얼굴에 밝은 미소가 번져 있었다. 그는 페트로스의 아버지를 불러들였다. 그러고는 아들에게 고

* **외삽법**extrapolation_ 과거부터 현재에 이르기까지 계속되어 온 변화 추세나 속도로 미루어 보아 앞으로 발생할 것이라고 예상되는 상황을 예측하는 미래 예측 기법. 투사법projection이라고도 한다.

등학교를 2년이나 더 다니도록 하는 것은 귀중한 시간을 낭비하는 일이라고 말했다. 그는 또 특별한 재능을 지닌 소년에게 최상의 수학 교육을 받지 못하게 한다면, 그것은 '범죄에 해당하는 과실'이라고도 했다. 그러면서 동의만 해 준다면 당장 페트로스를 이 대학에 입학하도록 수선하겠다고 약속했다.

페트로스의 아버지는 궁지에 몰린 상태에서 선택의 여지가 없었다. 그는 장남에게 죄를 짓고 싶은 마음이 추호도 없었다.

몇 달 뒤 페트로스는 다시 베를린으로 돌아와 샤를로텐부르크에 있는 아버지의 동업자 집으로 갔다.

새 학년이 시작되기 전 몇 달 동안 그 집의 장녀인 이졸데가 어린 외국인 손님의 독일어 공부를 도와주기로 했다. 이졸데의 나이는 열여덟이었다. 여름이었기 때문에 개인 교습은 종종 정원의 후미진 구석에서 이루어졌다.

"날씨가 추워졌을 땐 침대에서 독일어를 배웠단다."

페트로스 삼촌이 온화한 미소를 지으며 회상했다.

이졸데는 삼촌에게 있어 첫사랑이자 단 한 번뿐인 사랑(삼촌의 이야기를 듣고 짐작하건대)이었다. 둘의 사랑은 짧은 기간에 은밀하면서도 완벽하게 이루어졌다. 둘은 대낮이든 한밤중이든 새벽이든, 관목 숲에서든 다락방에서든 포도주 저장실에서든, 그리고 언제 어디서든 남의 눈에 띄지 않을 기회만 생기면 의외의 장소에서 불규칙하게 밀회를 즐겼다.

"우리 아빠가 아는 날이면, 너를 목 졸라 죽일 거야."

이졸데는 여러 번 어린 연인에게 경고를 했다.

페트로스는 얼마 동안 사랑에 빠진 채 갈피를 못 잡고 헤맸다. 그는 연인을 뺀 모든 것에 무관심해졌다. 이 때문에 잠깐이지만 카라테오도리는 페트로스가 지닌 잠재력에 대해 자신이 내린 판단에 오류가 있을지도 모른다고 생각했다.

그런데 몇 달 동안의 은밀한 행복(삼촌은 "아, 정말 너무 짧은 기간이었어."라고 말하며 한숨지었다)을 맛본 뒤, 이졸데는 가족이 있는 집과 어린 연인의 품을 떠나 프러시아 포병대 출신의 늠름한 젊은 중위와 결혼했다.

당연히 페트로스는 가슴이 찢어질 것 같은 비탄에 잠겼다.

하늘이 내린 재능은 피할 수 없는 운명을 통해 더 한층 강화되는 법일까. 페트로스 삼촌이 유년기에 품었던 숫자에 대한 지나친 애착이 부분적으로 가족에게서 받지 못한 애정 결핍에 대한 보상이었다면, 베를린 대학에서 고등 수학에 더욱더 깊이 빠져든 것은 사랑하는 연인을 잃었기 때문이라고 볼 수 있었다. 사실 추상적인 개념과 난해한 부호들로 넘치는 끝없는 대양 속으로 더 깊이 빠져들면 들수록, 다행스럽게도 그는 '사랑스러운 이졸데'와의 아주 다정했던 기억들을 훌훌 떨쳐 버릴 수 있었다. 삼촌의 말에 따르면 그에게 이졸데는 곁에 있을 때보다 없을 때가 훨씬 더 쓸모 있는 사람이었다.

둘이 처음으로 침대에 함께 누웠을 때(정확히 말하자면, 그녀가 삼촌을 침대에 처음으로 '넘어뜨렸을' 때) 그녀는 삼촌의 귓가에 대고, 자신이 그에게 끌린 건 소문난 천재이기 때문이라고 나지막이 속삭였다.

그때 페트로스는 생각했다. 어정쩡한 태도로는 그녀의 마음을 사로잡을 수 없다고. 성숙할 만큼 성숙한 그녀를 감동시키려면, 스스로 위대한 수학자가 되기에 조금도 손색이 없는 놀라운 지적知的 위업을 달성해야만 했다.

그러나 어떻게 해야 위대한 수학자가 될 수 있을까? 대답은 간단하다. 위대한 수학 문제를 풀면 되는 것이다!

"수학에서 가장 어려운 문제가 무엇입니까?"

그 뒤 카라테오도리 교수를 만났을 때, 페트로스는 단순히 학문적 호기심인 것처럼 가장하고 물었다. 그러자 잠시 망설이던 끝에 현명한 교수는 이렇게 대답했다.

"리만의 가설, 페르마의 마지막 정리, 그리고 맨 나중에 말하는 것이긴 하지만 그렇다고 결코 얕잡아 볼 수 없는 '골드바흐의 추측'이 있지. '골드바흐의 추측'은 '모든 짝수는 두 소수의 합이다.'라는 가설을 증명하는 것으로, 정수론에서 가장 증명하기 힘든 난제 가운데 하나야."

아직 확고한 결정을 내리지는 못했지만, 페트로스는 언젠가 자신이 그 추측을 증명하리라는 야망의 씨앗을 그 짧은 대화를 통해 마음속에 분명하게 심었다. 골드바흐나 오일러에 대해서 알기 훨씬 전에 그는 그 추측의 내용과 똑같은 의견을 교수에게 밝힌 바 있고, 그래서 더욱 그 문제가 소중하게 느껴졌다. 맨 처음부터 그의 관심을 끈 것은 문제를 공식화하는 것이었다. 외적인 단순성과 악명 높은 난해성이 결합됨으로써 그 문제는 필연적으로 심오한 진리의 성격을 띨 수밖에 없었다.

그런데 카라테오도리는 페트로스에게 백일몽을 꿀 여유를 주지 않았다. 그는 분명한 어조로 이렇게 말했다.

“독창적인 연구를 효과적으로 수행하려면 우선 막강한 무기부터 손에 넣어야 하네. 해석학, 복소해석학, 위상 수학, 대수학 등을 통해 현대 수학자의 온갖 무기를 완벽하게 다룰 수 있어야 돼.”

비범한 재능을 지닌 젊은이에게도 그러한 것들을 완벽하게 습득하는 데는 혼신의 노력과 많은 시간이 필요했다.

페트로스가 석사 학위를 받자 카라테오도리는 그에게 미분 방정식 이론에서 끄집어낸 문제를 박사 논문 주제로 주었다. 페트로스는 채 1년도 되지 않아 성공적으로 논문 작업을 끝냄으로써 스승을 깜짝 놀라게 했다. 그는 논문에서 몇몇 특별한 종류의 미분 방정식을 푸는 방법을 제시했는데(이것은 이때부터 ‘파파크리스토스 방식’이라고 불렸다), 이 방법은 몇 가지 물리학 문제를 푸는 데도 아주 유용했기 때문에 그는 금세 유명해졌다. 그러나 “그것은(여기서 다시 삼촌의 말을 그대로 인용하겠다) 수학적으로 특별히 흥미로운 해법은 아니며, 그저 식료품 가게의 청구서 따위를 계산하는 방법에 지나지 않았다.”

페트로스는 1916년에 박사 학위를 받았다. 그 직후 그리스가 1차 세계대전의 혼란 속으로 뛰어들었는데, 그의 아버지는 이 때문에 아들을 얼마 동안 중립국인 스위스에 가서 머물도록 조치했다. 결국 취리히에서 자신의 운명을 스스로 결정할 수 있게 된 페트로스는 첫사랑이자 영원히 변치 않는 사랑인 ‘숫자’ 쪽으로 방향을 틀었다.

그는 대학에서 고급 강좌를 청강하며 여러 강의와 세미나에 참석했다. 그리고 그 외의 시간에는 도서관에서 책과 학술지를 붙잡고 씨름했다. 지식의 미개척 영역으로 가능한 한 빨리 나아가기 위해서는 서둘러 움직이는 수밖에 없었다. 당시 정수론에서 세계적인 연구를 하는 수학자가 셋 있었다. 영국인 G. H. 하디와 J. E. 리틀우드, 그리고 독학한 인도의 비범한 천재 스리니바사 라마누잔이 그들이었다. 세 사람은 모두 케임브리지의 트리니티 칼리지에 몸담고 있었다.

그 무렵 유럽은 전쟁 때문에 지리적으로 분할되었고, 영국은 독일의 초계함 U보트에 의해 사실상 대륙과 차단된 상태였다. 그러나 그 같은 상황은 페트로스와 아무런 상관이 없었다. 오히려 넉넉하게 쓰고도 남을 재산이 있는 데다가 위험에 초연한 태도가 힘으로 작용해서 수학에 대한 그의 열정은 더욱 뜨겁게 달아올랐다.

"난 여전히 세상 돌아가는 걸 모르는 풋내기인 채로 영국에 도착했지. 하지만 3년 뒤 그곳을 떠날 땐 정수론 분야의 전문가가 되어 있었어."

페트로스 삼촌이 내게 한 말이었다.

페트로스에게 케임브리지 시절은 그 뒤에 이어질 길고 고된 세월을 준비하는 데 필요한 기간이었다. 그에게는 대학에서의 공식적인 지위가 없었다. 그렇지만 그 자신이(아니, 정확히 말하자면 그의 아버지가) 재정적으로 넉넉했기 때문에 아무런 지위 없이도 온갖 호사를 부리며 생활할 수 있었다. 페트로스는 라마누잔이 머물던 비숍 기숙사 옆의 조그만 하숙집에서 기거했다. 덕분에 그는 곧 라마누잔과 친밀한 사이가 되었고, 둘은 함께 하디의 강의를 들으러 다녔다.

과연 하디는 수학을 연구하는 현대 수학자의 모범이었다. 정수론 분야의 진정한 명인이랄 수 있는 그는 '골드바흐의 추측'처럼 외적으로는 믿을 수 없을 정도로 단순한 문제와 씨름하는 데 있어서 가장 정교한 수학적 방법을 구사해 놀랄 만큼 명쾌하게 정수론에 접근했다. 페트로스는 하디의 강의에서 자신의 연구에 필요하다고 생각되는 방법들을 배웠다. 그리고 고도의 연구에 요구되는 심오한 수학적 직관을 계발하기 시작했다. 역시 페트로스는 남들보다 배우는 속도가 빨랐다. 그는 앞으로 더듬어 갈 미로를 금세 도표로 만들어 냈다.

확실히 하디는 페트로스가 수학적 지식을 발전시키는 데 중대한 영향을 끼친 인물이었다. 그러나 페트로스에게 수학적 영감을 불어넣은 사람은 다름 아닌 라마누잔이었다.

삼촌은 한숨을 쉬며 이렇게 말했다.

"그는 정말 이 세상에서 하나밖에 없는 천재 중의 천재였어. 하디가 늘 얘기하곤 했지만, 라마누잔은 수학적 재능에서 타의 추종을 불허했지. 그는 아르키메데스, 뉴턴, 가우스 등과 어깨를 나란히 할 인물이었어. 심지어 그들을 능가한다고 생각될 때가 한두 번이 아니었지. 하지만 그는 교육을 받아야 할 시기에 정규 수학 훈련을 거의 받지 못했기 때문에 안타깝게도 그 뛰어난 재능 가운데 극히 일부만 발휘하고 말았어."

라마누잔이 수학 문제를 푸는 모습을 지켜보면 누구나 겸손해질 수밖에 없었다. 갑작스레 떠오르는 영감이나 계시에 의한 듯, 보통 사람으로서는 상상할 수도 없는 복잡한 공식과 항등식 등을 동원하는 그의 불가사의한 능력에 대해 보일 수 있는 유일한 반응은 경외와 경악뿐이었다(라마누잔은 그 같은 공식이 힌두교 여신인 나마기리가 꿈에 나타나서 알려 준 것이라고 하디에게 말하곤 했다. 그런 말을 들을 때마다 초합리주의자인 하디는 쓰디쓴 좌절감을 맛보곤 했다). 사람들은 라마누잔이 만일 극도의 궁핍한 환경에서 태어나지 않고, 잘 먹고 자란 서양의 보통 학생들에게 주어지는 것과 똑같은 교육의 혜택을 누렸더라면 과연 어느 수준에까지 이르렀을까 하고 궁금해했다.

어느 날이었다. 페트로스는 몇 차례 망설이던 끝에 '골드바흐의 추측'을 라마누잔 앞에 슬며시 내밀었다. 그 문제에 라마누잔이 관심을 보이는지 시험해 보고 싶었던 것이다. 페트로스는 라마누잔이 그 문제에 관심을 보이기를 기대하면서도 마음 한편에서는 정말 그렇게 하면 어쩌나 하고 걱정했다.

그런데 라마누잔은 뜻밖의 반응을 했다.

"그 추측은 어떤 대단히 큰 숫자에는 적용될 수 없을 것 같은 예감이 드는군."

페트로스는 벼락이라도 맞은 기분이었다. 어떻게 그런 말을 할 수 있단 말인가? 라마누잔의 말은 결코 가볍게 받아넘길 수 있는 성질의 것이 아니었다. 페트로스는 강의가 끝나기를 기다렸다가 하디에게 다가가서 라마누잔이 한 말을 되풀이했다. 그러면서 짐짓 무관심한 것처럼 보이려고 애썼다.

하디가 능글맞게 웃으며 말했다.

"라마누잔의 예감은 매우 정확한 걸로 정평이 나 있네. 그 친구의 직관력은 실로 대단하지. 그런데 그는 교황 성하와는 달리 무오류성*을 주장하지는 않는다네."

페트로스를 빤히 쳐다보는 하디의 눈에는 빈정거리는 듯한 빛이 서려 있었다.

"그건 그렇고, 왜 느닷없이 '골드바흐의 추측'에 관심을 갖게 됐는지 궁금하군. 무슨 특별한 이유라도 있나?"

페트로스는 그저 막연한 관심 그 이상도 그 이하도 아니라고 대답했다. 그러고는 순진한 척 이렇게 물었다.

"혹시 그 문제를 연구하는 사람이 있나요?"

"자네 말뜻은 그 문제를 한번 증명이라도 해 보겠다는 건가?

하디가 대답 대신 물었다.

"그만두게나. 그 문제에 직접 덤벼든다는 건 무모하면서도 어리석은 짓이야."

하디의 경고는 페트로스를 단념하게 하기는커녕 오히려 부추기는 역할을 했다. 그는 페트로스에게 어떤 식으로 나아가야 할지 그 방법을 알려 준 셈이었다. 그 문제를 향해 똑바로 나아가는, 요컨대 초보적인 접근은 실패할 것이 뻔했다. 가장 좋은 방법은 우회하는 식의 해석학적 접근이었다. 근래에 프랑스의 수학자들인 아다마르와 푸생은 그런 방법으로 큰 성공을 거두었다. 그리하여 그 방법은 당시만 해도 정수론에서 크게 유행하고 있었다.

* **무오류성infallibilitas(無誤謬性)**_ 가톨릭 교회법 749조 1항에 규정된 것으로 교황이 전 세계 가톨릭 수장으로서 신앙 및 도덕에 관해 내린 정식 결정은 하느님의 특별한 은총으로 말미암아 오류가 없다고 하는 주장. 무류성이라고도 한다.

페트로스는 그 문제에 대한 연구에 매달리기 시작했다.

필생의 연구에 대해 최종 결정을 내리기 전, 페트로스는 자신의 정력을 다른 데 쏟아야 옳지 않을까 하고 심각하게 고민한 적이 있었다. 그때는 케임브리지 시절로, 그 같은 고민은 하디와 리틀우드와 라마누잔으로 이루어진 자그마한 모임에 그가 예기치 않게 끼면서부터 생긴 것이었다.

전쟁이 계속되는 동안, 리틀우드는 대학 주변에 잘 나타나지 않았다. 이따금 강의나 모임에 모습을 드러냈다가도 금세 어디론가 사라져 버리기 일쑤였다. 그의 행적은 늘 신비의 베일에 가려져 있었다. 페트로스는 리틀우드를 만나고 싶었다. 그러던 1917년 초의 어느 날, 페트로스는 리틀우드가 자기를 찾느라 하숙집을 샅샅이 뒤지는 모습을 보고 깜짝 놀랐다.

리틀우드가 조심스러운 미소를 지으며 악수를 청한 다음에 물었다.

"자네가 베를린에서 온 페트로스 파파크리스토스인가? 콘스탄틴 카라테오도리 교수의 제자라고 들었네만……."

"네, 그렇습니다."

페트로스가 당황한 목소리로 대답했다.

리틀우드 역시 거북한 목소리였다. 당시 그는 일종의 병역으로, 영국 포병대를 위해 탄도학을 연구하는 과학자 팀을 거느리고 있었다. 그런데 군사 정보국으로부터, 서부 전선에서 적군이 정확하게 포화를 퍼부을 수 있었던 것이 '파파크리스토스 방식'이라는 혁신적인 계산법을 사용한 결과로 보인다며 그런 만큼 경계 태세를 늦추지 말라는 통고를 받았다는 것이었다.

“여보게, 난 자네가 손수 발견한 것을 국왕 폐하가 이끄는 정부와 공유하는 데 동의하리라고 확신하네.”

리틀우드는 그렇게 말하고, 결론짓듯 이렇게 덧붙였다.

“어차피 그리스는 우리 편이잖은가.”

처음에 페트로스는 무척 당황했다. 더 흥미를 느낄 수 없는 문제에 또다시 매달려 귀중한 시간을 낭비하는 것은 아닐까 싶어 두렵기까지 했다. 그러나 굳이 두려워할 필요는 없었다. 다행스럽게도 그가 갖고 있는 논문에는 영국 포병대의 요구에 부응하고도 남을 만한 것이 들어 있었다.

리틀우드는 이중으로 기뻤다. ‘파파크리스토스 방식’이 전쟁터에서 즉시 사용될 수 있다는 점 외에도 그것이 그가 지고 있는 부담을 상당히 덜어 주어서, 자신의 주된 관심사인 수학에 전보다 더 많은 시간을 할애할 수 있게 되었기 때문이다. ‘파파크리스토스 방식’은 확실히 리틀우드에게 기쁨을 주었다.

페트로스는 미분 방정식 덕분에 일찍이 성공을 거둠으로써 저명한 수학 단체의 일원이 되었다. 그리고 리틀우드는 재능 있는 그리스 젊은이가 자기와 마찬가지로 정수론에 관심이 있다는 것을 알고 반가워했다. 그는 자기가 하디의 하숙방에 갈 때 동행하자고 페트로스에게 말했다.

세 사람은 여러 시간에 걸쳐서 수학에 관한 이야기를 나누었다. 그런데 그때를 비롯해 그 후로도 리틀우드와 페트로스는 자기들이 어떻게 처음 만났는지에 대해서는 일절 언급하지 않았다. 그 이유 중 하나는 하디가 광적인 평화주의자로, 전쟁을 돕는 일에 학문적인 발견을 사용하는 것을 강력히 반대했기 때문이다.

휴전 이후 전임 교수로 케임브리지에 돌아온 리틀우드는 페트로스에게 공동 작업을 하자고 제의했다. 하디도 본래 라마누잔(당시 그는 안타깝게도 중병에 걸려 대부분의 시간을 요양원에서 보내고 있었다)과 시작했던 논문 작업을 함께하자고 말했다. 그 무렵 이 위대한 정수론자들은 해석학적 접근 방법으로 증명되지 않은, 대부분의 주요 결과의 진원지인 리만의 가설에 모든 정력을 쏟고 있었다. 만일 제타 함수를 0으로 만드는 값에 대한 리만의 통찰이 증명된다면 긍정적인 도미노 효과를 일으켜, 정수론의 무수히 많은 주요 정리들이 증명되는 결과를 낳을 터였다. 아무튼 페트로스가 그 두 사람의 제의를 받아들인 것은 당연한 일이었다(야심에 찬 젊은 수학자라면 누가 이를 마다하겠는가). 세 사람은 1918년과 1919년에 두 편의 논문(페트로스 삼촌의 이름으로 되어 있는 이 논문을 내 친구 새미 엡스타인이 도서관의 문헌 목록에서 찾아냈다)을 공동으로 발표했다.

그런데 아이러니하게도 그 논문은 삼촌이 마지막으로 발표한 연구물이기도 했다.

첫 공동 작업 후, 페트로스의 수학적 재능을 단박에 알아챈 하디가 페트로스에게 트리니티 칼리지의 특별 연구원 자리를 받아들이고 케임브리지에 눌러앉아 영원히 엘리트 팀의 일원이 되어 달라는 제의를 했다. 이에 대해 페트로스는 일단 생각할 여유가 필요하다고 말했다.

물론 하디의 제의는 놓치기 아까운 것이었다. 공동 작업을 계속하는 경우를 상정해도 꽤 구미가 당기는 일이었다. 리틀우드를 포함해 하디와 손잡고 일하면 첫 번째 것보다 더 훌륭한 연구물이 나올 것이고, 그렇게 되면 페트로스의 위상은 학계에서 몇 단계 높아질 터였다. 더구나 페트로스는 그 두 사람을 좋아했다. 그들 곁에 있으면 자극을 받기 때문에도 즐거웠지만, 어떤 때는 그들이 내뿜는 공기가 눈부신 수학적 영감을 불어넣어 주는 것 같기도 했다.

그러나 그 모든 장점에도 불구하고 학교에 남는 경우를 생각하면 마음이 영 편치 않았다.

케임브리지에 그대로 머물 경우 어떤 길을 걸을지 뻔했다. 물론 훌륭하다 못해 기절초풍할 연구물을 발표할 수도 있으리라. 그렇지만 하디와 리틀우드가 페트로스의 발전과 성공을 결정지을 것이다. 또한 그들의 문제는 페트로스 자신의 문제가 될 것이다. 그렇다고 본다면 그들의 명성이 페트로스의 명성을 능가할 것은 명약관화한 일이다. 결과적으로 그들이 리만의 가설을 어떻게 해서든 증명해 낼 경우(그들이 그렇게 하기를 페트로스도 원했다) 이는 매우 중요한 업적으로서 세상을 뒤흔들어 놓기에 충분하겠지만, 그렇다고 그 공이 페트로스에게도 돌아가겠느냐는 것이다. 과연 3분의1의 공이 페트로스에게 돌아갈까? 설령 돌아간다고 할지라도 그의 공은 저명한 두 사람으로 인해 햇빛을 못 보지 않을까?

과학자들이, 심지어 가장 순수하고 가장 추상적이며 야심적인 수학자들조차 인류의 행복을 위한 진리 추구라는 명목에 자극을 받는다고 주장하는 사람은, 자기가 무슨 이야기를 하는지 모르거나 그럴듯하게 거짓말을 하는 것이다. 보다 형이상학적인 것에 관심이 많은 학자들이 물질적 이득에 초연한 것은 사실이지만, 그들 중 야망과 강한 경쟁 심리에 이끌리지 않을 사람이 과연 몇이나 있겠는가? 아마 단 한 명도 없을 것이다(물론 수학적 위업을 달성하는 데 있어서 경쟁자의 범위는 반드시 제한되어 있게 마련이다. 그리고 성과가 대단하면 대단할수록 그 범위는 그만큼 제한된다. 우승컵을 거머쥐려는 경쟁자들은 선택된 소수, 즉 무리 가운데 출중한 사람들이므로 그 경쟁은 언제나 진정한 거인들끼리의 싸움이 된다). 수학자가 중요한 연구에 착수하려고 할 때 공공연히, 그리고 자신 있게 밝히는 연구 목적은 '진리의 발견'일 것이다. 그렇지만 그가 꿈꾸는 백일몽의 핵심은 세속적인 '영예'다.

페트로스 삼촌도 예외는 아니었다. 삼촌은 조카인 나한테 자신의 이야기를 들려주는 과정에서 그러한 사실을 아주 솔직하게 시인했다. 베를린 시절과 '사랑하는 이졸데'를 잃은 후로 삼촌은 수학에서 눈부신 성공을, 세상 사람들이 깜짝 놀랄 만한 대성공을 추구했다. 그에게 세계적인 명성을 안겨 줌과 동시에 (그의 희망대로) 무정한 연인이 무릎을 꿇고 용서를 빌 정도의 완전한 성공을, 두세 사람에게 나누어지는 것이 아니라 오로지 그 자신만이 독차지하는 성공을 추구했던 것이다. 그러나 그 모든 것은 어디까지나 희망 사항일 뿐이었다.

케임브리지에 남는 것이 내키지 않는 데는 시간의 문제도 있었다. 알다시피 수학은 젊은이들의 학문이다. 수학도 젊음이 필수 요건(이런 점에서는 스포츠와 매우 유사하다)인 몇 안 되는 인간의 활동 영역 가운데 하나인 것이다. 젊은 수학자들과 마찬가지로 페트로스 역시 수학의 역사를 통틀어 서른다섯이나 마흔이 넘은 사람이 위대한 발견을 한 경우는 거의 찾아보기 힘들다는 씁쓸한 통계를 알고 있었다. 리만은 서른아홉에 죽었다. 그리고 닐스 헨릭 아벨은 스물일곱, 에바리스트 갈루아는 스무 살에 세상을 떠났다. 그러나 그들의 이름은 수학사의 여러 페이지에 걸쳐 금빛으로 새겨져 있다. '리만의 제타 함수', '아벨 적분', '갈루아 군群' 등 그들은 미래의 수학자들에게 불멸의 유산을 남긴 것이다.

오일러와 가우스도 젊은 시절에 빛나는 업적을 달성했다. 비록 노령에 접어들어서도 연구를 계속해 여러 정리를 창안해 내기는 했지만, 그 기본적인 발견은 대부분 청년기에 이루어졌다. 아마 다른 분야에서라면 스물넷인 페트로스는 창조의 기회가 풍요롭게 펼쳐진 땅에 이제 막 첫발을 내디딘 전도유망한 초심자였을 것이다. 그러나 수학에서는 한창 능력을 발휘할 절정기에 도달해 있었다.

페트로스는 위대하고 찬란한 학문적 성과를 거둠으로써 '사랑하는 이졸데'뿐만 아니라 인류 전체를 광명의 세계로 이끄는 데 그에게 주어진 시간은 운이 좋아야 고작 10년 정도라고 생각했다. 아마 그 뒤로는 그의 능력이 약화되기 시작할 것이다. 기술과 지식은 그런대로 지속될 수도 있겠지만 멋진 불꽃을 만드는 데 필요한 불씨와 탁월한 독창성, 그리고 진정으로 위대한 발견(당시 그의 가슴은 온통 '골드바흐의 추측'을 증명하려는 꿈에 부풀어 있었다)에 필요한 기운찬 공격 정신 등은, 완전히 사라지지는 않는다고 해도 어차피 세월의 흐름에 따라 점점 희미해지게 마련이니까.

오래 숙고할 필요도 없이 페트로스는, 자기는 자기대로 하디와 리틀우드는 그들대로의 진로를 밟아 나가야 할 것이라는 결론에 이르렀다.

그는 그때부터 단 하루도 낭비할 수 없었다. 가장 활발하게 활동할 시기가 그 앞에 펼쳐진 채 그에게 앞으로 나아가라고 강하게 부추겼다. 그로서는 스스로 선택한 문제에 대한 연구를 즉시 시작해야만 했다.

페트로스는 그렇게 하기 전까지 세 가지 문제를 연구 대상 후보에 올려놓고 고심해 왔다. 그것은 카라테오도리 교수가 몇 년 전에 우연히 언급한 세 가지의 주요 미해결 문제이기도 했다. 그런 문제보다 약간이라도 격이 떨어지는 것은 그의 야망에 결코 어울리지 않았다.

그런데 그 세 문제 중 리만의 가설은 이미 하디와 리틀우드의 손에 넘어가 있기도 했지만, 학문적인 처세의 입장에서 생각해 보아도 일단 제쳐 놓는 편이 좋을 것 같았다. 그리고 '페르마의 마지막 정리'의 경우는 아무래도 그의 성격과 맞지 않아 보였다. 그것을 공격하는 데 사용된 전통적인 방식이 그의 성향에 비추어 지나치게 대수학적이었다. 결국 마지막으로 남은 하나가 선택될 수밖에 없었다. 페트로스가 불멸의 명성을 얻으려는 꿈을 실현할 수단은 앞에서 언급한 두 문제보다 변변찮은 것으로 여겨지는 '골드바흐의 추측'뿐이었다. 그 외에는 없었다.

뮌헨 대학의 해석학 강좌를 맡아 달라는 제의가 예상보다 다소 일찍, 그러나 때를 맞추어 들어왔다. 비록 군사적으로 유용한 '파파크리스토스 방식'을 황제의 군대에 제공한 데 따른 간접적인 보상으로 주어진 교수직이지만 페트로스에게는 그야말로 이상적인 직업이었다. 그의 아버지는 그가 그리스로 돌아와서 가업을 이어

주기를 바랐지만, 페트로스는 뮌헨에서라면 과중한 수업 부담에서 해방되고 아버지로부터 재정적인 독립도 할 수 있을 것이라고 생각했다. 뮌헨은 그에게 부여되는 각종 의무로부터 벗어날 수 있는 기회의 땅이었다. 더구나 몇 시간 안 되는 강의는 그가 누리는 자유에 그다지 큰 악영향을 끼치지 않을 터였다. 오히려 그는 강의와 연구에 응용할 해석학적 방법 사이의 연계를 지속적으로 이루어 나갈 수 있을 게 분명했다.

페트로스가 질색으로 여기는 것 중의 하나는 다른 사람들이 자신의 문제에 끼어드는 일이었다. 케임브리지를 떠나면서 그는 자기의 계획을 감쪽같이 숨겼다. '골드바흐의 추측'을 연구할 작정이라는 사실을 하디나 리틀우드에게 밝히지 않은 데 그치지 않고, 그들이 가장 좋아하는 리만의 가설에 대한 연구를 자신이 계속하는 것처럼 믿도록 했던 것이다.

뮌헨은 그렇게 믿도록 하는 데 아주 이상적인 곳이었다. 뮌헨 대학의 수학 학부는 베를린 또는 괴팅겐의 경우처럼 특별히 유명하지 않았다. 말하자면 뮌헨은 수학에 관련된 소문을 퍼뜨리거나 캐묻기 좋아하는 분위기에서 안전하게 떨어져 있었던 것이다.

1919년 여름, 페트로스는 뮌헨 대학에서 도보로 얼마 되지 않는 가까운 곳에 있는 어둠침침한(그는 빛이 많이 들어오면 완벽하게 집중할 수 없다고 생각했다) 아파트 2층으로 거처를 옮겼다. 그러고는 수학 학부에서 몇몇 교수를 새롭게 사귀는 한편, 대부분 자기보다 나이가 많은 조교들과 강의 계획을 세우고 이런저런 준비를 했다. 그러면서 아파트에다 연구 환경을 꾸몄다. 그곳에서는 학교에서 주의가 산만해서 못하는 일을 집중적으로 할 수 있었다. 그의 아파트에서 일하는 가정부는 1차 세계대전에서 남편을 잃은 차분한 중년 여자였는데, 페트로스는 그녀에게 자신이 일단 서재에 들어가고 나면 세상 없어도 방해해서는 안 된다고 아주 따끔하게 지시해 두었다.

40여 년이나 지났는데도 페트로스 삼촌은 연구를 시작한 그날을 예사롭지 않게 또렷이 기억하고 있었다.

해가 채 뜨기도 전에 삼촌은 책상 앞에 앉아서 두꺼운 만년필로 깨끗하고 빳빳한 흰 종이에다 다음과 같이 썼다.

명제 : 2보다 큰 모든 짝수는 두 소수의 합과 같다.

증명 : 위의 명제가 거짓이라고 가정하자.

그러면 2n 같은 자연수 n은 두 소수의 합으로 나타낼 수 없다.

즉, 2n보다 작은 모든 소수 p에 대해 2n-p는 합성수다.

수개월에 걸친 고된 연구 끝에 페트로스는 문제의 깊이에 대한 감각을 체득하기 시작했다. 그는 가장 분명하게 드러나는 막다른 지점을 표시했고, 자신의 연구법에 대한 전략을 치밀하게 세웠다. 그 결과 그는 증명할 필요가 있는 몇 가지 중간 성과를 얻었다.

페트로스 삼촌은 군사적인 유추에 의해 얻은 그 중간 성과들이 '추측 그 자체를 향해 최종 공격을 감행하기 전에 점령해야 할 전략적 요충지'라고 했다.

물론 전체적으로 보면 그의 연구법은 해석학적 접근 방식에 의거한 것이었다.

대수학적인 해석과 해석학적인 설명 모두에서 정수론의 동일한 목적은 1, 2, 3, 4, 5…… 등 모든 양의 정수(자연수)들의 상호 관계뿐만 아니라 그 속성도 연구하는 데 있다. 물리학이 대개 물체의 소립자를 연구 대상으로 삼듯이, 고등 산술의 주요 문제들은 대부분 수 체계에서 약분할 수 없는 몫인 소수(가령 2, 3, 5, 7, 11 등처럼 1과 그 자신 외에는 약수가 없는 자연수)의 문제로 귀결된다.

고대 그리스 수학자들과 그 후의 피에르 드 페르마, 레온하르트 오일러, 칼 프리드리히 가우스 같은 유럽 계몽주의 시대의 위대한 수학자들은 소수에 관한 흥미로운 정리들(이 중 소수가 무한히 많음에 대한 유클리드의 증명은 앞에서 언급한 바 있다)을 숱하게 발견했다. 그러나 19세기 중반까지만 해도 소수에 대한 가장 기본적인 성질조차 제대로 이해하는 수학자가 없는 상태였다.

소수에 관한 가장 중요한 성질 두 가지는 소수의 분포(즉, 주어진 자연수 n보다 작은 소수의 개수)와 연속해서 나타나는 소수들의 양상이다. 여기서 '연속해서 나타나는 소수들의 양상'이란 어떤 소수 Pn이 주어졌을 때 그다음에 나오는 소수 Pn+1을 결정하는 공식을 말한다. 그런데 이 공식을 찾는 것이 무척 어렵다. 어떤 경우에는 주어진 소수와 그다음 소수의 차이가 2뿐이다(가설에 의하면 이러한 경우는 무한히 많다). 예를 들면 5와 7, 11과 13, 41과 43, 9857과 9859 같은 것들이다.*

그러나 다른 경우에는 주어진 소수와 그다음 소수 사이에 수백, 수천 또는 수백만 개의 합성수가 늘어서 있기도 하다. 실제로 어떤 자연수 k가 주어졌을 때, 연속해서 나타나는 k개의 합성수를 찾아낼 수 있다는 사실은 아주 쉽게 증명할 수 있다.**

겉으로 보기에는 소수의 분포나 연속으로 나타나는 소수에 대해 확인된 원리가 없기 때문에 수세기 동안 수학자들은 골머리를 앓았다. 그리고 그 때문에 정수론은 상당한 매력을 지니게 되었다. 바로 여기에 가장 숭고한 지성에 걸맞은 굉장한 신비가 깃들어 있는 것이다. 소수는 자연수라는 집을 짓는 벽돌이며, 자연수는 우주를 논리적으로 이해하는 토대다. 그런데 그 형태가 어째서 질서 정연한 법칙의 지배를 받지 않을 수 있는가? '신성한 기하학'은 왜 소수의 경우에는 분명하지 못하단 말인가?

정수론에 해석학적인 방법론이 도입된 것은 1837년 디리클레가 등차수열에는 무한히 많은 소수가 나타난다는 사실에 대해 주목할 만한 증명을 해 보이고 나서부터다. 그러나 그 이론이 무르익은 것은 19세기 말이 되어서였다.

* 이런 소수들을 쌍둥이 소수라고 한다. 오늘날까지 알려진 쌍둥이 소수 가운데 가장 큰 쌍은 상상할 수 없을 만큼 어마어마하다. $835335^{39014} \pm 1$이 그것이다. - 원주

** k라는 자연수가 주어졌다고 하면, k개의 자연수 (k+2)!+2, (k+2)!+3, (k+2)!+4, …… (k+2)!+(k+1), (k+2)!+(k+2)는 모두 합성수다. 왜냐하면 이 자연수들은 각각 2, 3, 4, ……, k+1, k+2로 나누어지기 때문이다(기호 k!는 'k팩토리얼'이라고도 하는데, 1에서 k까지의 모든 자연수를 곱한 것이다). - 원주

디리클레보다 몇 년 앞서 가우스는 어떤 자연수 n보다 작은 소수의 개수에 대한 '점근식n이 커짐에 따라 참값에 가까워지는 근사치'을 멋지게 추측해 냈다. 하지만 가우스 자신도, 그리고 그 후의 어느 누구도 그 증명에 대해서는 실마리조차 던져 주지 못했다.

그러다 1859년에 리만이, 지금은 '리만의 제타 함수'라고 불리는, 복소수* 평면 위에 정의된 무한급수를 소개했는데, 이것이 바로 매우 유용한 새로운 연구 수단이 될 것이라는 기대를 불러일으켰다. 그러나 이를 효과적으로 사용하기 위해서 정수론자들은 전통적으로 사용해 왔던 대수학적(이른바 '초보적'이라고 하는) 방법론을 포기하고 복소해석학의 방법론, 즉 복소수 평면 위에서 극한을 계산하는 방법론을 채택해야만 했다.

수십 년 후 아다마르와 푸생이 리만의 제타 함수를 사용해서 가우스의 점근식을 증명해 내자(이때부터 '소수 정리'로 알려진 성과), 해석학적 연구법은 돌연 정수론의 가장 깊은 비밀을 알아낼 수 있는 마법의 열쇠인 것처럼 여겨졌다.

이렇게 해석학적 연구법에 거는 희망이 한창 고조될 무렵, 페트로스는 '골드바흐의 추측'에 대한 연구를 시작했던 것이다.

처음 몇 달 동안 그 문제의 깊이를 헤아리고 난 뒤, 그는 해석학적 방

* a+bi의 형태로 나타내는 수. 여기서 a, b는 실수이고, i는 −1의 제곱근으로 '허수 단위'라고 불린다. - 원주

법의 또 다른 응용인 '분할 이론자연수를 그보다 작거나 같은 자연수들의 합으로 나타내는 여러 방식에 관한 이론'을 사용해서 연구를 진행하기로 결심했다. 마침 이 분야에는 하디와 라마누잔이 세운 주요 정리와는 별도로, 페트로스가 '골드바흐의 추측'을 어떻게 해서든 증명하려고만 한다면 그것에 접근하는 데 중요한 디딤돌이 될 만한 라마누잔의 가설(그의 유명한 '예감'이 낳은 또 하나의 산물)도 있었다.

페트로스는 그 문제에 대해 매우 신중하게 묻는 내용의 편지를 써서 리틀우드에게 보냈다. 그런데 소문에 의하면 페트로스는 그 편지에서 그저 '동료 학자로서의 관심에서 묻는 것'일 뿐이라고 주장했다고 한다. 어쨌든 리틀우드는 부정적인 대답이 담긴 편지와 함께 하디의 새 저서인 《정수론의 몇 가지 잘 알려진 문제들》을 보내왔다. 그 책에는 '골드바흐의 두 번째 추측' 또는 '골드바흐의 또 다른 추측'*으로 알려진 것에 대한 그렇고 그런 증명이 들어 있었다. 그런데 이 증명에는 본질적인 맹점이 있었다. 그 '증명'은 (아직 증명되지 않은) 리만의 가설에 바탕을 두고 있었던 것이다. 페트로스는 그 책을 읽고 '증명되지도 않은 전제에 의거한 결과를 발표하다니, 하디도 어지간히 급했던 모양이군!' 하고 중얼거리며 회심의 미소를 지었다. 다행히 하디는 '골드바흐의 주된 추측(페트로스의 생각에는 진짜 추측)'에 대해서는 한마디도 언급하지 않았다. 결국 페트로스가 다루고자 하는 문제는 안전하다는 이야기였다.

* 5보다 큰 모든 홀수는 세 소수의 합이다. - 원주

페트로스는 아주 은밀하게 연구를 진행했다. 면밀한 조사를 통해 그 추측이 정의하는 미개척의 영역 속으로 깊숙이 들어가면 들어갈수록 그는 자신의 계획을 숨기는 데 더욱 열을 올렸다. 물론 그가 어떤 연구를 하는지 호기심을 품는 동료들이 있었다. 페트로스는 하디와 리틀우드에게 써먹은 수법으로 동료들의 호기심을 뿌리쳤다. 요컨대 케임브리지에서 그 두 사람과 함께 추진했던 작업에 의거해 리만의 가설에 대한 공동 연구를 계속하고 있다고 둘러댔던 것이다.

시간이 흐름에 따라 페트로스는 더욱더 조심스러워졌다. 마치 편집증에 걸린 사람 같았다. 그는 자신이 도서관에서 훑어본 자료를 통해 동료들이 눈치를 채지나 않을까 걱정했다. 그래서 요청한 자료들을 숨기는 방법을 찾기 시작했다. 그는 서너 가지 엉뚱한 책을 대출 목록에 끼워 넣음으로써 실제로 필요한 책을 보호했다. 그리고 필요한 논문의 경우 그것이 들어 있는 학술지를 대출해서 다른 논문을 보는 척한 다음, 사람들의 미심쩍은 눈초리를 벗어나면 자기 서재로 가져와 비밀스럽게 훑어보곤 했다.

그해 봄, 페트로스는 하디에게서 짤막한 내용의 편지를 받았다. 편지에는 라마누잔이 서른둘의 나이로 인도 마드라스현재의 첸나이의 빈민가에서 폐결핵으로 숨을 거두었다고 적혀 있었다. 그 슬픈 소식에 대한 페트로스의 첫 반응은 당혹스러우면서도 괴로운 것이었다. 그러나 비범한 수학자이자 상냥하고 겸손하며 듣기 좋은 말을 잘하는 동료를 잃었다는 슬픔의 이면에는, 그 보기 드문 수재가 더는 정수론 분야에 존재하지 않는다는 사실로 인한 무한한 기쁨이 꿈틀거리고 있었다.

그랬다. 이제 페트로스에게는 두려워할 만한 대상이 없었다. 그의 가장 유력한 경쟁자인 하디와 리틀우드에 대해서는 신경을 쓰지 않아도 되었다. 그 둘은 리만의 가설에 열중한 나머지 '골드바흐의 추측'에 대해 진지하게 생각할 여유가 없었다. 당시 살아 있는 인물 중 세계에서 가장 위대한 수학자라고 보편적으로 인정할 만한 이는 다비드 힐베르트였다. 그리고 그 외의 정수론자로 고려해 볼 직한 대상은 자크 아다마르 정도였다. 그런데 그 무렵 둘은 뭇사람들로부터 존경을 받을지언정 퇴역 장교나 마찬가지였다. 예순이 다 된 그들은 창조적인 수학자로서의 명성을 떨치기에는 너무 늦은 나이였던 것이다.

사실 페트로스는 라마누잔을 두려워했다. 라마누잔의 독특한 예지야말로 자신이 얻은 수확물을 무용지물로 만들 수 있는 유일한 힘이라고 생각했던 것이다. 그렇지 않아도 라마누잔은 페트로스가 생각하는 '추측'의 일반적인 타당성에 대해 의구심을 나타낸 적이 있었다. 만약 그런 그가 '골드바흐의 추측'에 자신이 가지고 있는 모든 재능을 쏟아붓기로 결심했다면, 확실하게 단언할 수는 없지만 그는 그것을 충분히 증명할 수 있었을 것이다. 어쩌면 사랑과 존경의 대상인 나마기리 여신이 꿈에 나타나 양피지 두루마리에 산스크리트어로 깔끔하게 해답을 써서 그에게 주었을지도 모를 일이다.

아무튼 이제 라마누잔은 죽고 없으므로 페트로스보다 앞질러 그 문제를 풀 인물이 나타날 위험성은 거의 없다고 볼 수 있었다.

페트로스는 괴팅겐 대학의 수학 학부 초청으로 정수론에서 라마누잔이 남긴 업적에 대한 기념 강연을 하러 가기도 했다. 그는 거기서도 다른 사람이 자신의 연구와 '골드바흐의 추측' 사이의 연관성을 눈치채지 못하도록 조심스럽게 행동하는 한편, '추측'은 물론 '분할'에 대한 말도 꺼내지 않았다.

1922년의 늦여름, 스미르나터키 서부에 있는 항구 이즈미르의 옛 이름가 함락되었다는 소식이 온 나라를 발칵 뒤집어 놓던 바로 그날이었다. 페트로스는 뜻하지 않은 딜레마에 직면했다.

하지만 딜레마라고는 해도 그것은 매우 행복한 딜레마였다. 슈파이허 주변을 산책하던 중 그는 뜻밖에 계시와도 같은 것을 얻었다. 물론 그것은 수개월에 걸친 고된 연구의 결과일 터였다. 그는 즉시 근처의 조그마한 맥주 집으로 들어갔다. 그러고는 한쪽 구석에 앉아서 늘 옆구리에 끼고 다니는 노트를 펼쳐 놓고 빠른 손놀림으로 글씨를 써 내려갔다. 그런 다음 기차를 타고 뮌헨으로 돌아와 황혼 녘부터 새벽까지 줄곧 책상 앞에 앉아서 세부적인 계산을 하고, 삼단논법을 이용해 수차례나 신중하게 검토했다. 이윽고 모든 과정이 끝나자 그는 태어나서 두 번째로(첫 번째는 이졸데와 관련된 것이다) 완전한 성취감과 무한한 행복감을 느꼈다. 요컨대 '라마누잔의 가설'을 증명했던 것이다.

'골드바흐의 추측'에 대한 연구를 시작한 처음 몇 년간 페트로스는 중간 성과로서 '보조 정리' 혹은 '소정리' 같은 흥미로운 것들을 꽤 많이 축적했다. 그중 몇 가지는 사람들의 호기심을 끌 만했고, 몇 권의 책으로 묶어 내도 될 만큼 자료로서의 양도 충분했다. 그렇지만 그는 그러한 것들을 세상에 내놓을 마음이 없었다. 모두 훌륭한 것들이기는 하지만 그 어느 것도 정수론자들의 깐깐한 기준에 비추어 볼 때는 결코 중요한 발견은 아니었던 것이다. 안타까워도 발표를 포기할 수밖에 없었다.

그러나 이제는 사정이 달라졌다.

오후에 슈파이허 주변을 산책하다가 해결한 문제는 대단히 중요한 것이었다. 물론 그것이 '골드바흐의 추측'의 최종 연구 성과를 의미하지는 않았다. 엄밀하게 따지자면 중간 성과에 지나지 않을 터였다. 그럼에도 그것은 정수론 분야에 새로운 지평을 여는 선구적이면서도 심오한 정리로 인정받을 만했다. 페트로스는 그때까지 그 누구도 증명은 고사하고 생각도 하지 못했던 방식으로 이전에 나온 '하디-라마누잔' 정리를 응용했던 것이다. 그것은 확실히 분할 이론의 문제들을 새로운 각도에서 조명할 수 있게 해 주는 획기적인 사건이었다. 그 정리를 발표하면 각광을 받을 것이 확실했다. 미분 방정식 해법을 발표했을 때보다 훨씬 더 인정받을 터였다. 그리고 그렇게 되면 페트로스는 소수의 선택된 국제적 정수론자 집단에서도 일류에 해당하는 위대한 별들, 예컨대 아다마르, 하디, 리틀우드 등과 어깨를 나란히 할 것이었다.

페트로스가 그 자신의 발견을 만천하에 공개한다는 것은 다른 수학자들에게도 그 문제를 연구할 수 있는 길을 열어 준다는 것을 뜻한다. 그렇게 하면 그들은 그것을 바탕으로 더욱 새로운 결과들을 찾아낼 것이며, 아무리 천재적인 수학자라도 혼자서는 꿈도 꿀 수 없을 만큼 그 분야의 지평을 넓힐 터였다. 그리고 그들이 이룩해 낸 업적은 페트로스가 '골드바흐의 추측'을 증명하는 데 도움이 될 것이었다. 그러니까 '파파크리스토스의 분할 이론 정리'(물론 동료들이 정식으로 이 이름을 붙여 줄

때까지 기다려야 하는 것이 겸양의 미덕이다)를 발표함으로써 그는 그의 연구를 도와줄 다수의 조교들을 얻을 터였다. 그러나 그렇게 될 경우 아무래도 위험을 감수해야만 할 것 같았다. 어쩌면 새로 온 무급 조교들(급료를 요구하지도 않는) 중 한 사람이 우연히 그의 정리를 응용할 더 나은 방법을 발견해 (결코 그럴 리는 없겠지만) '골드바흐의 추측'을 페트로스가 보는 앞에서 그보다 먼저 증명해 보일지도 모를 일이었다.

결국 페트로스의 딜레마는 오래가지 않았다. 이제 심사숙고하고 말 필요가 없었다. 위험이 이익보다 훨씬 컸던 것이다. 그는 발표하지 않기로 결심했다. 그리하여 '파파크리스토스의 분할 이론 정리'는 한동안 그 자신 외에는 아무도 알 수 없는 비밀로 세월 속에 묻혔다.

페트로스 삼촌은 회상에 잠긴 목소리로 그러한 결심을 한 것이 삶의 전환점이 되었다고 말했다. 그때부터 엎친 데 덮친 격으로 어려움의 연속이었다는 것이다.

진정한 의미에서 난생처음으로 수학의 역사에 지대한 공헌을 할 수도 있는 발견에 대한 발표를 유보함으로써, 그는 이중의 시간적 압력을 받았다. 우선 그토록 바라던 최종 목표를 이루지 못한 채 몇 달, 아니 몇 년을 보낸 데서 비롯된 불안감이 끊임없이 그를 짓눌렀다. 게다가 그것만으로는 부족한지 그는 이제 누군가가 자신이 누릴 영예를 빼앗아 갈지도 모른다는 염려까지 해야만 했다.

물론 그가 그때까지 이룬 공식적인 성공(그의 이름이 붙은 발견과 대학의 석좌 교수직)은 결코 시시한 것이 아니었다. 그러나 수학자들에게 시간만큼 중요한 것은 없다. 그는 당시 모든 능력을 발휘할 절정기, 요컨대 결코 오래 지속될 수 없는 창조적 전성기에 놓여 있었다. 따라서 가장 위대한 발견을 해야 할 때였다. 물론 그에게 그럴 만한 능력이 있어야겠지만, 시기를 놓치면 아무리 애써도 소용이 없을 터였다.

페트로스는 시간으로 인한 압박감 때문에 이루 말할 수 없는 고통을 겪었다. 그렇지만 늘 그렇듯 고립에 가까운 생활을 하고 있는 그의 압박감을 덜어 줄 사람은 주위에 아무도 없었다.

독창적인 수학 연구를 수행하는 사람이 느끼는 고독은 일반적인 고독과 다르다. '고독'이라는 말뜻 그대로, 수학을 연구하는 사람은 일반인들은 물론이고 주위를 둘러싸고 있는 모든 것으로부터 완전히 차단된 세계에서 살고 있다. 심지어 그와 가장 가까운 사람들조차 진정으로 그의 기쁨과 슬픔을 함께 나눌 수 없는데, 이는 그들이 그가 느끼는 감정의 내용을 이해하지 못하기 때문이다.

창조적인 수학자가 진정으로 들어갈 수 있는 유일한 공동체는 오직 하나, 그와 동등한 사람들이 모인 공동체뿐이다. 그런데 페트로스는 스스로를 그 공동체로부터 격리시켰다. 뮌헨 대학에서 보낸 처음 몇 년 동안, 그는 새로 들어온 사람들을 위해 학교 측에서 마련한 환영식에 이따금 참석했다. 그러나 지극히 정상적인 양 행동하고 유쾌하게 잡담을 나누는 사람들 틈에 섞여 있다는 것이 그에게는 크나큰 고역이었다. 그는 정수론에 몰두하려는 자신을 달래는 한편, 미친 듯이 집으로 달려가 책상 앞에 앉아서 문득 떠오른 영감을 즉시 확인하고 싶은 충동과 싸워야만 했다. 다행히 그가 거절하는 횟수가 점점 더 잦아진 탓인지,

이런저런 행사나 사교적인 모임에 참석할 때마다 은근히 불편해하며 어색한 표정을 지어서인지, 초대를 받는 일이 점차 줄어들었다. 그리고 결국에 가서는 완전히 없어져 버렸다. 그는 속으로 크게 기뻐했다.

페트로스 삼촌이 왜 결혼을 하지 않았는지 그 이유를 굳이 설명할 필요는 없으리라. 결혼하지 않은 것에 대해 삼촌이 내세우는 이론적 근거는 다소 엉뚱했다. 요컨대 다른 여자와 결혼하면 '가장 사랑하는 이졸데'를 배신하는 꼴이 된다는 것이 삼촌의 지론인데, 이는 두말할 나위 없이 변명에 불과한 것이었다. 그는 자신의 생활 양식이 다른 사람이 곁에 있는 것을 결코 허용하지 않는다는 사실을 너무도 잘 알고 있었다. 당연히 그가 가장 사랑하는 대상은 연구였다. 그는 끊임없이 연구에 몰두했다. '골드바흐의 추측'은 그의 전부를 요구했다. 그의 몸과 영혼, 그리고 인생까지.

1925년 여름, 페트로스는 두 번째 아주 중요한 중간 성과를 얻었다. 이는 '분할 이론 정리'와 조화를 이루어 여러 전통적인 소수 문제에 대해 새로운 돌파구를 마련할 만한 것이었다. 더없이 공정하고 해박한 그 자신의 입장에서 보더라도 그가 이룬 연구 성과는 실로 대단한 것이었다. 그는 그 연구물을 발표하고 싶은 유혹에 시달렸다. 유혹은 그를 수주일 동안 괴롭혔다. 그러나 이번에도 그를 쓰러뜨리지는 못했다. 가까스로 유혹을 뿌리친 그는 또 한 번 자신의 연구물을 자기 외에는 아무도 알 수 없는 비밀로 간직하기로 마음먹었다. 그것이 제아무리 중요할지라도 중간 성과는 그를 본래의 목표에서 벗어나게 하지 못했다. 그의 목표는 오로지 '골드바흐의 추측'을 증명하는 것이었다.

그해 11월, 그는 수학을 연구하는 사람들에게는 상징적인 나이인 서른을 넘어섰다. 이는 사실상 중년으로 접어드는 첫 단계라고 할 수 있었다.

지난 몇 해 동안 페트로스는 다모클레스의 칼*이 자신의 머리 위, 어둠 속 어딘가에 걸려 있을 것이라고 생각했다. 그런데 이제는 생각에서 그치는 것이 아니라 실제로 보이는 것만 같았다(거기에는 '창조적 능력의 쇠퇴'라고 적힌 꼬리표가 붙어 있었다). 다모클레스의 칼은 그가 노트 위로 몸을 구부리고 앉아 있을 때마다 점점 더 가까이 다가와 그의 머리 바로 위에서 맴돌곤 했다.

한편, 창조적 절정기를 결정하는 모래시계는 그의 마음 한구석을 차지한 채 그를 여러 번 두려움과 불안으로 몰고 갔다. 특히 잠에서 깨는 순간마다 그는 자신이 지적인 맹위를 떨칠 시점에서 한참 물러나 있을 것이라고 걱정하며 괴로워하곤 했다. 그럴 때면 갖가지 의문이 마음 한복판에서 피어올라 모기떼처럼 윙윙거렸다. 과연 나는 처음의 두 가지 중요한 성과와 똑같은 수준의 연구물을 창조해 낼 것인가? 혹시 나도 모르는 사이에 창조적 능력의 쇠퇴가 이미 시작된 것은 아닐까? 무언가를 깜빡 잊을 때마다, 계산 과정에서 작은 요소를 빠뜨릴 때마다, 집중하는 데 잠시나마 실패할 때마다, 그의 뇌리에는 '내 절정기는 이미

* '절박한 위험'을 뜻하는 말. 기원전 4세기 전반 시칠리아 시라쿠사의 참주 디오니시우스 1세의 신하였던 다모클레스가 디오니시우스에게 아첨하며 행복을 기원하자, 디오니시우스는 그를 연회에 초대해 한 올의 말총으로 매단 칼 밑에 앉히고, 참주의 행복이 항상 위기와 불안 속에 있음을 깨닫게 했다는 고사에서 유래했다.

지나간 것일까?'라는 불길한 의문이 후렴처럼 떠오르곤 했다.

그 무렵, 몇 해 동안 만나지 못한 가족이 그를 찾아왔다(이 이야기는 아버지한테도 들었다). 그런데 페트로스는 오랜만의 가족 상봉도 반가워하지 않았다. 반가워하기는커녕 가족 모두를 방해물로 여겼다. 부모와 남동생들과 함께 보낸 그 짧은 기간 동안, 그는 줄곧 연구할 시간을 도둑맞았다고 생각했다. 그리고 가족을 위해 잠시 책상에서 떨어져 있는 순간마다 수학적으로 조금씩 자살을 하는 듯한 기분을 느꼈다. 그러다 가족이 돌아갈 때쯤에는 주체할 수 없을 만큼 극심한 좌절감에 빠졌다.

단 1분이라도 시간을 허비하지 말아야 한다는 그의 생각은 마침내 강박 관념으로 굳어져 버렸다. 그는 일정한 한도를 넘으면 더 줄일 수 없는 것, 가령 강의나 수면 같은 것을 제외하고 '골드바흐의 추측'과 직접적인 관련이 없는 모든 활동은 자신의 삶에서 몰아냈다. 그렇지 않아도 그는 수면량이 적었지만, 이제는 더 자고 싶어도 더 잘 수 없었다. 쉬지 않고 찾아오는 불안감으로 인해 급기야 불면증에 걸렸기 때문이다. 그런데 그 불면증은 수학자들이 연구를 계속 진행하도록 힘을 돋워 주는 커피를 지나치게 마신 탓에 더욱 악화되었다.

시간이 흐름에 따라 '골드바흐의 추측'에 더욱 깊이 빠져든 페트로스에게는 휴식을 취할 만한 여유가 전혀 없었다. 그런 터에 잠에 곯아떨어지기는커녕 잠드는 것조차 점점 어려워져서 수면제에 의존하는 날이 많아졌다. 처음에는 이따금 복용하던 것이 어느새 상용하지 않으면 안 될 지경에 이르렀고, 복용량도 놀랄 만큼 증가했다. 하지만 기대하는 효과는 좀처럼 나타나지 않았다.

그 무렵, 페트로스의 기분을 상승시킨 전혀 예기치 않은 일이 꿈속에서 일어났다. 원래 그는 초자연적인 현상을 철저하게 불신하는 사람이었다. 그런데 그 꿈은 마치 수학의 천국에서 보낸 예언적인 징후처럼 생각되었다.

어떤 일에 몰두하다 보면 꿈에서까지 그것과 씨름하게 된다. 따라서 어려운 문제에 몰두하는 과학자들이 잠을 자면서도 그것을 생각하는 일은 결코 특별한 것이 아니다. 페트로스는 라마누잔처럼 나마기리의 계시를 받거나 다른 신의 은총을 받는 영광을 누린 적은 없지만(페트로스의 불가지론적 사고를 고려하면 지극히 당연한 일일 것이다), '골드바흐의 추측'에 몰두하고 나서 1년쯤 지나자 때때로 수학에 관한 꿈을 꾸기 시작했다.

사실 그 전까지 그는 '사랑스러운 이졸데'의 품 안에서 관능적인 행복감을 맛보던 시절에 대한 꿈을 꾸었다. 그런데 시간이 지나면서 그 꿈은 점차 뜸해지더니, 여러 쌍의 일란성 쌍둥이로 의인화한 짝수들이 나타나는 꿈으로 바뀌었다. 짝수들은 복잡하고 괴상한 무언극을 하고 있었는데, 묘하게도 암수 한몸이면서 반인반수의 모습인 소수들이 코러스를 담당했다. 그리고 말없는 짝수들과 달리 소수들은 도무지 알아들을 수 없는 말로 자기들끼리 재잘거리면서 이상한 춤을 추었다(페트로스도 시인한 적이 있지만, 이 같은 꿈은 그가 뮌헨에 머물던 시절 시간이 좀 남아돌 때 보았던, 스트라빈스키의 〈봄의 제전〉에서 영감을 받았을 가능성이 상당히 크다). 또한 아주 드물게 각각의 등장인물이 말을 할 때가 있었는데, 이때는 고대 그리스어만 사용했다. 이는 아마도 그들이 무한히 많다는 것을 증명한 유클리드에게 보내는 찬사를 의미하는 것 같았다. 그러나 그들의 말이 앞뒤가 맞을 때도 그 내용은, 수학적으로는 보잘것없거나 무의미했다.

페트로스는 꿈속에 나왔던 말 중에서 다음과 같은 말을 기억해 냈다. 그것은 '모든 소수는 홀수다.', 즉 'Hapantes protoi perittoi.'라는 말이었는데, 이는 명백한 거짓 명제다(perittoi를 달리 해석하면 '모든 소수는 소용이 없다.'는 의미가 될 수 있다. 그러나 그는 이런 식의 해석에는 조금도 관심이 없었다).

페트로스의 그 꿈에는 무언가 본질적인 것이 있었다. 꿈에 등장하는 인물들의 말에서, 그는 자신의 연구를 지금껏 아무도 가지 않은 흥미로운 미지의 세계로 나아가게 할 암시를 이끌어 낼 수 있었다.*

페트로스의 기분을 좋게 만든 그 꿈은 그가 두 번째 중간 성과를 얻고 나서 며칠이 지난 뒤에 꾼 것이었다. 그것은 직접적으로 수학에 관련된 꿈이 아니라, 찬란하고 신비로운 아름다움을 지닌 한 편의 활인화活人畫였다. 레온하르트 오일러와 크리스티안 골드바흐(페트로스는 골드바흐의 초상화를 본 적이 없다. 그런데도 골드바흐를 단박에 알아보았다)가 양쪽에 서 있었다. 두 사람은 가운데 있는 인물의 머리에 화관을 씌워 주었

* 앙리 푸앵카레는 그의 저서 《수학적 발견의 본질》에서 수학자를 완전히 합리적인 존재로 보는 신화를 깨뜨린다. 그는 자기 나름의 연구 경험을 통해서뿐만 아니라 과거의 역사에서도 끌어낸 사례를 들면서, 연구에서의 무의식의 역할을 특별히 강조했다. 그의 말에 의하면 위대한 발견은 수면을 취하는 중에 번쩍 스치는 생각에서 예기치 않게 이루어질 수도 있다는 것이다. 물론 이것은 아무에게나 해당되는 이야기는 아니다. 몇 달 또는 몇 년 동안 끊임없이 의식적인 연구를 통해 준비가 되어 있는 사람에게만 가능한 일이다. 어쨌든 수학자의 경우에도 무의식의 세계인 꿈은 의식적인 두뇌 활동의 결론을 제시하는 중요한 역할을 할 수 있는 것이다. – 원주

는데, 그 인물은 다름 아닌 페트로스 파파크리스토스 자신이었다. 세 사람은 눈부신 후광에 휩싸여 있었다.

그 꿈이 전하고자 하는 메시지는 분명했다. 요컨대 그것은 '골드바흐의 추측'을 증명하는 일은 궁극적으로 페트로스의 몫이 될 것이라는 암시였다.

영광스러운 꿈의 암시에 고무된 페트로스는 다시금 낙천적인 인간으로 바뀌었다. 그는 더욱 열심히 앞으로 나아가자고 스스로에게 다짐했다. 그리고 연구에 전력을 쏟았다. 이제 그의 정신을 산만하게 흐트러뜨리는 것은 아무것도 없었다.

그러나 한동안 그렇게 끊임없이 정신적인 압박을 받은 결과 그는 위장병을 앓았다(위장병으로 인한 통증은 희한하게도 강의할 때마다 가끔씩 일어 강의에 지장을 주곤 했다). 이 병은 때맞춰 더할 나위 없는 변명거리가 되어 주었다. 페트로스는 의사의 소견서 등 필요한 것들을 일찌감치 준비해 놓고 수학 학부의 학장을 찾아갔다. 그러고는 2년간의 무급 휴가를 요청했다.

별 볼 일 없는 수학자이자 관료의식에 찌들 대로 찌들어 있는 학장은 페트로스와 터놓고 이야기할 기회를 기다렸다는 듯 그를 바라보며 언짢은 말투로 말했다.

"의사의 소견서는 잘 봤습니다. 파파크리스토스 교수님도 우리 대학의 다른 수학 교수들처럼 위염을 앓고 계시군요. 하지만 말기 증상은 아니잖습니까? 말기도 아닌데 2년씩이나 휴가를 달라는 건 좀 지나친 일 아닌가요?"

학장의 느닷없는 추궁에 페트로스는 잠시 머뭇거렸다.

"물론 그럴 수도 있겠지만, 공교롭게도 제 연구가 중대한 단계에 와 있어서 그럽니다. 학장님, 2년 동안의 휴가를 받으면 연구를 마무리할 수 있습니다. 그러니 제 부탁을 좀……."

"아니, 연구라뇨?"

학장이 눈을 동그랗게 뜨고 물었다.

"금시초문이군요. 우리 학교에 오신 후로 교수님께서는 아무것도 발표하지 않으셨습니다. 그래서 교수님은 학문적으로 전혀 활동하지 않는 분으로 여기고들 있었는데, 연구를 하고 계셨군요."

페트로스는 잠자코 다음 질문을 기다렸다.

"그런데 연구하고 계신다는 게 정확히 뭡니까?"

"정수론에서 몇 가지 문제를 연구하고 있습니다."

페트로스는 기운 없이 대답했다.

실리적이라고 소문난 학장은 자연과학에 응용할 수 없는 것으로 악명 높은 분야인 정수론에 대해서 연구하는 일 자체를 완전히 시간 낭비라고 생각하는 사람이었다. 그의 관심의 초점은 미분 방정식에 있었다. 그는 몇 년 전까지만 해도 '파파크리스토스 방식'을 만든 장본인이 학부에 가세하면, 자기 이름이 공동 출판물에 오를 것이라는 희망을 품고 있었다. 물론 그런 일은 일어나지 않았다.

"일반적인 정수론을 연구한다는 얘기인가요?"

학장의 집요한 질문 공세에 맞서 페트로스는 자신의 연구 대상을 감추기 위해 대충 얼버무리려고 했다. 그러나 학장에게 연구의 중요성을 일깨워 주지 못하면 티끌만큼의 희망도 없다고 생각하고는 마침내 진실을 밝혔다.

"사실은 '골드바흐의 추측'을 연구하고 있습니다."

학장은 소스라치게 놀란 표정을 지었다.

"그런데 학장님, 부탁이니 다른 사람한테는 얘기하지 마십시오."

"연구는 잘 진척되고 있습니까?"

"네, 아주 잘되고 있습니다."

"그 말은 이미 몇 가지 흥미로운 중간 성과가 나왔다는 뜻이겠군요. 그렇습니까?"

페트로스는 아슬아슬한 줄타기를 하는 듯한 기분이었다. 어느 정도까지 밝혀야 좋을지 쉽게 감이 잡히지 않았다. 그는 자기도 모르게 말을 더듬거렸다.

"그건……, 저……."

어느새 그의 얼굴에는 땀방울이 맺혀 있었다.

"하, 한 걸음만 더 나아가면 증명할 수 있으리라 생각됩니다. 그러니까 2년간의 무급 휴가를 주신다면……, 와, 완전히 증명해 보도록 하겠습니다."

당연한 일이지만 학장 역시 '골드바흐의 추측'에 대해서 잘 알고 있었다. 그것은 정수론의 이상향에 속하는 것임에도 무척이나 잘 알려진 유명한 문제라는 이점을 지니고 있었다. 그리고 유명한 만큼 그것을 증명해 낸다는 것은 대단한 일이었다. 학장의 입장에서 볼 때 파파크리스토스 교수(그는 일류급 두뇌의 소유자로 평판이 나 있었다)가 성공하면 대학과 수학

학부는 물론, 학장인 자신에게도 크나큰 이익이 될 것이 분명했다. 그는 잠시 곰곰이 생각하고 나서 페트로스에게 환한 미소를 지어 보였다.

그러고는 요청을 받아들이겠다고 말했다.

페트로스가 자리에서 일어나 감사를 표하고 작별 인사를 한 뒤에도 학장의 얼굴에서는 미소가 사라지지 않았다.

"부디 '골드바흐의 추측'을 증명하는 데 행운이 있기를 빕니다, 파파크리스토스 교수님. 저는 교수님께서 대단한 성과를 거두고 돌아오실 것이라고 믿습니다. 기대하겠습니다."

2년의 유예 기간을 확보한 페트로스는 오스트리아 티롤 지방의 인스브루크 교외로 향했다. 거기에는 미리 빌려 둔 자그마한 집이 있었다. 잠정적인 새 거처에서 그는 완전한 이방인이었다. 그곳에서는 뮌헨에서처럼 거리에서 아는 사람과 우연히 마주친다거나, 그가 외출한 사이에 아파트를 청소하던 가정부가 이것저것 건드리는 등의 사소한 일에 신경 쓸 필요가 없었다. 그의 고독은 그 어느 것으로부터도 방해 받지 않는 절대적인 것이었다.

인스브루크에 머무는 동안, 페트로스의 생활에 새로운 변화가 일었다. 그것은 기분 좋은 변화였고, 그런 만큼 결과적으로 연구에도 좋은 영향을 끼쳤다. 그는 체스를 알게 된 것이다.

어느 날 저녁, 페트로스는 여느 때처럼 산책을 하다가 따끈한 음료를 마시고 싶어서 근처의 커피숍으로 들어갔다. 그런데 그곳은 마침 그 지역 체스 동호회 회원들이 만나는 장소였다. 그는 거기서 체스 규칙을 배우고, 거의 아이들 수준으로 몇 게임을 했다. 하지만 그날까지만 해도 체스의 심오함은 전혀 깨닫지 못한 상태였다. 처음에 그는 코코아를 홀짝이며 옆 테이블에서 진행 중인 게임을 흘끔흘끔 쳐다보았다. 그러다 점점 흥미를 느끼고 게임이 끝날 때까지 자리를 뜨지 않았다. 이튿날 저녁, 그는 같은 장소로 발길음을 옮겼고, 다음 날에도 역시 그곳으로 향했다.

페트로스는 처음엔 단지 지켜보기만 하는 차원이었다가 점차 체스 게임의 황홀한 이치를 이해하기 시작했다.

커피숍을 몇 차례 드나든 뒤 그는 급기야 다른 사람의 도전에 응하게 되었다. 그러나 첫 게임에서 보기 좋게 패배했다. 하지만 패배는 그의 승부 근성을 부추기는 자극제가 되었다. 더욱이 상대의 직업이 목축업이라는 사실을 알게 되자 그는 더 큰 자극을 받았다.

그날 밤, 페트로스는 자신이 게임에서 어떤 실수를 했는지 원인을 정확히 알아낼 겸 머릿속으로 여러 경우의 수를 만들어 내느라 거의 새벽이 되어서야 잠자리에 들었다. 그 후로도 그는 몇 번 더 게임에서 졌다. 그러다 결국 처음으로 게임에서 이겼는데, 그때의 기쁨은 더 많이 이기고 싶은 욕구를 불러일으켰다.

이틀이 멀다 하고 드나들면서 페트로스는 그 커피숍의 단골이 되었고, 체스 동호회에도 가입했다. 회원 중 한 사람이 그에게 《첫수의 이론》이라는 여러 권으로 된 시리즈 책을 소개했다. 거기에는 체스의 첫수를 주제로 한 갖가지 요령이 실려 있었다. 페트로스는 초보 단계의 책을 빌렸다. 에칼리의 집에서 사용하던 체스판도 그때 산 것이었다.

그는 매일 밤늦게까지 자지 않았다. 그런데 인스브루크에서는 '골드바흐의 추측' 때문에 그런 것이 아니었다. 그는 앞에다 체스 말을 늘어 놓은 채 손에《루이 로페즈》,《왕과 여왕이 사용하는 초반의 수》,《시칠리아식 방어법》 같은 책들을 펼쳐 들고 기본적인 수를 익히느라 밤 깊은 줄도 몰랐다.

몇 가지 이론적인 지식으로 무장한 뒤부터 페트로스는 게임에서 더욱 자주 이기기 시작했다. 게임에서의 승리는 그에게 더할 나위 없는 만족감을 주었다. 이기는 횟수가 늘수록, 그는 개종한 지 얼마 안 되는 사람처럼 점점 더 짙은 광신적인 성향을 드러냈다. 그러한 성향이 어떤 때는 극단으로 치달아 수학 연구에 할애해야 할 시간을 체스 게임에 몽땅 써버리기도 했다. 그뿐만 아니라 커피숍에도 점점 더 일찍 갔고, 심지어 낮 시간도 체스판을 들여다보면서 전날 게임을 분석하는 데 보냈다.

그러다 그는 정신을 차리고 체스 게임을 저녁 산책 시간에만 하기로 마음먹었다. 체스에 대한 연구도 첫수나 유명한 게임에 한해서 잠자리에 들기 전 한 시간 정도로 제한했다. 그런데 그렇게 했음에도 인스브루크를 떠날 무렵, 그는 그 지역에서 명실상부한 챔피언이 되어 있었다.

체스는 페트로스의 삶을 크게 변화시켰다. '골드바흐의 추측'을 증명하는 데 전념하기 시작한 후 10년 가까운 세월이 흐르는 동안, 그는 한 번도 연구를 늦추어 본 적이 없었다. 자나 깨나 오로지 그 문제에 골몰했다. 그러나 수학자에게는 당면한 문제에서 떨어져 있는 시간이 필요한 법이다. 성취한 연구를 정신적으로 소화하고 그 결과를 무의식적인 수준으로까지 끌어올리기 위해, 수학자는 노력 못지않게 쉴 줄도 알아야 한다. 수학적 개념을 연구하는 것은 신바람 나는 일이다. 그러나 지적인 훈련이 잘된 사람일지라도 끊임없는 노력으로 인해 뇌가 지쳐서 기진맥진해지면 아무것도 할 수 없어진다.

페트로스가 알고 있는 수학자들에게는 저마다 다른 휴식 방법이 있었다. 카라테오도리 교수의 경우, 휴식이란 베를린 대학의 행정 업무를 보는 것이었다. 민헨 대학 수학 학부의 동료 교수들은 다양한 방법으로 휴식을 취했다. 가정적인 사람들은 대부분 가족과 함께 지내는 것으로 휴식을 대신했다. 그리고 혼자만의 휴식 방법을 찾는 사람들은 운동을 하거나 무언가를 수집했으며, 뮌헨에서 끊임없이 열리는 연극 공연, 음악회, 그 밖의 문화 행사를 보고 들으며 즐겼다. 그러나 그중 어떤 방법도 페트로스에게는 어울리지 않았다. 그에게는 연구에서 벗어나도록 해 줄 만한 것이 없었다. 페트로스는 가끔씩 탐정 소설을 읽어 보려고 했다. 하지만 이미 초합리주의자인 셜록 홈스의 위업을 섭렵한 탓인지 마땅히 읽을 만한 것이 없었다.

그의 관심을 붙잡아 둘 휴식 방법은 쉽게 눈에 띄지 않았다. 물론 오랫동안 해 온 오후 산책을 휴식이라고 할 수는 있었다. 그렇지만 그것은 휴식으로서의 가치가 전혀 없었다. 시골이든 도시든, 아니면 조용한 호숫가든 떠들썩한 포장도로든, 몸이 움직이는 동안에도 그의 정신은 오로지 '골드바흐의 추측'에만 매달려 있었다. 그러므로 엄밀히 말해서 산책은 휴식이 아니라 연구의 한 방법에 불과한 것이었다.

그런 의미에서 보면 체스는 하늘이 페트로스에게 내려 준 최상의 휴식 방법이었다. 물론 체스는 본질적으로 지적 게임인 만큼 집중력이 필요하다. 그러나 집중력도 실력이 자기보다 더 못하거나 엇비슷한 상대와 겨룰 때만 효과가 있다. 자기보다 나은 실력자와 겨루면 아무리 집중해도 주의가 산만해진다.

페트로스는 수학 연구를 할 때만 활용하던 집중력을 동원해서 위대한 체스 고수들(슈타이니츠, 알레킨, 카파블랑카 등) 간의 대전이 기록된 자료를 보는 데 열중했다. 그렇게 인스브루크에서 자기보다 실력이 더 나은 사람들을 물리치려고 애쓰는 동안, 그는 단 몇 시간이라도 '골드바흐의 추측'과 완전히 떨어져 있을 수 있다는 사실을 깨달았다. 그때부터 그는 게임을 하면서 오로지 체스에만 골몰했는데, 특히 실력이 막강한 상대와 맞부딪치면 스스로도 놀랄 정도의 흥분을 느꼈다.

결과적으로 체스는 그의 기운을 북돋워 주었다. 불꽃 튀는 접전을 벌이고 난 다음 날 아침이면 그는 맑고 상쾌한 기분으로 '골드바흐의 추측'에 달려들었다. 그런데 그렇게 하다 보니 생각이 막힐 때 새로운 아이디어가 떠오르기도 했다.

체스를 통한 휴식은 수면제를 끊는 데도 도움이 되었다. 페트로스는 '골드바흐의 추측'과 관련해 불안감에 사로잡히고, 지친 뇌가 끝없는 수학의 미로 속에서 뒤틀리며 헤맬 때마다 수면제 대신에 체스판을 찾았다. 침대에서 일어나 체스판 앞에 앉아서 게임의 여러 수를 생각하노라면 몸과 마음이 평온했다. 그는 잠시 수학을 잊고 체스에 몰두하다가 안락의자에 기대앉은 채 다음 날 아침까지 어린아이처럼 잠들곤 했다.

2년 동안의 무급 휴가가 끝나기 전에 페트로스는 중대한 결정을 내렸다. 즉, 자신이 발견한 '파파크리스토스의 분할 이론 정리'와 그에 버금가는 또 다른 연구물을 발표하기로 한 것이다.

여기서 짚고 넘어가야 할 점은, 그런 생각을 한 것이 그가 이제는 소소한 발견에 만족하기로 결심했기 때문이 아니라는 사실이다. '골드바흐의 추측'을 증명하려는 궁극적인 목적에 관한 그의 의지는 아직도 생생하게 살아 있었다. 그는 거기에 어떠한 패배주의도 끼어들 틈을 허락하지 않았다.

페트로스는 인스브루크에서 그 문제에 대한 그동안의 성취 결과를 차분히 검토했다. 그리고 자기보다 앞선 수학자들이 이룩한 업적을 면밀히 살펴보고 앞으로의 연구 방향을 재점검한 뒤 지나온 과정을 거슬러 올라가 지금까지의 성과를 냉정히 평가해 보았다. 그러자 두 가지 사실이 분명해졌다. 첫째, 그가 얻은 분할 이론에 관한 두 개의 정리는 확실히 중요한 성과였다. 둘째, 그것들은 '골드바흐의 추측'을 증명하는 데 아무런 도움이 되지 못했다. 결국 그가 처음에 세운 공격 계획은 실효를 거두지 못했던 것이다.

페트로스는 인스브루크에서 얻은 지적인 평온 덕분에 근본적인 통찰을 하게 되었다. 연구법상의 오류는 해석학적 방법을 채택한 데 있었다. 그는 아다마르와 드 라 발레 푸생이 소수의 정리를 증명하는 데 성공했다는 사실 때문에, 그리고 하디의 권위 때문에 길을 잘못 들었다는 것을 깨달았다. 말하자면 수학적 유행(분명히 이런 것도 있다)이 요구하는 대로 행동한 것이 문제였다. 오트쿠튀르*를 선도하는 사람들이 해마다 부리는 변덕이 '미美의 플라톤적 이상'으로 간주되지 않듯이, 그러한

* **오트쿠튀르haute couture**_ 원래는 '고급 재봉'이란 뜻이지만, 주로 '고급 여성복 제조업 또는 최신 유행의 고급 여성복'을 일컫는 용어로 쓰인다.

것은 수학적 진리로 여겨지지 않는데 말이다. 이론적으로 정당한 증명을 통해 얻은 정리는 절대적이고 영원하다. 그러나 그 정리를 얻기까지 동원된 방법들마저 그러한 것은 결단코 아니다. 그 방법들은 선택에 의한 것이고, '선택'이란 말뜻 그대로 그때그때의 형편에 따라 달라지는 것이다. 이것이 바로 방법론이 수시로 바뀌는 이유다.

페트로스는 직감적으로 해석학적 방법이 거의 바닥을 드러냈음을 알았다. 무언가 새로운 것, 아니 정확히 말해서 오래된 것, 요컨대 수의 비밀을 알기 위한 고대부터 내려온 유서 깊은 연구법으로 회귀해야 할 때가 온 것 같았다. 그는 정수론이 나아가야 할 방향을 다시 정하는 막중한 책임이 자신의 어깨에 놓여 있다고 생각했다. 그가 생각하기에는 초등 대수학적 연구법을 사용하면 '골드바흐의 추측'이 단번에 증명될 것 같았다.

그가 전에 이룬 두 가지 성과인 분할 이론 정리와 또 다른 연구물은 이제 마음 놓고 발표해도 될 터였다. 그것들은 '골드바흐의 추측'을 증명하는 데 더는 유용할 것 같지 않은 해석학적 방법을 통해 얻은 성과이기 때문에 발표를 해도 장차 그의 연구에 걸림돌이 될 염려는 없을 것이었다.

뮌헨으로 돌아온 페트로스를 반긴 사람은 가정부였다. 그녀는 페트로스에게 이렇게 말했다.

"이토록 건강한 모습의 교수님을 뵙게 되어 정말 기뻐요. 예전에 비해 건강이 무척 좋아 보이고, 얼굴 가득 생기가 돌아서 하마터면 교수님을 못 알아볼 뻔했지 뭐예요."

대학 강의 부담이 없는 한여름이 되자, 페트로스는 즉시 자신이 발견한 두 가지 정리를 그것에 대한 증명과 함께 발표하기 위한 논문을 작성하기 시작했다. 그러기 전에 그는 지난 10년간의 고된 노력의 결과물을 다시 한 번 살펴보았다. 이는 한구석 흠잡을 데 없이 완벽하게 제시되고 충분하게 설명되어 있었다. 페트로스는 서론, 본론, 결론을 구조적으로 검토하면서 이루 말할 수 없는 만족감을 맛보았다. 비록 '골드바흐의 추측'을 증명해 내지는 못했지만, 훌륭한 수확물을 건져 올렸다는 사실에 무척 기뻤다. 그가 그 두 가지 정리를 발표하면 난생처음으로 의미심장한 학문적 영예를 얻을 것이 분명했다(이미 언급했듯이 페트로스는 미분 방정식 해법인 '파파크리스토스 방식'에 대해 실용적인 면만을 보는 사람들의 저급한 관심에 냉담했다).

페트로스의 자기도취는 갈수록 심화되었다. 그는 동료 교수들로부터의 열광적인 지지 편지와 함께 수학 학부에서 축하 인사를 받는 자신의 모습을 상상했다. 그리고 자신의 발견에 대해 세계의 유명 대학에서 강연해 달라는 요청이 쇄도하는 가운데 국제적인 표창과 갖가지 상을 받는 자신의 모습을 그려 보기도 했다. 그러면서도 그는 '내가 과연 그럴 수 있을까?'라는 식의 의문을 품지 않았다. 그렇게 못할 이유가 없지 않은가? 그가 이룬 성과는 그러한 대접을 받아 마땅했다!

새 학기를 맞으면서(물론 논문을 계속 쓰는 상태에서) 페트로스는 학교에 나가 강의를 하기 시작했다. 그는 자신이 처음으로 무척 즐겁게 강의하고 있다는 사실을 깨닫고 놀랐다. 학생들을 위해 정확한 해석을 하고 자세하게 설명하려고 노력하다 보니, 그 자신도 즐거울 뿐더러 가르치는 데 대한 자신감도 생겼다. 조교와 학생들은 그의 강의가 몰라보게 향상되었다고 입을 모아 말했다. 학장은 그러한 소문과, 파파크리스토스 교수가 발표용 논문을 준비하고 있다는 소식을 듣고 무척 기뻐했다. 결국 페트로스는 인스브루크에서 보낸 2년에 대한 빚을 청산한 셈이었다. 그런데 곧 발표될 논문에 '골드바흐의 추측'에 관한 증명은 포함되어 있지 않은데도 수학 학부 내에는 그 논문을 통해서 매우 중요한 결과가 공개될 것이라는 소문이 돌았다.

논문은 크리스마스가 지나고 얼마 후에 마무리되었다. 논문의 분량은 200쪽에 달했다. 중요한 결과를 발표할 때면 평소에는 전혀 그렇지 않은 수학자들조차 조금은 위선적인 겸손을 떨게 마련인데, 페트로스도 그런 면을 보였다.

그 논문에는 '분할 문제에 관한 몇 가지 고찰'이라는 제목이 붙어 있었다. 페트로스는 학부에서 논문을 타이핑해 사본을 만들어 하디와 리틀우드에게 우편으로 보냈다. 그런데 소문에 의하면, 그는 자신이 미처 간파하지 못한 함정이나 어떤 분명치 않은 연역적 오류가 있는지 검토해 달라며 그들에게 부탁했다고 한다. 하지만 그는 자기 논문에 함정이나 오류 따위가 전혀 없다는 것을 잘 알고 있었다. 그럼에도 그런 부탁을 한 것은 전형적인 정수론자인 두 사람이 충격과 함께 경탄을 금치 못하는 모습을 상상하며 즐기기 위해서였다. 그렇지 않아도 그는 이미 자신의 성과에 대한 그들의 아낌없는 찬사를 받던 중이었다.

논문 사본을 우송한 다음, 페트로스는 다시 '골드바흐의 추측'에 관한 연구에 들어가기 전에 약간의 휴식기를 갖기로 했다. 당연한 이야기지만 그는 며칠 동안 오로지 체스에만 몰두했다.

페트로스는 시내에서 으뜸가는 체스 동호회에도 가입했다. 거기서 그는 몇몇 일급 고수만 빼고는 모두 이길 수 있다는 것을 알고 무척 기뻐했다. 게다가 그는 쉽사리 이길 수 없는 소수의 천부적인 고수들에게도 자신이 꽤 힘겨운 상대라는 것을 알았다. 어느 날 그는 한 체스광이 경영하는 서점을 알게 되었는데, 그곳에서 체스의 이론에 관한 두꺼운 책들과 체스 게임 전집을 샀다. 그는 또 난로 앞에 있는 작은 테이블에다 인스브루크에서 구입한 체스판을 놓고 그 옆에 부드러운 벨벳을 입힌 푹신한 안락의자를 갖다 놓았다. 그러고는 거기에 앉아서 밤마다 정겨운 흑백 친구들을 만나곤 했다.

그러한 생활은 2주간 계속되었다. 언젠가 페트로스 삼촌은 내게 "아주 행복한 2주였단다."라고 말했다. 하디와 리틀우드가 그 논문에 열렬한 반응을 보일 것이라는 기대감이 더해져 그 행복감은 더욱 증폭되었다.

그러나 페트로스의 행복감은 오래가지 않았다. 기대했던 것과 달리 두 사람의 반응은 결코 열렬하지 않았던 것이다. 더구나 하디는 비교적 짧은 내용의 편지에서 '파파크리스토스의 분할 이론 정리'라고 이름 붙은 페트로스의 첫 번째 성과는 이미 2년 전에 오스트리아 출신의 젊은 수학자가 발견했던 것이라고 밝혔다. 그러면서 그 수학자의 발표로 인해 정수론자 단체가 얼마나 떠들썩했는지, 그 젊은 장본인은 또 얼마나 대단한 호평을 받았는지 모른다며 페트로스가 그런 사실을 전혀 몰랐다는 데 대해 놀라움을 금치 못한다고 했다.

확실히 페트로스는 그 분야의 발전을 뒤처져 따라가고 있었다. 그렇지 않은가? 따지고 보면 그의 두 번째 정리에도 문제는 있다.

라마누잔은 1920년에 죽기 며칠 전 인도에서 하디에게 편지를 보냈다. 그는 편지에서 그 정리에 대한 설명이 전반적으로 충분하게 증명되지 않았다고 했다. 그런데 그런 것을 몇 년 뒤, 하디와 리틀우드 팀이 가까스로 보충해서 〈영국 학술원 회보〉에 발표했다. 하디는 그 회보의 사본까지 페트로스에게 보낸 편지에 동봉했다.

하디는 상황이 반전된 데 대해 페트로스에게 동정을 표하는 내용의 개인적인 글로 편지를 끝맺었다. 그는 그의 신분과 계급에 걸맞게 매우 조심스러운 말투로, 동료의 한 사람으로서 제안한다며 앞으로는 학문적인 동료들과 더욱 친밀한 관계를 유지하는 것이 페트로스에게 유리할 것이라고 썼다. 그러면서 페트로스가 유별나지 않게 그저 평범하게 연구하는 수학자로 국제 대회나 세미나 등에 참석하는 한편, 동료들과의 연락을 통해 그들의 연구가 얼마나 진척되었는지를 알고, 또 자신의 연구가 얼마나 진행되었는지도 알려 주었다면, 대단히 중요한 발견인 두 정리 모두에서 결코 2등은 되지 않았을 것이라고 지적했다. 결과적으로 페트로스가 계속 혼자만의 외로운 독주를 고집한다면 제2의 '불운한 사태'가 일어날 것은 불을 보듯 뻔하다는 이야기였다.

페트로스 삼촌은 그쯤에서 이야기를 중단했다. 쉬지 않고 몇 시간을 계속 이야기하느라 지쳤던 것이다. 어느새 날이 어둑어둑해지고 있었다. 과수원에서 들리는 새소리도 뜸해졌다. 귀뚜라미 한 마리가 규칙적으로 우는 소리만이 이따금 정적을 깨곤 했다.

이윽고 페트로스 삼촌이 의자에서 일어났다. 그리고 천천히 걸어가서 갓이 없는 램프의 불을 켰다. 램프에서 흘러나온 희미한 불빛이 내가 앉아 있는 자리를 비추었다. 옅은 노란색 불빛과 보랏빛 어둠 사이를 천천히 왔다 갔다 하다가 내 쪽으로 다시 걸어오는 삼촌의 모습이 마치 유령 같았다.

"결국 모든 게 변명이었군요."

삼촌이 자리에 앉자 내가 중얼거리듯 말했다.

"변명이라니?"

삼촌이 멍한 표정을 지었다.

나는 삼촌에게 새미 엡스타인에 관한 이야기를 했다. 그 친구가 정수론에 대한 색인을 뒤져 보았는데, 삼촌이 젊은 시절 하디, 리틀우드와 공동으로 리만의 제타 함수에 관해 발표한 것 외에는 페트로스 파파크리스토스라는 이름을 찾지 못했다는 말도 했다. 그리고 내가 다니는 대학의 저명한 교수가 새미에게 들려주었다는 '에너지 소진 이론'에 관해서도 재차 언급했다. 그 이론에 따르면, 삼촌의 '골드바흐의 추측'은 그의 게으름과 무위를 호도하기 위해 꾸며 낸 것에 지나지 않았다.

페트로스 삼촌은 내 말을 듣고 씁쓸하게 웃었다.

"이런! 내가 가장 아끼는 조카야, 절대 그렇지 않단다. 네 친구와 그 저명한 교수님께 이 삼촌이 정말 '골드바흐의 추측'을 증명하려고 무진 애를 썼다고 말해도 돼. 다 사실이니까. 어떻게 그런 거짓말을 할 수 있겠니? 내가 얼마나 고생을 했는데……. 그래, 나는 중간 성과, 그것도 아주 훌륭하고 중요한 성과를 얻었어. 그런데 발표를 하지 않았던 게 문제지. 발표해야 할 때 하지 않아서 다른 사람들이 나보다 먼저 발표했을 뿐이야. 불행히도 수학에서는 은메달이란 게 없어. 먼저 알리고 발표하는 사람이 모든 영예를 독차지하지. 2등을 위한 자리는 존재하지 않아."

삼촌은 여기서 잠시 멈추었다가 이어서 말했다.

"속담에도 있듯이, 숲 속의 새 두 마리는 손에 쥔 한 마리만 못해. 내 경우는 숲 속의 두 마리 새를 잡으려다가 손에 쥔 한 마리마저 놓친 꼴이지."

어찌 되었거나 나는 모든 것을 체념한 듯 편안히 그런 결론을 내리는 삼촌의 태도가 마음에 들지 않았다. 그다지 성실해 보이지 않았던 것이다.

"삼촌, 하디로부터 그 소식을 들었을 때 어땠어요? 정신이 없을 정도로 당황하지 않았나요?"

"당연히 당황했지. '정신이 없을 정도로'라는 말이 딱 맞아. 정말 정신이 없을 정도로 절망적이었어. 분노와 좌절, 비통함에 사로잡혔지. 심지어 자살할 생각까지 했단다. 하지만 그건 그때뿐이었어. 지금에 와서 내 삶을 돌이켜 보면 내가 했던, 혹은 하지 않았던 어떠한 일에 대해서도 후회하지 않아."

"후회하지 않는다고요? 유명해지고 수학자로서 인정받을 기회를 놓쳤는데도 후회가 안 된단 말씀이에요?"

삼촌이 경고하듯 집게손가락을 치켜세우며 말했다.

"어쩌면 제법 훌륭한 수학자가 될 수는 있었겠지. 하지만 위대한 수학자는 되지 못했을 거야. 아무튼 나는 훌륭한 정리를 두 가지나 발견했고, 그거면 충분하다고 생각한다."

"하찮은 성과가 아닌 건 분명해요."

내 말에 삼촌은 고개를 저었다.

"인생에서 성공했느냐 못했느냐는 스스로 정한 목표를 기준으로 가늠해야 하는 거야. 남이 정한 기준을 지나치게 의식하다 보면 '나'는 없어져 버려. 해마다 세계적으로 새로운 정리들이 수도 없이 발표되지. 하지만 정작 수학사에 새로운 획을 그을 만한 정리는 100년에 하나 나올까 말까 해."

"삼촌은 아직도 삼촌이 발견한 정리를 대단한 것이라고 말씀하시는군요."

삼촌은 내 말을 비켜 갔다.

"그 젊은이, 그러니까 분할 이론 정리를 나보다 먼저 발표한 그 오스트리아 수학자를 생각해 보자. 그가 그 연구물을 들고 나와서 어떻게 됐을까? 힐베르트나 푸앵카레 같은 수학자들에 버금갈 정도로 부상했을까? 천만의 말씀! 아마 그는 수학이라는 거대한 건축물 속의 골방 어디쯤에 자신의 초상화가 걸릴 자리를 간신히 얻었을 테지. 물론 그것마저 쉽지 않은 일이야. 그런데 설령 그런 자리를 얻었다 해도 그게 무슨 의미가 있지? 그게 그렇게도 대단한 건가? 솔직히 하디와 리틀우드의 경우도 마찬가지야. 그들은 아마 명예의 전당, 그것도 어마어마하게 큰 명예의 전당에 들어갈 수 있었겠지. 그렇지만 그들은 그 전당의 드넓은 입구에 유클리드나 아르키메데스, 뉴턴, 오일러, 가우스 같은 쟁쟁한 수학자들과 나란히 자신들의 조각상을 세워 놓지는 못해. 그래, 말하자면 그 때문이었지. 쟁쟁한 수학자들과 어깨를 나란히 하는 게 내 유일한 야망이었어. 그런데 그 야망을 이루기 위해서는 '골드바흐의 추측'을 증명하는 것 외엔 달리 방법이 없었지. 사실 그 난제를 증명한다는 건 심오한 소수의 신비를 밝혀낸다는 뜻도 돼. 만일 증명했다면 나는 그 신비를 밝혀냈겠지……."

삼촌은 잠시 말을 멈추었다. 그러다가 깊고 그윽하지만 초점이 선명한 눈동자를 빛내며 이어서 말했다.

"가치 있는 연구 결과를 전혀 발표한 적이 없는 나, 페트로스 파파크리스토스는 아무것도 이루지 못한 수학자로 수학사에 남을 거야. 어쩌면 기록되지 않는 편이 낫겠지. 이루어 놓은 일이 아무것도 없으니까. 그래, 나는 아무것도 이룬 게 없어. 그렇다고 후회하지는 않아. 사실 나는 어렸을 때부터 평범한 건 싫었어. 평범한 건 절대로 나를 만족시키지 못했지. 나는 대용품이나 각주 같은 존재로 영원히 남고 싶지 않아. 그러느니 차라리 완전한 무명인으로 살고 싶어. 그리고 나는 그 어떤 것보다 꽃, 과수원, 체스판, 오늘 너와 나누는 이런 대화가 더 좋아."

이 말 때문에 사춘기 때 삼촌을 '낭만주의적 영웅의 이상형'으로 숭배하던 마음이 되살아났다. 그러나 이제는 그 숭배의 마음이 옛날 같지 않았다. 마음속에 이상과 거리가 먼 현실적인 색채가 드리워져 있었던 것이다.

"삼촌 말씀은 결국 전부냐 전무냐의 문제인가요?"

"그렇다고 볼 수도 있겠지."

삼촌이 천천히 고개를 끄덕이며 말했다.

"언젠가 삼촌이 말씀하신 창조적인 삶의 결말이란 게 바로 이런 거였어요? '골드바흐의 추측'을 다시 연구해 보긴 하셨나요?"

내 도발적인 질문에 삼촌은 놀란 표정을 지었다.

"물론 해 봤지. 실은 내가 가장 중요한 연구를 한 건 그 후였어."

삼촌이 잠깐 미소를 지었다.

"조금 뒤에 그 얘기를 해 주마. 이런다고 이상하게 생각하지는 마라. 내 얘기에 '풀리지 않는 수수께끼 같은 것ignorabimus*' 따위는 없을 테니까."

삼촌은 그렇게 말하고 갑자기 큰 소리로 웃었다. 스스로를 위안하기 위해 웃는 웃음치고 소리가 너무 컸다. 이윽고 삼촌이 내 쪽으로 몸을 기울이고 나지막이 물었다.

"괴델의 불완전성 정리를 터득했니?"

"네. 그런데 갑자기 그 얘기는 왜 꺼내시는……."

내 말이 채 끝나기도 전에 삼촌이 손을 거칠게 휘저으며 큰 소리로 외쳤다.

"우리는 알아야만 하고, 알 수 있을 것이다! 수학에는 풀리지 않는 수수께끼 같은 건 없다는 것을 Wir müssen wissen, wir werden wissen! In der Mathematik gibt es kein ignorabimus."

삼촌의 목소리가 얼마나 큰지 귀가 다 얼얼할 지경이었다. 그 목소리는 소나무 숲에 부딪쳤다가 메아리로 변해서 위협할 듯 내 쪽으로 달려

* 라틴어로 이그노라비무스ignorabimus는 인간의 지력智力으로는 해결할 수 없는 우주의 수수께끼 같은 것을 뜻한다.

왔다. 순간 새미 녀석이 말한 '정신병자'란 단어가 내 머릿속을 번쩍 스치고 지나갔다. 아픈 과거에 대한 회상으로 마음의 상처를 입고 급기야 삼촌이 미쳐 버린 것은 아닐까 싶었다.

다행히 삼촌이 정상적인 어조로 다음 말을 잇는 바람에 다소 안심이 되었다.

"1900년에 열린 국제 수학자 대회에서 데이비드 힐베르트가 그렇게 연설했지. 그는 수학을 절대 진리의 신이라고 선언했어. 유클리드의 통찰, 일관성과 완전성에 대한 그의 통찰력……."

페트로스 삼촌의 이야기는 계속 이어졌다. 삼촌의 이야기를 종합하면 다음과 같다.

유클리드의 통찰은 무작위로 모아 둔 수의 고찰과 기하학적 고찰을 잘 결합된 체계로 변형시킨 것이다. 우리는 그 체계 내에서 선험적으로 받아들여진 기본 진리에서 시작해 점차 논리적인 연산, 즉 튼튼한 뿌리를 지닌 나무로서의 수학공리이나 단단한 줄기엄정한 증명, 불가사의한 꽃을 피우면서 계속 자라나는 가지들정리을 단계별로 적용함으로써, 모든 참 명제를 엄정하게 증명하는 데까지 나아갈 수 있다.

유클리드 이후의 모든 수학자, 다시 말해 기하학자, 정수론자, 대수학자, 최근의 해석학자, 위상수학자, 대수기하학자, 군群 이론가 등은 위대한 선구자가 밟은 '공리-엄정한 증명-정리'라는 과정에서 이탈한 적이 없다. 이는 오늘날에도 꼬리에 꼬리를 물고 계속 나타나는 모든 새로운 학문(정확히 표현하자면 똑같은 고대의 나무에서 새롭게 돋아난 곁가지) 연구자들의 경우에도 마찬가지다.

삼촌은 씁쓸한 미소를 지으며, 하디가 갖가지 가설로 자신을 성가시게 군 사람들한테 해 주던 충고를 흉내 냈다.

"증명을 해! 증명을!"

정말 하디가 그렇게 말했는지 모르지만, 고귀한 수학자 가문에 걸맞은 문장으로 대체한다면 '이렇게 증명되었다 Quod Erat Demonstrandum!'보다 나은 것은 없을 것이다.

1900년, 파리에서 개최된 제2차 국제 수학자 대회 기간에 힐베르트는 고대의 꿈을 궁극적인 결과로 확장시킬 때가 왔다고 선언했다. 유클리드는 그렇지 못했지만, 이제 수학자들은 수학 그 자체를 엄정하게 검토할 수 있도록 도와주는 형식 논리학 언어를 마음대로 사용할 수 있게 되었다. '공리-엄정한 증명-정리'의 거룩한 삼위일체는 이제부터 수나 형태, 대수 항등식뿐만 아니라 이론 자체에도 적용되어야만 했다. 그리하여 수학자들은 마침내 지난 2천 년간 그들의 중심 신조였던 '모든 참 명제는 증명 가능하다.'는 명제를 엄밀하게 증명할 수 있을 터였다.

몇 년 뒤, 러셀과 화이트헤드가 두고두고 기념될 만한 책인《수학의 원리》를 발표했는데, 두 사람은 그 자리에서 처음으로 연역, 즉 증명 이론에 대한 가장 확실한 방법을 제안했다. 그러나 그것은 힐베르트의 요구에 대한 최종적인 대답이 되리라는 기대를 불러일으키기는 했지만, 두 영국인 논리학자는 그 이론의 결정적인 성질을 증명해 내지 못했다.

'수학 이론의 완전성(요컨대 그 이론 내에서 모든 참 명제는 증명 가능하다는 것)'은 아직 증명되지 않았으나, 빠른 시일 내에 그렇게 되리라는 데 의심을 품는 사람은 아무도 없었다. 유클리드가 그랬듯, 수학자들은 자기들이 '절대 진리의 영역' 안에 살고 있다고 굳게 믿었던 것이다. 파리에서 열린 수학자 대회에서의 '우리는 알아야만 하고, 알 수 있을 것이다! 수학에는 풀리지 않는 수수께끼 같은 건 없다는 것을'이라는 승리의 외침은 수학을 연구하는 사람 모두에게 확고부동한 신조였다.

나는 다소 숭고하게 느껴지는 삼촌의 수학사 이야기를 중단시켰다.

"그 정도는 저도 다 알아요, 삼촌. 언젠가 삼촌이 괴델의 불완전성 정리에 대해 알아야 한다고 하셨을 때 그 배경을 샅샅이 알아봤어요."

"그건 배경이 아니야."

삼촌이 내 말을 바로잡았다.

"심리 상태라고 해야지. 쿠르트 괴델보다 앞선 수학자들이 그 행복한 시절에 어떤 정서적 풍토에서 연구했는지 넌 이해할 줄 알아야 해. 그건 그렇고, 내가 일생일대의 실망을 한 뒤에도 어떻게 연구를 계속할 용기를 얻었는지 물었지? 좋아, 그럼 이제부터 그 얘기를……."

삼촌은 '골드바흐의 추측'을 증명하는 데 실패했으면서도 아직도 그 목표를 달성 가능한 것으로 굳게 믿고 있었다. 스스로 유클리드의 정신적인 증손이라고 여겼기 때문일까, 삼촌의 그런 믿음은 요지부동이었다. '골드바흐의 추측'이 타당하다는 것이 확실시되고 있기 때문에(라마누잔과 그의 막연한 '예감'을 제외하면 이 사실을 진지하게 의심하는 사람은 아무도 없었다) 그것을 증명하는 방법도 어딘가에, 어떤 형태로든 반드시 존재한다고 믿었던 것이다.

삼촌은 한 가지 예를 들어 설명했다.

"친구가 집 안 어딘가에 열쇠를 잘못 놔두었다면서 네게 열쇠 찾는 걸 도와 달라고 했다 치자. 너는 그 친구의 기억력을 완벽하다고 믿고, 그 친구의 성실성도 인정하고 있어. 자, 이 얘기가 결국 뭘 의미하겠니?"

"우선 친구가 정말로 열쇠를 집 안 어느 곳에 잘못 놔두었다는 의미겠지요."

"그럼 다른 사람이 그 후로 집에 들어오지 않았다고 그가 확신한다면?"

"그러면 열쇠가 집 밖에는 절대 없다고 추측할 수 있지요."

"그러므로?"

"그러므로 열쇠는 분명히 집 안에 있고, 어차피 집이란 한정된 공간이니까 시간을 충분히 들여 찾다 보면 조만간 찾아낼 수 있을 겁니다."

삼촌이 손뼉을 크게 쳤다.

"훌륭해! 바로 그런 확신이 내 낙천적인 기질에 다시 불을 붙였던 거야. 첫 실망에서 회복된 뒤, 나는 어느 상쾌한 아침에 자리에서 일어나 창문을 바라보며 중얼거렸단다. '그래, 실망할 필요 없어. 왜 실망해? 아직 증명이 저 너머 어딘가에 있는데!' 하고 말이야."

"그래서요?"

"그래서? 뭘 그래서야? 증명은 존재하니까 그걸 찾아내기만 하면 되잖아!"

나로서는 삼촌의 추론을 따라갈 수가 없었다.

"어떻게 그런 결론에 위안을 얻으셨단 말인지 잘 모르겠어요. 솔직히 증명이 존재한다고 해서 삼촌이 반드시 그걸 찾아내리란, 그러니까 증명하리란 법은 없잖아요?"

삼촌은 내가 뻔한 것을 즉시 알아채지 못한다고 생각했는지 나를 노려보았다.

"얘야, 이 세상에서 나, 페트로스 파파크리스토스보다 증명할 준비가 더 잘되어 있는 사람이 또 누가 있다고 생각하니?"

그 질문은 과장된 것이 분명했기 때문에 나는 대답하려 하지 않았다. 그런데 갑자기 혼란스러웠다. 삼촌이 말하는 '페트로스 파파크리스토스'는 내가 어렸을 때부터 알고 있는, 앞에 잘 나서지 않는 내성적인 사람과는 전혀 달랐기 때문이다.

하디의 편지로 인한 '일생일대의 실망'에서 회복되기까지 어느 정도의 시간이 걸렸는지는 잘 모르지만, 어쨌거나 삼촌은 확실하게 회복되었다. 삼촌은 기운을 차린 상태에서 '저 너머 어딘가에 증명이 있다.'는 확신을 통해 희망을 얻자 연구를 재개했다. 그런 삼촌의 모습은 전에 비해 약간 달라져 있었다. 광적인 연구에서 무가치한 요소가 드러남으로써 불행해지자 삼촌은 내적인 평화, 다시 말해 '골드바흐의 추측'과 상관없이 계속되는 삶에 대한 의식을 마음 속에 품었다. 이제 삼촌의 연구 계획은 다소 느슨해졌다. 그런 터에 연구로 혹사를 당해 늘 폭발 직전에 이르렀던 그의 정신 상태도 가끔 하는 체스 덕에 한결 차분해졌다.

페트로스는 다시 태어나 새롭게 시작하는 것 같은 흥분을 느꼈다. 더욱이 인스브루크에서 결심한 대로 접근 방식을 대수학적으로 전환하고 나자 미개척 분야도 들어가는 듯한 들뜬 기분마저 들었다.

19세기 중반에 리만의 논문이 발표된 이래 100년 동안, 정수론의 지배적 경향은 다분히 해석학적인 것이었다. 모순 어법을 써서 표현하자면, 그 무렵 고대의 초보적인 접근법을 사용한 삼촌은 발전이 아닌 퇴행의 선두에 섰던 셈이다. 수학사 학자들은 삼촌의 연구 가운데 다른 부분은 기억하지 못해도 그 사실만은 명심해 두는 게 좋을 것이다.

여기서 짚고 넘어가야 할 것이 하나 있다. 정수론의 맥락에서 '초보적인'이라는 말은 어떤 이유에서든 '단순한'과 동의어로 간주될 수 없으며, '쉬운'과는 더더욱 같은 자리에 놓일 수 없다. 초보적인 방법들은 디오판토스, 유클리드, 페르마, 가우스, 오일러 등이 발견한 위대한 결과가 낳은 것이다. 결과적으로 정수론에서의 '초보적'이란 말은 오로지 기본적인 산술 연산과 실수實數에 대한 고전 대수학적 방식과 같은 초보적인 수학에서 파생되었다는 뜻으로만 통용될 수 있다. 초보적이라고 해서 우습게 볼 일이 아니다. 해석학적 방식이 유효한데도 초보적인 방법이 자연수의 근본 속성에 더 근접해 있으며, 그 방법으로 도달한 결과는 수학자로서의 명확한 직관적 측면에서 볼 때 더욱 심오하다.

한때 뮌헨 대학의 페트로스 파파크리스토스 교수가 운이 좀 나빠서 매우 중요한 연구 결과를 발표하는 일을 뒤로 미루었다는 소문이 케임브리지에서 흘러나왔다. 동료인 정수론 교수들은 페트로스의 소식을 직접 듣고 싶어 했다. 그는 곧 그들의 모임에 초청되었다. 그리고 그때부터 모임에 참석하기 위해 여행을 했는데, 이는 단조로운 일상에 활기를 불어넣는 청량제 같은 역할을 했다.

페트로스의 동료 교수들은 그를 호의적으로 대했다. 그런 터에 페트로스가 까다롭기로 악명 높은 '골드바흐의 추측'을 연구한다는 소문이 나돌자(이 점에 대해서 삼촌은 수학 학부 학장에게 감사해야 할 것이다) 그의 동료 교수들은 경외감과 동정심이 뒤섞인 시선으로 그를 바라보기 시작했다.

뮌헨으로 돌아온 지 1년쯤 지난 후, 페트로스는 어느 국제 대회에서 리틀우드와 우연히 마주쳤다.

"여보게, 골드바흐 연구는 잘되어 가나?"

리틀우드가 물었다.

"그런대로 잘되어 가고 있습니다."

"대수학적 접근법을 사용하고 있다던데, 그게 사실인가?"

"네, 사실입니다."

리틀우드는 의구심을 드러냈고, 페트로스는 자신의 연구 내용에 대해 그와 자유롭게 이야기하는 스스로의 모습에 적잖이 놀랐다.

"솔직히 말하자면 저는 다른 어느 누구보다 그 문제에 대해 잘 알고 있습니다. 그리고 이건 제 나름대로의 직관입니다만, '골드바흐의 추측'이 나타내는 진리는 아주 근본적인 것입니다. 따라서 초보적인 접근법만으로도 그 문제를 충분히 밝혀낼 수 있다고 봅니다."

페트로스가 결론짓듯 말하자 리틀우드가 어깨를 으쓱했다.

"자네의 직관을 존중하네, 파파크리스토스. 하지만 바로 그것 때문에 자네는 완전히 고립되어 있네. 다른 사람과의 끊임없는 의견 교환이 이루어지지 않으면, 그 문제를 해결하기는커녕 자네는 아마 자신이 유령과 씨름하고 있다는 것 외엔 아무것도 깨닫지 못할 걸세."

"그래서 저더러 어떻게 하라는 말씀입니까? 제 연구의 진척에 관해 매주 중간 보고서라도 제출할까요?"

페트로스는 리틀우드의 충고를 농담으로 받아넘겼다. 하지만 리틀우드는 계속 진지하게 말했다.

"내 말 잘 듣게나. 자네는 판단력과 성실성을 신뢰할 만한 사람을 스스로 찾아내도록 하게. 그리고 그들과 나눠 갖도록 해, 이 사람아!"

페트로스는 리틀우드의 제안에 대해 곰곰이 생각했다. 아무리 생각해도 일리가 있는 말이었다. 그로서는 리틀우드를 두려워하기는커녕 자신의 연구가 얼마나 진척되었는지 스스럼없이 이야기를 나누고 있다는 사실이 놀라우면서도 신기했다. 게다가 앞으로도 리틀우드와 여러 의견을 나눌 생각을 하니 가슴이 두근거릴 정도로 기뻤다. 물론 페트로스와 의견 교환을 할 만한 상대는 극소수였다. 요컨대 페트로스가 '판단력과 성실성을 신뢰할 만한' 사람은 오직 둘, 하디와 리틀우드뿐이었던 것이다.

페트로스는 케임브리지를 떠난 뒤 2년 동안 두절되었던 그 두 사람과의 서신 왕래를 다시 시작했다. 그는 그들에게 보내는 편지에 많은 내용을 담지는 않았다. 셋이 만나면 자신의 연구물을 보여 줄 의향이 있다고 암시하는 정도에서 그쳤다.

1931년 크리스마스 무렵, 페트로스는 그 이듬해에 트리니티 칼리지로 와 달라는 내용의 공식 초청장을 받았다. 그렇지 않아도 그는 실질적인 목적 때문이기는 하지만 너무 오랫동안 수학계에서 떠나 있었다. 하디가 그를 초청하기 위해 각방으로 뛰어다니며 영향력을 행사했을 것이 뻔했다. 결국 그는 두 위대한 정수론자와 창조적인 의견 교환을 할 생각으로 가슴이 설렌 데다가 감사의 마음까지 겹쳐 망설이지 않고 초청 제의를 수락했다.

페트로스 삼촌은 1932년에서 1933년까지 영국에서 보낸 1년, 그중에서도 처음 몇 달이 인생에서 가장 행복했던 시기일 것이라고 말했다. 그리고 15년 전, 그곳에서 머물던 때의 추억 덕에 행복을 더 느꼈을지도 모른다고 했다. 그 케임브리지 시절, 삼촌은 실패에 대한 걱정의 때가 묻지 않은 청년기 초기의 순수한 열정을 그대로 간직하고 있었다.

영국에 도착한 직후, 페트로스는 하디와 리틀우드가 지켜보는 가운데 대수학적 방식으로 거슬러 올라간 자신의 연구 개요를 발표했다. 그럼으로써 10여 년 만에 처음으로 동료들로부터 인정받는 기쁨을 맛보았다. 페트로스는 며칠 동안 하디의 사무실에 있는 칠판 앞에 서서 해석학적 방식에서 선회한 이래 3년 동안 자신이 얼마나 발전했는지 더듬어 보았다. 하디와 리틀우드는 그의 접근법에 대해 처음에는 매우 회의적인 반응을 보였다. 하디에 비해 리틀우드가 더 그랬다. 그러나 시간이 지나면서 페트로스의 접근법이 지닌 장점을 인정하기 시작했다.

어느 날 하디가 페트로스에게 말했다.

"자네는 지금 크나큰 위험을 무릅쓰고 있다는 걸 깨달아야 하네. 그런 접근법을 아무리 사용해도 자네에게는 발표할 만한 귀중한 성과들이 얼마 남아 있지 않을 테니까 말일세. 꽤 매력적이긴 하지만 그동안의 중간 성과란 것들이 그다지 흥미로운 게 못 된다는 게 내 솔직한 판단이네. 그런 중간 성과들이 '골드바흐의 추측'처럼 중요한 정리를 증명하는 데 유용하다는 사실을 사람들에게 이해시키지 못하면, 그것들 자체만으로는 별다른 가치가 없다는 걸 명심하게."

늘 그렇듯, 페트로스는 자신이 무릅쓰고 있는 위험이 어떤 것인지 잘 알았다.

"내가 보기엔 자네 자신이 목표한 대로 잘 나아가고 있는 것 같네."

리틀우드가 그를 격려하고 나섰다. 하지만 하디는 여전히 투덜거리는 말투였다.

"그렇긴 하지만, 부디 서두르게나. 자네의 머리가 둔해지기 전에 말일세. 머리는 결코 주인을 기다려 주지 않네. 명심하게, 지금의 자네 나이는 라마누잔이 죽은 지 이미 5년이 지난 시점이란 사실을!"

첫 번째 연구 발표회는 고딕 양식의 창 밖으로 노란 나뭇잎들이 떨어지는 성 미카엘 대천사 축일9월 29일 무렵에 있었다. 그리고 겨울까지의 몇 달 동안 그의 연구는 어느 때보다도 많이 진척되었다. 그 무렵 그는 스스로가 '기하학적'이라고 칭한 방법을 사용하고 있었다.

페트로스는 먼저 모든 합성수소수가 아닌 수를 평행사변형 모양으로 점을 찍어서 나타냈다. 그리고 그 평행사변형의 가로에는 가장 작은 소인수를, 세로에는 그 수의 몫을 표시했다. 예를 들어 15는 3×5, 25는 5×5, 35는 5×7로 나타냈던 것이다.

이런 식으로 모든 짝수는 2×2, 2×3, 2×4, 2×5 등과 같이 두 개의 열로 나타냈다.

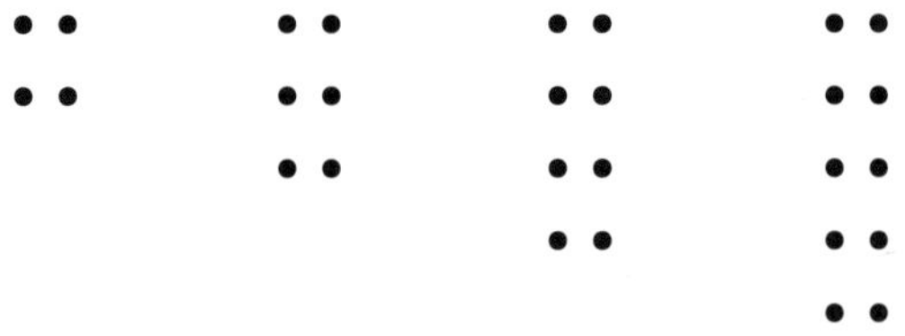

반대로 소수에는 약수가 없기 때문에 5, 7, 11처럼 단 하나의 행으로 나타냈다.

페트로스는 그렇게 초보적인 기하학적 유추에서부터 자신의 통찰을 확장해 정수론적인 결론에 도달했다.

크리스마스가 지난 뒤, 그는 첫 성과를 발표했다. 그런데 펜과 종이 대신 콩을 사용해서 하디의 서재 바닥에 표본을 만들어 놓았다. 그러자 리틀우드가 새로운 접근법이라고 놀리듯 칭찬했다. 리틀우드는 '유명한 파파크리스토스의 콩 방식'이 어느 정도 유용할 것이라고 인정했지만, 하디는 머리끝까지 화가 나 있었다.

하디가 말했다.

"이젠 콩까지! 초보적인 것과 유치한 것 사이에는 엄연한 차이가 있네! 이보게, 파파크리스토스. 자네 설마 '골드바흐의 추측'이 천하의 '난제'라는 걸 잊지는 않았겠지? 난제가 아니라면 골드바흐가 직접 증명하지 않았겠나 이 말일세!"

그러나 페트로스는 자신의 통찰력을 믿었으며, 하디의 반응을 '나이 들어서 생긴 지적인 변비(삼촌은 이 표현을 쓰면서 무척 만족스러워했다)' 탓으로 돌렸다.

페트로스는 나중에 리틀우드와 단둘이 자신의 하숙방에서 차를 마실 때 이렇게 말했다.

"인생에서의 위대한 진리란 단순한 겁니다."

리틀우드는 아다마르와 드 라 발레 푸생이 소수의 정리에 대해서 극도로 복잡한 증명을 해낸 예를 들며 그의 말에 반대했다. 그리고 이런 제안을 했다.

"이보게, '진짜' 수학을 해 보는 게 어떤가? 요즘 나는 '힐베르트의 제10번 문제'를 연구하고 있네. 디오판토스의 방정식을 풀 수 있다는 바로 그 문제 말일세."

"그런데요?"

"대수 분야를 도와줄 사람이 필요할 것 같네만……. 어떤가, 나를 좀 도와줄 수 있겠나?"

그러나 리틀우드는 대수에 관해 다른 사람의 도움을 구해야 했다. 자신에 대한 리틀우드의 믿음이 자부심을 갖는 데 든든한 힘은 되었지만, 페트로스는 그의 제안을 딱 잘라 거절해 버렸다. 지금은 오로지 '골드바흐의 추측'에만 발을 담그고 있으며, 그것도 너무 깊숙이 담근 상태라서 다른 일에는 효과적으로 관여할 수가 없다고 말했다.

사실 페트로스는 다른 일에 신경 쓸 겨를이 없었다. 하디의 말마따나 '유치한' 기하학적 방법과 끊임없이 샘솟는 직관에 의지해서 '골드바흐의 추측'에 매달린 후 처음으로, 머리카락 한 올만큼만 더 나아가면 그 문제를 증명할 수 있다는 느낌이 그 무렵에 이르러 자주 들었다. 그는 화창한 1월의 따스한 햇볕을 받으며 당당하게 성공한 자신의 모습을 상상하곤 했다. 그러나 순간적인 환상에 젖어 기분 좋아하다가도 정신을 차리고 보면 터무니없는 망상에 불과하다는 생각밖에 들지 않았다.

(여기서 독자 여러분에게 고백할 것이 있다. 삼촌의 이야기 중 이 부분에서 나는 복수를 한 것 같은 전율을 느꼈다. 벌써 몇 년 전의 일이지만, 필로스의 외삼촌 댁에서 여름을 보낸 그해에 나도 잠시나마 '골드바흐의 추측'을 증명하는 법을 발견해 내겠노라고 마음먹은 적이 있었다. 그때만 해도 나는 그 난제의 이름조차 몰랐는데, 나 역시 '망상'에 사로잡혀 있었던 것이다.)

페트로스는 대단히 낙천적인 기질인데도 이따금 자신감을 잃는 홍역을 치르곤 했다. 어떤 때는 절망할 지경에까지 이르렀는데, 하디가 기하학적 접근법에 대해 그를 몰아세운 뒤부터는 그 정도가 여느 때보다 더욱 심해졌다. 그러나 자신감의 결여가 열의마저 꺾을 수는 없었다. 그는 절망감이 들거나 자신감을 잃을 때마다 그 모든 것이 위대한 승리에 선행하는 필연적인 고통이자, 당당한 성공에 이르기 위해 마땅히 치러야 하는 대가라고 생각했다. 밝은 새벽이 오기 전의 어둠은 짙은 법이었다.

페트로스는 이제 최후의 돌진을 할 단계에 와 있다고 생각했다. 그리고 자신은 만반의 준비가 되어 있다고 확신했다. 그에게 있어 마지막 남은 힘을 쏟아붓는다는 것은 곧 마지막으로 눈부신 통찰력을 얻는다는 뜻이었다.

영광스러운 결승점이 가까워졌다!

페트로스 파파크리스토스의 항복, 다시 말해 '골드바흐의 추측'을 증명하려는 노력을 포기하리라는 불길한 징후가 크리스마스가 지나고 얼마 후 케임브리지에서 그가 꾼 꿈을 통해 나타났다. 페트로스 자신도 처음에는 그 징후의 완전한 의미를 이해하지 못했다.

오랫동안 기본적인 산술 문제에 매달리는 다른 수학자처럼 페트로스도 '자연수와의 우정'이라고 일컬어지는 속성, 요컨대 헤아릴 수 없이 많은 특정 숫자의 특질과 특성, 상호 연관성 등에 관한 더욱 많은 지식을 습득했다. 몇 가지 예를 들어 보면 이렇다.

'자연수의 친구'라고 하면 199, 457, 1009 등이 소수임을 곧바로 인식하게 된다. 그리고 '자연수의 친구'라면 220을 자동적으로 284와 연결시키는데, 이는 그 수들이 특이한 관계를 이루고 있기 때문이다(한 수의 약수의 합이 다른 수와 같다). 또 '자연수의 친구'라면 당연히 256이 2^8임을 알 수 있는데, '자연수의 친구'라면 역사적으로 중요한 256 다음에 어떤 수가 따라오는지 잘 안다. 이는 257을 $2^{2^2}+1$로 나타낼 수 있고 (어느 유명한 가설에 의하면) $2^{2^n}+1$의 형태인 모든 자연수는 소수라고 되어 있기 때문이다.*

삼촌이 만난 사람들 중에서 이 같은 속성을 꿰뚫고 있는(그것도 상당한 수준으로) 최초의 사람은 스리니바사 라마누잔이었다. 삼촌은 여러 차례에 걸쳐서 그 속성이 증명되는 것을 목격했는데, 언젠가는 내게 이런 일화를 들려주었다.**

1918년의 어느 날이었다. 삼촌과 하디는 라마누잔이 입원해 있는 요양원에 찾아가서 그를 만났다. 하디는 자기들이 타고 온 택시 번호가 1729였다면서 자신은 개인적으로 이 숫자가 재미없게 느껴진다고 말했다.

그러자 잠시 골똘히 생각에 잠겨 있던 라마누잔이 정색을 하고 나섰다.

"아니, 그렇지 않아요! 그건 매우 흥미로운 수입니다. 두 가지 다른

* 이 일반식을 처음으로 언급한 사람은 페르마인데, 이 페르마의 정리는 n의 첫 네 개의 값, 즉 $2^{2^1}+1=5$, $2^{2^2}+1=17$, $2^{2^3}+1=257$, $2^{2^4}+1=65,537$ 등이 모두 소수라는 고대로부터의 견해를 일반화시킨 것임이 분명하다. 그런데 n=5의 경우, $2^{2^5}+1=4,294,967,297$이 합성수임이 나중에 밝혀졌다. 이것은 소수인 641과 6,700,417로 나눌 수 있기 때문이다. 결국 '추측'이 항상 참으로 증명되는 것은 아니다. - 원주

** 하디 역시 이 사건에 대해 자신의 저서인《어느 수학자의 변명》에서 자세히 언급했다. 그런데 그는 삼촌이 그 자리에 있었던 사실을 손톱만큼도 인정하지 않았다. - 원주

방식으로 두 자연수의 낼 수 있는 최소의 자연수니까요."*

페트로스가 초보적인 방법으로 '골드바흐의 추측'을 연구하는 동안 자연수와 그의 우정은 아주 특별한 단계로 발전해 나갔다. 이제 수들은 무생물로 존재하지 않았다. 그에게는 수들이 살아 있는 것은 물론이고 각기 뚜렷한 개성을 지닌 존재로 보였다. 아울러 증명이 저 너머 어딘가에 있다는 확신과 함께 아무리 힘겨워도 이겨 내고 말겠다는 의지가 그의 마음속에서 더욱 공고해졌다. 자연수와 씨름하면서 페트로스는 (삼촌의 말을 그대로 인용하자면) '늘 친구들 사이에 있는' 느낌이 들었다.

자연수와 친밀해지면서 특정한 숫자들이 그의 꿈속으로 쏟아져 들어왔다. 그것들은 뭐라고 말하기 어려운 정체불명의 무리였는데, 밤마다 연극 무대 위로 올라와서 저마다 독특한 복장과 분장을 하고 조역이든 주역이든 개성 있는 역을 연기했다.

예를 들어 65는 중산모를 쓰고 접은 우산을 든 도시의 신사로 출연했는데, 그는 자기의 소인수들 중 하나로서 유연한 데다 번개처럼 빠르고 도깨비같이 생긴 13과 교제하고 있었다. 또 뚱뚱한 데다 천하의 게으름뱅이인 333은 형제인 222와 111의 입에 든 음식을 빼앗아 먹고 있었으며, '메르센 소수'**로 알려진 8191은 변함없이 프랑스 개구쟁이 같은 차림으로 골루아즈 여송연을 물고 있었다.

* 실제로 $1729=12^3+1^3=10^3+9^3$이며, 이보다 더 작은 자연수들은 이런 성질을 지니고 있지 않다. - 원주

** 프랑스의 성직자이자 수학자였던 마랭 메르센Marin Mersenne이 350년 전 처음 발견한 것으로, 'n이 자연수일 때 2^n-1의 형태로 표시되는 소수'를 말한다.

몇몇 환영은 유쾌하고 재미있었다. 하지만 그 밖의 환영은 그저 그랬는데, 어떤 것은 말이나 행동을 자꾸 반복해서 몹시 짜증스러웠다. 악몽이기는 하지만 산술적인 꿈의 범주에 드는 것도 있었다. 그런데 그것을 굳이 악몽이라고 칭하는 이유는 무섭거나 고통스러워서가 아니라, 그 자체가 너무 심오하고 깊이를 알 수 없는 데서 느끼는 안타까움 때문이었다. 한편, 어떤 특정한 짝수들은 일란성 쌍둥이로 의인화되어 나타나기도 했다(하나의 짝수는 2k, 즉 똑같은 두 자연수의 합이라는 형태로 이루어진다는 점을 명심하자). 그 쌍둥이들은 꼼짝도 않는 데다 표정도 없이 페트로스를 빤히 쳐다보았다. 그리고 한마디 말도 하지 않았는데, 커다란 눈동자에는 자포자기에 가까운 극심한 슬픔의 빛이 서려 있었다. 만약 그들이 말을 할 수 있었다면, "이봐요! 제발 부탁이니 이리 와서 우리 좀 풀어 줘요! 어서요!"라고 소리쳤을 것이다.

1933년 1월의 어느 날 밤, 늦은 시간에 삼촌의 잠을 깨운 것은 바로 이 슬픈 유령들의 변형체였다. 돌이켜 보면 그 꿈이 '패배의 징조'였다고 삼촌은 말했다.

그날 밤, 페트로스 삼촌은 똑같이 주근깨가 나 있는 아름다운 검은 눈의 쌍둥이 소녀들로 의인화된 2^{100}(이것은 2를 100번 제곱한 어마어마한 수다)이 자기의 눈을 똑바로 들여다보고 있는 꿈을 꾸었다. 그런데 두 소녀의 눈동자에 서려 있는 것은 지난번 짝수들의 환영에서 본 것과 달리 단순히 슬픔에만 그치지 않았다. 거기에는 분노, 심지어 증오심까지 서려 있었다. 두 소녀는 매우 오랫동안 페트로스를 뚫어져라 쳐다보았다(이렇게 했다는 것 자체만으로도 이 꿈을 악몽으로 낙인찍는 데 충분할 것이다). 이윽고 그중 하나가 고개를 설레설레 저었다. 그러고는 입술을 일그러뜨리고 마치 절교를 선언하는 연인처럼 차가운 미소를 지으면서 야유하듯 이렇게 말했다.

"당신은 절대로 우리를 못 잡을 거야."

순간 페트로스는 침내에서 벌떡 일어났다. 그의 몸은 온통 땀으로 젖어 있었다.

그 소녀, 그러니까 쌍둥이 2^{100}의 반쪽인 2^{99}(이것은 2^{100}의 반이다)이 내뱉은 말의 의미는 오직 한 가지였다. 그것은 페트로스가 '골드바흐의 추측'을 증명하지 못할 것이라는 뜻이었다. 물론 그는 불길한 징조를 무턱대고 믿는 사람은 아니었다. 하지만 아무 성과도 없이 여러 해를 허비한 만큼 이제는 그에 따른 대가를 치러야만 했다. 그의 체력은 예전처럼 강인하지 않았다. 그는 꿈 때문에 크게 동요되기 시작했다.

다시 잠자리로 돌아갈 수도 없고 해서 페트로스는 그 섬뜩한 느낌을 떨쳐 내려고 밖으로 나왔다. 그러고는 안개 낀 어둠침침한 밤거리를 걸었다. 이윽고 낡은 석조 건물들 사이로 여명이 비쳐 들기 시작했다. 그때 뒤쪽에서 다가오는 빠른 발소리가 들렸다. 그는 공포에 사로잡힌 채 자기도 모르게 몸을 뒤로 돌렸다. 그러자 안개 속에서 빠져나온 운동복 차림의 젊은이가 활기차게 달려와서 인사를 건네고는 이내 안개 속으로 사라졌다. 젊은이의 규칙적인 숨소리가 서서히 멀어진 끝에 완전히 들리지 않게 되자 주위는 다시 고요해졌다.

그렇지 않아도 악몽으로 혼란스러운 상태였기 때문에 페트로스는 조금 전의 젊은이가 진짜 사람인지 도깨비인지 분간을 할 수 없었다. 아무래도 꿈이 범람해서 현실의 세계로까지 침투한 것 같았다.

그로부터 몇 달 후였다. 바로 그 젊은이가 운명적인 사명을 띠고 트리니티 칼리지에 있는 페트로스의 하숙방으로 찾아왔다. 페트로스는 그가 그날 새벽녘에 조깅을 하던 젊은이라는 것을 금세 알아챘다. 그리고 젊은이가 돌아간 뒤 깨달았다. 젊은이를 새벽녘에 만난 것 자체가 2^{100}에 대한 꿈처럼 자기의 패배를 알리는 불길한 예고였다는 것을.

새벽녘에 처음 만나고 나서 몇 달 뒤의 그 운명적인 만남을 페트로스 삼촌은 수첩에다 정확한 날짜와 함께 표시해 두었다. 내가 삼촌의 수첩에서 처음이자 마지막으로 발견했던 다음과 같은 기독교적인 구절도 그 안에 있었다.

'1933년 3월 17일. 쿠르트 괴델의 정리. 성모 마리아여, 저에게 자비를 베풀어 주소서!'

그날 늦은 오후였다. 페트로스는 하숙방에서 안락의자에 파묻힌 채 바닥에 펼쳐 놓은 '콩 평행사변형'을 연구하느라 골몰하고 있었다. 그때 문 두드리는 소리가 났다.

"파파크리스토스 교수님 계십니까?"

맨 먼저 금발 머리가 쑥 들어왔다. 페트로스는 단박에 금발 머리가 누구인지 알아챘다. 그날 새벽에 조깅을 하던 젊은이였다. 젊은이는 페트로스를 방해한 데 대해 이러쿵저러쿵 변명을 늘어놓았다.

"이렇게 불쑥 찾아온 걸 용서해 주십시오, 교수님. 하지만 교수님의 도움이 절실히 필요하기 때문에 실례인 줄 알면서도 어쩔 수가 없었습니다."

젊은이의 말에 페트로스는 적잖이 놀랐다. 자신이 케임브리지에서 주목을 받는 사람이라고는 생각한 적이 없었기 때문이다. 그는 유명한 인물이 아니었다. 학교 내에서도 잘 알려지지 않은 사람이었다. 대학의 체스 동호회에 밤마다 얼굴을 내미는 것 외에는 학교에 있어도 하디나 리틀우드가 아닌 다른 사람과는 두 마디 이상 대화를 나눈 적이 없었다.

"무슨 문제인데 내 도움이 필요하다는 건가?"

페트로스가 물었다.

"어려운 독일어 논문을 번역하는 일입니다. 물론 '수학' 논문이지만 말입니다."

젊은이는 별것도 아닌 일로 시간을 빼앗아 죄송하다며 다시 한 번 사과했다. 그러면서도 논문이 자기한테는 너무나 소중한 것이고, 그렇기 때문에 도움을 청하러 올 수밖에 없었다고 말했다.

"논문을 정확하게 번역해야 하는데, 마땅히 도움을 청할 사람이 없었습니다. 그런 터에 마침 독일에서 오신 고명한 수학자가 계시다는 말을 들었습니다. 그래서 이렇게 실례를 무릅쓰고 찾아온 겁니다."

젊은이의 태도에는 유치할 만큼 열성적인 데가 있어서 페트로스는 그의 청을 거절할 수가 없었다.

"할 수 있다면야 기꺼이 돕겠네. 그 논문은 어떤 분야를 다룬 건가?"

"형식 논리학입니다, 교수님. 그룬트라겐Grundlagen, 그러니까 수학의 기초지요."

페트로스는 그 논문이 정수론을 다룬 것이 아니어서 안심했다. 그렇지 않아도 그는 젊은 방문객이 언어 문제를 핑계로 도와 달라고 하면서 '골드바흐의 추측'에 관한 자신의 연구에 대해 유도 심문을 하려는 것은 아닐까 하고 잠시나마 두려워하던 참이었다. 어쨌든 하루 일과가 그럭저럭 끝났기 때문에 그는 젊은이에게 앉으라고 권했다.

"아까 자네 이름이 뭐라고 했지?"

"앨런 튜링입니다, 교수님. 학부생이죠."

젊은이는 페트로스에게 논문이 들어 있는 잡지를 건네면서 접힌 페이지를 펼쳐 보였다.

페트로스가 먼저 잡지를 훑어보며 말했다.

"음, 〈수학과 물리학 월보Monatshefte für Mathematik und Physik〉로군. 이건 상당한 평가를 받는 잡지지. 그건 그렇고 어디 보자……, 논문 제목이 'Über formal unentscheidbare Sätze der Principia Mathematica und verwandter Systeme'군그래. 번역하면……, '《수학의 원리》 및 관련 체계에서 형식적으로 결정 불가능한 명제에 대해'가 되겠군. 그런데 저자가……, 빈 출신의 쿠르트 괴델이구먼. 이 분야에서 이 사람이 유명한가?"

페트로스의 질문에 튜링이 놀라서 그를 쳐다보았다.

"설마 이 논문에 대해 들어 본 적이 없다는 말씀은 아니겠죠, 교수님?"

페트로스가 미소를 지었다.

"이보게, 젊은이. 수학도 현대의 돌림병인 과잉 전문화에 감염돼 버린 상태지. 미안하지만 나는 형식 논리학이나 그 문제에 관련된 다른 분야에서 무슨 성과가 이루어지고 있는지 전혀 모른다네. 정수론 외에는 아무것도 모른단 말일세."

튜링이 따지듯이 말했다.

"하지만 교수님, 괴델의 정리는 모든 수학자, 특히 정수론자들에게는 매우 흥미로운 것이잖습니까? 그 정리를 처음 응용한 곳은 산술에서 가장 기초가 되는 '페아노-데데킨트의 공리 체계'입니다."

튜링에게는 더 불가사의한 일이겠지만, 페트로스는 '페아노-데데킨트의 공리 체계'에 대해서도 명확하게 알고 있지 못했다. 대부분의 수학 연구자들처럼 그도 형식 논리학이 수학 자체를 주제로 다루는 분야라고 여겼으며, 다들 그것에 대해 떠들어 대지만 과연 그럴 필요가 있을까 싶은 부정적인 선입관을 갖고 있었다. 그는 또 형식 논리학의 엄격한 토대에 대한 지칠 줄 모르는 갖가지 시도와 그 기본 원리에 대해 끊임없이 검토하는 것 자체를 시간 낭비라고 여겼다. 요컨대 "부서지지 않았으면 수리하지 마라."라는 세간의 지혜가 담긴 말로 그의 그런 태도를 설명할 수 있겠는데, 수학자의 본분은 이의를 제기할 필요조차 없을 정도로 완벽한 정리들의 위상에 대해 영원토록 심사숙고하는 것이 아니라, '정리를 증명하려고 노력하는 것'이라고 생각했던 것이다.

그러나 그러한 입장에도 불구하고 젊은 방문객의 변함없는 열성적인 자세로 인해 페트로스는 호기심을 느꼈다.

"도대체 괴델이라는 사람이 뭘 증명했기에 그토록 많은 정수론자의 관심을 끈단 말인가?"

"완전성의 문제를 해결했기 때문입니다."

튜링이 눈을 반짝거리며 대답했다.

페트로스는 다시 미소를 지었다. 완전성의 문제는 모든 참 명제가 궁극적으로 증명 가능하다는 사실을 형식적으로 논증하려는 모색에 불과한 것이었다.

페트로스는 짐짓 겸손하게 말했다.

"그래, 훌륭하군. 하지만 자네한테 이 말을 해 주고 싶네. 물론 괴델이란 사람을 모욕하려는 건 아니네만, 활발하게 활동하는 연구자에게 수학의 완전성이란 늘 뻔한 게 사실일세. 그래도 누군가가 참을성 있게 그 문제를 증명해 냈다니, 다행스러운 일이군."

페트로스의 말이 끝나기가 무섭게, 튜링이 흥분했는지 얼굴을 붉힌 채 고개를 세차게 저으면서 말했다.

"바로 그겁니다, 교수님. 괴델은 증명을 한 게 아니었습니다."

페트로스는 무슨 말인지 몰라 어리둥절했다.

"이보게 튜링 군, 대체 무슨 말을 하는 건가? 그가 완전성의 문제를 해결했다고 방금 말했잖나?"

"네, 교수님. 하지만 힐베르트와 러셀을 포함한 모든 사람이 기대했던 바와는 달리, 아니 그 반대로 그는 부정적인 결론을 이끌어 냄으로써 그 문제를 해결했습니다. 요컨대 그는 산술을 비롯한 모든 수학 이론이 완전하지는 않다는 걸 증명해 보였던 겁니다."

그 말의 의미를 즉시 알아차릴 만큼 페트로스는 형식 논리학의 개념에 익숙하지 않았다.

"그게 무슨 소리지?"

튜링은 페트로스가 앉아 있는 안락의자 옆에 무릎을 꿇었다. 그러고는 흥분된 목소리로 괴델의 논문에 들어 있는 비밀 기호들을 손가락으로 일일이 짚어 가며 설명했다.

"이걸 보세요. 이 천재 수학자는 우리가 어떠한 공리를 받아들이든 정수론에는 반드시 증명 불가능한 명제들이 포함되어 있다는 걸 증명했어요. 그것도 아주 분명하게 말예요."

"그건 거짓 명제의 경우가 그렇단 뜻이겠지?"

"아니에요, 참 명제의 경우를 말하는 겁니다. 참 명제라고 해도 증명 불가능한 것이 있다는 얘기입니다!"

페트로스는 펄쩍 뛰었다.

"있을 수 없는 일이야, 그건!"

"아닙니다. 충분히 있을 수 있는 일입니다. 그것에 대한 증명이 바로 여기, 15쪽에 나와 있습니다. '참 명제라고 항상 증명 가능한 것은 아니다.'라고 써 있잖습니까?"

삼촌은 그때 별안간 현기증이 일어 하마터면 쓰러질 뻔했다고 실토했다.

"그렇군. 하지만 절대 그럴 리가 없네."

페트로스는 재빨리 책장을 넘겼다. 그러면서 가능한 한 짧은 시간 내에 그 논문의 복잡한 논리를 흡수하려고 애썼다. 그는 책장을 넘기면서, 젊은이가 곁에 있는데도 개의치 않고 욕설 같은 말을 내뱉었다.

"빌어먹을! 이건 말도 안 돼. 완전히 돌았군. 젠장! 미쳐도 단단히 미쳤어!"

튜링은 으쓱해 하며 미소를 짓고 있었다.

"다른 수학자들도 처음엔 다들 그런 반응을 보였습니다. 하지만 러셀과 화이트헤드는 달랐습니다. 둘은 괴델의 정리를 검토한 다음 흠잡을 데 없다고 공언했습니다. 정확히 말하자면 그들이 사용한 표현은 '정교하다'였습니다만, 어쨌거나……."

"정교하다고?"

페트로스가 얼굴을 찡그리며 말했다.

"나로서는 그렇게 믿고 싶지 않네. 하지만 그가 정말 그 문제를 증명했다면, 그것이야말로 '수학의 종말'일 걸세!"

페트로스는 여러 시간에 걸쳐서 분량은 얼마 되지 않지만 빽빽하게 써진 그 논문을 숙독했다. 그리고 낯선 형식 논리학의 기본 개념들을 튜링의 설명을 들으면서 번역했다. 둘은 번역이 끝난 뒤에도 오역이나 빠진 부분이 없는지 하나하나 세심하게 검토했다. 그런 중에도 페트로스는 괴델의 추론에 오류가 있기를 바라면서 그것을 필사적으로 찾았다.

그것이 파국의 시초였다.

튜링은 자정이 지나서야 자리를 털고 일어섰다. 페트로스는 도무지 잠을 이룰 수 없었다. 이튿날 아침 그는 맨 먼저 리틀우드를 찾아갔다. 놀랍게도 리틀우드는 괴델의 불완전성 정리를 알고 있었다.

"어떻게 그 얘기를 단 한 번도 하지 않을 수 있습니까? 그런 게 존재한다는 걸 알면서도 왜 여태껏 시치미를 뚝 떼고 있었어요?"

페트로스가 리틀우드에게 따졌다. 리틀우드는 페트로스의 태도를 이해하지 못했다.

"이보게, 무엇 때문에 그렇게 흥분하고 난리인가? 괴델은 몇 가지 중요한 사례를 연구하는 중이네. 공리 체계에 명백히 내재된 역설을 조사하고 있지. 그런데 그게 우리 같은 일선의 수학자들과 무슨 상관이 있다는 건가?"

그러나 페트로스는 여전히 흥분된 상태였다. 그 성노의 발로는 마음이 진정되지 않았다.

"아니, 제 말뜻을 아직도 모른단 말씀입니까? 이제부터는 아직 증명되지 않은 모든 명제에 대해 불완전성 정리를 적용해야 하는지를 따져봐야 할 거 아닙니까? 미해결 가설이나 추측이 모두 선험적으로 증명 불가능할 수 있다니! 수학에는 '풀리지 않는 수수께끼 같은 것은 없다.'던 힐베르트의 말도 이제는 더 효력을 지니지 못하게 됐습니다. 우리가 딛고 서 있던 그 발판이 완전히 무너져 버렸다 이 말입니다!"

리틀우드는 어깨를 으쓱했다.

"붙잡고 씨름해 볼 만한 증명 가능한 진리들이 수없이 많은데, 왜 하필 얼마 안 되는 증명 불가능한 진리들에 얽매여 끙끙거리는지 나로서는 이해 못하겠네."

"그러시겠죠, 빌어먹을! 하지만 어떤 것이 증명 가능한지 불가능한지, 도대체 어떻게 알 수 있단 말입니까?"

간밤에 겪은 일이 워낙 어처구니없는 것이었기 때문에 아직도 흥분이 가라앉지 않았지만 페트로스는 리틀우드의 차분한 태도와 낙관적인 말에서 다소 위안을 얻었다. 그러나 괴델의 결과에 대해 듣는 순간 그의 마음속에 가시처럼 박힌 하나의 의문, 그 아찔하고 무시무시한 의문에 대한 답은 얻지 못했다. '내가 연구하고 있는 것에도 불완전성 정리가 적용된다면 어떻게 될까? 골드바흐의 추측이 증명 불가능한 것이라면 나는 어쩌란 말인가?'라는 의문은 너무나 소름 끼치는 것이어서 그로서는 감히 입 밖에 내놓을 엄두조차 나지 않았다.

리틀우드의 방에서 나온 페트로스는 곧장 튜링에게 갔다. 그리고 괴델이 최초로 논문을 발표한 후 불완전성 정리에서 진척이 있었는지 물어보았다. 튜링은 거기에 대해서는 알지 못했다. 결국 그 질문에 대답할 수 있는 사람은 이 세상에 단 한 사람뿐이었다.

페트로스는 급한 볼일이 있어서 뮌헨으로 간다는 내용의 짤막한 메모를 하디와 리틀우드에게 남기고 그날 밤 영국 해협을 건넜다. 이튿날 그는 빈에 와 있었다. 페트로스는 대학의 인맥을 이용해서 괴델의 숙소를 수소문했다. 그는 괴델과의 전화 통화에서 대학에서 만나는 것은 남의 눈에 띌지 모르니 피하고 싶다고 말했다. 둘은 자허 호텔의 카페에서 만나기로 약속했다.

쿠르트 괴델은 약속 시간에 정확히 도착했다. 그는 보통 키에 깡마른 젊은이로 두꺼운 안경 너머로 근시인 자그마한 눈을 번득이고 있었다.

페트로스는 괴델을 만나자마자 본론으로 들어갔다.

"괴델 씨, 내가 긴히 물어보고 싶은 말이 있소."

그렇지 않아도 비사교적인 성격의 괴델은 페트로스의 느닷없는 말이 거북스러웠는지 불쾌한 표정을 지었다.

"교수님 개인적인 일입니까?"

"업무적인 일이긴 하지만, 내 개인적인 연구와 관계가 있으니 이것은 당신과 나 사이의 일로 접어 두었으면 고맙겠소."

"무슨 일입니까?"

"괴델 씨, 말해 주시오. 당신의 정리가 주어진 가설에 적용되는지 안 되는지 결정짓는 절차가 있소?"

괴델은 페트로스가 두려워하는 대납을 했다.

"없습니다."

"그렇다면 실제로 어떤 명제가 증명 가능하고 어떤 것이 불가능한지 선험적으로 결정할 수는 없단 말이오?"

"교수님, 제가 아는 한 증명되지 않은 모든 명제는 원칙적으로 증명 불가능할 수 있습니다."

이 말에 페트로스는 격분했다. 그는 불완전성 정리를 만든 창시자의 목덜미를 움켜쥐고 반짝이는 테이블 위에 그 머리통을 처박아 주고 싶은, 저항하기 힘든 충동을 느꼈다. 그럼에도 그는 스스로를 억제하고 몸을 앞으로 굽혀 괴델의 팔을 꽉 잡았다. 그러고는 나지막하지만 강한 어조로 말했다.

"나는 '골드바흐의 추측'을 증명하는 일에 평생을 바쳤네. 그런데 이제 와서 그 문제는 증명 불가능할지도 모른단 말인가? 이게 말이나 되는 소리야!"

그렇지 않아도 창백하던 괴델의 얼굴이 백지장처럼 하얗게 변했다.

"이론상으로는 불가능할 수……."

"염병할, 이론 같은 소리 하고 있네!"

페트로스가 버럭 소리를 질렀다. 순간 자허 카페의 저명한 고객들이 일제히 두 사람 쪽으로 고개를 돌렸다.

"나는 확실한 대답이 필요해! 알았어, 내 말? 나한테도 인생을 허비하지 않을 권리가 있단 말이야!"

페트로스가 팔을 너무 세게 쥔 탓에 고통스러운지 괴델이 얼굴을 찡그렸다. 페트로스는 그 얼굴을 보자 비로소 자기의 행동에 수치심을 느꼈다. 따지고 보면 그 젊은이는 수학의 불완전성에 대해 개인적으로 아무런 책임이 없었다. 그가 한 일은 그저 불완전성을 발견한 것뿐이었다.

잠시 후 페트로스는 웅얼거리듯 사과의 말을 하고 괴델의 팔을 놓아주었다.

괴델은 부들부들 떨고 있었다. 그가 더듬거리며 말했다.

"교, 교수님의 기분은 잘 알, 알겠습니다. 하지만 유, 유감스럽게도 당분간은 교, 교수님의 질문에 대답할 수가 없을 것 같습니다."

그때 이후로 괴델의 불완전성 정리가 넌지시 내비쳐 온 막연한 위협은 가차 없이 불안으로 바뀌었다. 그리고 그 불안은 페트로스의 삶에 순간순간 어두운 그림자를 드리우더니 결국 싸울 용기마저 앗아 가 버렸다.

물론 그런 일이 하룻밤 사이에 일어나지는 않았다. 페트로스는 몇 년 더 연구를 계속했다. 그러나 그는 분명히 변해 있었다. 연구를 해도 미적지근하게 했고, 절망할 때는 다시 추스를 수 없을 정도로 철저하게 무너져 내려도 괜찮다는 식이 되어 버렸다(차라리 이렇게 되는 편이 그로서는 훨씬 더 견딜 만했다).

삼촌은 내게 이렇게 말했다.

"처음 그 얘기를 듣는 순간부터 불완전성 정리는 나한테서 노력의 원천인 확신을 앗아 가 버렸어. 설령 연구에 할애할 목숨이 100개나 된다고 해도 그 문제에 매달리는 한 절대 출구를 찾지 못할 미로 속을 헤매는 거나 다름없다는 걸, 불완전성 정리는 내게 가르쳐 줬지. 사실 나는 출구가 아예 없거나 영원히 헤맬 수밖에 없는 미로에 갇혀 있었는지도 몰라. 내가 가장 아끼는 조카야, 이 삼촌은 그제야 비로소 그동안 터무니없는 망상을 좇느라 인생을 허비했다는 생각을 하기 시작했단다."

삼촌은 앞에서 들었던 예를 다시 한 번 사용해 자신이 처한 상황을 설명했다. 집 안 어딘가에 잘못 놓아둔 열쇠를 찾기 위해 삼촌에게 도움을 청한 그 가상의 친구에게는 건망증이 있었을지도 모르지만(아니면 건망증이 없었을 수도 있다. 어차피 어느 쪽이 맞는지는 알 도리가 없다) '잃어버린 열쇠'는 애당초 존재하지도 않았을 가능성이 높다!

지난 20년간 그의 노력을 지탱해 주던 확신은 이제 존재하지 않았다. 그런 데다 짝수의 환영들이 찾아오는 일이 잦아지면서 페트로스의 불안감은 더욱 증폭되었다. 그것들은 이제 밤마다 그의 꿈에 불길한 징조의 어두운 그림자를 드리우곤 했다. 그와 더불어 실패와 패배라는 주제의 끊임없는 변형으로서의 새로운 이미지가 악몽과 함께 나타났다. 이미 그와 짝수들 사이에는 높다란 벽이 가로놓여 있었다. 더구나 짝수들은 고개를 떨군 채 마치 퇴각하는 비참한 패전 군인들처럼, 넓고 텅 빈 쓸쓸한 공간 같은 어둠 속으로 점점 멀어져 갔다.

물론 그러한 환영들 중에서 그를 가장 고통스럽게 하는 것, 그로 하여금 전율케 하고 땀으로 흠뻑 젖은 채 깨어나게 하는 것은 2^{100}이었다. 주근깨가 있는 검은 눈의 아름다운 쌍둥이 소녀는 눈물이 그렁그렁 맺힌 눈으로 말없이 그를 바라보다가 천천히 고개를 돌리기를 수차례나 반복하고는 마침내 어둠 속으로 모습을 감추었다.

그 꿈의 의미는 뻔했다. 꿈의 어두운 상징적 의미를 알아내는 데 굳이 점쟁이나 정신분석가가 필요한 것은 아니다. 요컨대 그것은 불완전성 정리가 페트로스가 연구하고 있는 문제에도 적용된다는 뜻이었다. 그랬다. '골드바흐의 추측'은 선험적으로 증명 불가능한 것이었다.

페트로스는 케임브리지에서 그해를 보내고 뮌헨으로 돌아오자마자 그 전에 벌여 두었던 판에 박은 듯한 대외적인 일(강의, 체스, 최소한의 사교 생활까지)을 재개했다. 더구나 당시에는 이렇다 하게 할 만한 일도 없었기 때문에 가끔 이곳저곳의 초대에도 응하곤 했다. 그의 삶에서 수학적 진리에 몰두하는 일이 중심을 이루지 않은 것은 어린 시절 이후 그때가 처음이었다. 그렇다고 연구에서 완전히 손을 뗀 것은 아니었다. 그는 한동안 연구를 계속했다. 그러나 예전의 열정은 이미 사라지고 없었다. 그때부터 그는 하루에 불과 몇 시간만 연구하는 데 할애했는데, 그가 반쯤 정신이 나간 상태에서 몰두한 것은 기하학적 방식이었다.

페트로스는 여전히 동트기 전에 일어나 서재로 향했다. 그러고는 바닥에 늘어놓은 '콩 평행사변형' 사이로 조심스럽게 발을 디디면서 천천히 왔다 갔다 했다(그는 콩을 늘어놓을 공간을 확보하려고 가구를 몽땅 벽 쪽으로 바짝 밀어붙였다). 그러다 한쪽에서 몇 개의 콩을 주워 다른 곳에 놓으며 중얼거리곤 했다. 그러나 그것도 잠시, 그는 이내 안락의자를 찾아 앉아서는 땅이 꺼져라 한숨을 내쉬었다. 그런 다음 체스판으로 시선을 돌렸다.

핀에 박은 듯한 그런 일상이 그 후 2, 3년간 계속되었다. 그러는 동안 그 별난 연구 방식에 투자하는 시간은 점차 줄어들었고, 급기야 거의 없어지다시피 했다. 그런데 1936년 말쯤, 페트로스는 당시 프린스턴 대학에 있던 앨런 튜링한테서 다음과 같은 내용의 전보를 받았다.

> 어떤 명제가 선험적으로 증명 가능한지 불가능한지는
> 증명해 보기 전까지는 알 수 없다는 것을 제가 증명해 냈습니다, 끝.

분명히 '끝'이었다. 결국 이 말은 어느 특정한 수학적 명제가 증명 가능한지 불가능한지 미리 알 수 없다는 의미였다. 즉, 결과적으로 증명이 되면 명백히 증명 가능한 것이지만, 튜링이 보여 준 것은 수학적 명제가 아직 증명되지 않은 한 그것이 아예 증명 불가능한 것인지 아니면 그저 매우 어려운 것인지 확인할 방법은 전혀 없다는 사실이었다.

그러한 점을 염두에 두고 페트로스 삼촌에 대한 추론을 해 보자면 이럴 것이다. 만일 그가 '골드바흐의 추측'을 증명하려는 노력을 포기하지 않고 끝까지 고집할 경우 커다란 위험이 따를 수밖에 없다. 그가 연구를 계속한다면, 그것은 낙관주의와 더불어 적극적으로 싸우려는 의지에서만 가능할 것이다. 그러나 시간, 극도의 피로, 불운, 쿠르트 괴델,

이제는 그를 도와주는 앨런 튜링까지 더해져서 그는 그 두 가지를 다 써 버렸다. 이제는 낙관주의도 적극적으로 싸우려는 의지도 그에게는 남아 있지 않다.

그렇기 때문에 결국 '끝'인 것이다.

튜링의 전보를 받고 나서 며칠 후(삼촌의 수첩에 적힌 날짜로는 1936년 12월 7일이다) 페트로스는 가정부에게 더는 콩이 필요 없을 것이라고 말했다. 그러자 가정부는 콩을 남김없이 쓸어 모아 깨끗이 씻은 다음, 영양 만점의 카술레강낭콩과 여러 가지 고기를 뭉근히 쪄서 만든 프랑스 요리를 만들어서 '존경하는 교수님'의 저녁 식탁에 올려놓았다.

페트로스 삼촌은 풀 죽은 표정으로 묵묵히 손만 내려다보고 있었다. 하나뿐인 전구에서 흘러나온 어슴푸레한 노란 불빛이 우리 주위로 달무리 같은 둥그런 테를 두르고 있었는데, 그 너머는 온통 캄캄했다.

"그래서 그때 포기하셨어요?"

내가 조심스레 물었다.

"그렇단다."

삼촌이 고개를 끄덕였다.

"그럼 두 번 다시 '골드바흐의 추측'을 연구하지 않으셨어요?"

"그랬지."

"이졸데란 분은 어떻게 됐죠?"

내 질문에 삼촌은 놀란 표정을 지었다.

"이졸데? 별안간 그녀는 왜……."

"삼촌이 '골드바흐의 추측'을 증명하기로 결심한 게 그분의 사랑을 얻기 위해선 줄 알았는데……, 아니었나요?"

페트로스 삼촌은 서글프게 미소 지었다.

"카바피가 〈이타카〉에서 노래했듯 이졸데는 내게 '아름다운 여행'을 선사했어. 그녀가 없었다면 나는 결코 여행을 떠나지도 못했을 거야. 하지만 그녀는 최초의 자극제에 불과했지. 내가 '골드바흐의 추측'을 연구하기 시작하고 나서 몇 년 뒤, 그녀에 대한 기억은 희미해졌어. 그래서 그녀는 허깨비에 지나지 않는 존재가 돼 버렸지. 달콤씁쓸한 추억만 남았다고나 할까. 사실 연구에 대한 내 야망은 그녀를 향한 마음보다 더 높고 더 숭고한 것이었단다."

삼촌은 잠시 한숨을 내쉬었다.

"가엾은 이졸데……. 그녀는 두 딸과 함께 연합국이 드레스덴을 폭격할 때 목숨을 잃었지. 그녀의 남편, 그러니까 그녀로 하여금 나를 버리고 떠나게 했던 그 '늠름한 젊은 중위'도 동부 전선에서 전사했어. 그녀보다 먼저 죽었지."

삼촌이 들려준 이야기의 마지막 부분에서는 수학적인 흥밋거리를 찾을 수 없었다.

'골드바흐의 추측'에서 벗어난 후의 몇 년 동안은 수학 대신 세계사가 그의 삶에서 결정적인 위력을 발휘했던 것이다. 무엇보다 세계적인 사건들로 인해 그때까지 삼촌을 연구라는 상아탑 속에서 안전하게 지켜 주던 보호 장벽이 무너져 버렸다.

1938년, 게슈타포가 삼촌 집의 가정부를 체포해서 당시만 해도 '강제 노동 수용소'로 일컬어지던 곳으로 그녀를 데려갔다. 삼촌은 그녀를 대신할 사람을 구하지 않았다. 그녀가 체포된 것은 무언가 '오해'가 있어서일 것이므로 곧 돌아오리라고 순진하게 믿었던 것이다. 그러나 그녀는 끝내 돌아오지 않았다(전쟁이 끝난 뒤, 삼촌은 그녀의 친척으로부터 그녀가 뮌헨에서 얼마 떨어지지 않은 다하우에서 1943년에 죽었다는 소식을 전해 들었다). 가정부가 끌려간 뒤부터 삼촌은 외식을 하기 시작했다. 그리고 집에 돌아와서는 잠만 잤고, 대학교에 가 있지 않을 때면 체스 클럽에서 직접 게임을 하거나 남들이 하는 게임을 분석했다.

1939년 어느 날, 나치의 유력한 당원이 된 수학 학부 학장이 페트로스에게 즉각 독일 시민권을 신청하라고 말했다. 문서상으로라도 독일 제3제국의 국민이 되지 않으면 안 된다는 것이었다. 페트로스는 그 자리에서 거부 의사를 밝혔다. 뚜렷한 이유가 있어서 그랬던 것은 아니었다(삼촌은 어떠한 이념적인 부담도 짊어지기를 싫어하는 사람이었다). 시민권을 신청하면 그가 결코 원치 않는 일인 미분 방정식에 다시금 말려드는 꼴이 되기 때문이었다. 사실 수학적으로 이용할 목적을 염두에 두고 그에게 시민권을 신청하라고 제안한 곳은 국방성이었다. 아무튼 페트로스는 그 제안을 거부한 뒤로 '요주의 인물'이 되었다. 그런 데다 이탈리아가 그리스에 선전 포고를 한 바람에 그는 하마터면 적국에 억류되는 외국인이 될 뻔했는데, 그 얼마 전인 1940년 9월에 결국 교수직에서 해고당하고 말았다. 그는 학장의 우정 어린 경고를 받은 뒤 곧장 독일을 떠났다.

발표된 연구물을 기준으로 볼 때, 20여 년 동안 수학적으로는 그다지 활발한 활동을 하지 못했기 때문에 페트로스는 학문과 관련된 취직을 할 수 없었다. 결국 그는 조국으로 돌아올 수밖에 없었다. 추축국*이 그리스를 점령한 처음 몇 해 동안, 페트로스는 상처한 지 얼마 안 되는 아버지와 신혼인 남동생 아나기로스와 함께 아테네 중심부의 퀸 소피아 거리에 있는 집에서 생활했다(그때 우리 부모는 다른 집으로 이사한 뒤였다).

당시 페트로스는 매일 체스를 하면서 시간을 보냈다. 그런데 가족과 함께 생활한 지 얼마 되지 않아서부터 하나둘씩 조카가 생기기 시작했다. 그들은 엉금엉금 기어 다니며 여기저기 어질러 놓고 걸핏하면 빽빽 울어 댔다. 그런 아이들을 그가 좋아할 턱이 없었다. 아무리 조카라지만 페트로스에게는 조국을 점령하고 있는 파시스트나 나치들보다 훨씬 성가신 존재였다. 그는 곧 에칼리에 있는, 여간해서 사용하지도 않는 가족 별장으로 거처를 옮겼다.

그리스가 자유를 되찾은 뒤, 할아버지는 페트로스 삼촌을 위해서 온갖 배후 공작과 술수를 동원해 아테네 대학에다 해석학 교수 자리를 간신히 마련해 놓았다. 그럼에도 삼촌은 '연구에 방해가 될 것'이라는 거짓 변명을 늘어놓으며 그 자리를 거부했다(이 같은 사례를 통해서도 '골드바흐의 추측'은 삼촌 자신의 게으름과 무위를 호도하기 위

* 2차 세계대전 때 연합국에 대항한 국가들. 특히 이탈리아, 독일, 일본을 가리킨다.

해 꾸며 낸 것에 지나지 않는다는 새미의 이론이 완벽하게 맞다고 볼 수 있다).

그로부터 2년 뒤, 할아버지가 숨을 거두면서 세 아들에게 사업체를 똑같은 몫으로 남겼다. 그런데 경영상의 지위와 권리는 아버지와 아나기로스 삼촌에게만 부여했다. 할아버지는 숨을 거두기 전에 이렇게 유언했다.

"큰아들 페트로스는 중요한 수학 연구를 계속해 나아갈 특별한 권리를 갖는다."

그 말은, 다른 일을 전혀 하지 않고도 형제들의 원조를 받을 권리가 있다는 뜻이었다. 그야말로 특권 중의 특권이었다.

"그 후에는 어떻게 됐죠?"

내가 물었다. 무언가 놀랄 만한 일이, 책의 마지막 페이지에서처럼 예기치 못한 반전이 기다리고 있으리라는 희망을 품고서.

"그 후에 대해서는 특별히 할 얘기가 없구나. 그 뒤 20년 가까운 세월 동안의 내 삶은 네가 아는 그대로니까. 체스와 과수원 돌보기, 과수원 돌보기와 체스, 순서만 바뀔 뿐 똑같은 생활의 연속이었지. 지금도 그렇고. 한 달에 한 번은 네 할아버지가 설립한 자선 단체를 방문해서 회계 일을 돕기도 하지만 말이야. 글쎄, 내세가 존재한다면 그런 일로 내 영혼이 조금은 구원을 받을지도 모르겠구나."

삼촌은 그것으로 이야기를 마쳤다.

시계를 보니 어느새 자정이었다. 나는 지칠 대로 지쳐 있었다. 그럼에도 그날 밤을 긍정적인 말로 끝내고 싶어서 나는 크게 하품을 하며 기지개를 켠 뒤 입을 열었다.

"훌륭한 사람이에요, 삼촌은. 무엇보다도 실패를 받아들일 줄 아는 용기와 아량을 갖고 있으니까요."

삼촌은 놀란 표정을 지으며 내 말을 강하게 부인했다.

"무슨 소리야? 나는 실패하지 않았어!"

이쯤 되자 이제는 내가 놀랄 차례였다.

"실패하지 않았다고요?"

삼촌이 고개를 힘차게 내저었다.

"그래, 절대로 실패하지 않았어! 절대로! 넌 내 얘기를 전혀 알아듣지 못했구나. 나는 실패한 게 아니야. 그저 운이 없었을 뿐이지."

"운이 없었다뇨? 까다로운 문제를 골랐던 것 자체가 운이 없어서란 말인가요?"

"그런 뜻이 아니야."

삼촌은 내가 이야기의 요점을 분명하게 파악하지 못하고 있다는 데 놀랐다는 듯이 말했다.

"완곡한 표현이긴 하지만 '운이 없었다'는 건 해결책이 존재하지 않는 문제를 선택했다는 뜻이야. 내 말 듣고 있니?"

"듣고 있어요, 삼촌."

삼촌은 길게 한숨을 토해 냈다.

"마침내 내 의혹은 풀렸어. 애초에 '골드바흐의 추측'은 증명 불가능했던 거야!"

"어떻게 그런 확신을 하게 됐죠?"

"직관으로."

삼촌이 어깨를 으쓱이며 대답했다.

"직관은 증명할 방도가 없을 때 수학자에게 남아 있는 유일한 수단이야. 너무나 기본적이고 증명하기에도 아주 간단해 보이지만, 어떤 식으로도 체계적으로 추론하기에는 상상할 수 없을 만큼 너무 힘겨운 진리, 이것에 대해서는 마땅히 증명할 방법이 없지. 직관 외에는 말이야. 아무튼 나도 모르게 사서 고생한 셈이지. 말하자면 시시포스*의 일을 떠맡았던 거야"

나는 눈살을 찌푸렸다.

"저는 뭐가 뭔지 잘 모르겠어요. 하지만 제 생각엔……."

"너는 총명한 애야."

페트로스 삼촌이 웃으며 내 말을 가로막았다.

"하지만 수학적으로는 아직도 태아에 불과해. 배 속에 든 미숙아일 뿐이지. 반면에 나는 너만 했을 때 이미 성숙할 대로 성숙한 거인이었어. 그러니 내가 가장 아끼는 조카야, 네 직관을 이 삼촌의 직관과 저울질하지는 마라!"

나는 더는 삼촌의 말에 반박할 수 없었다.

* 그리스 신화에 나오는 코린트의 왕. 제우스를 속인 죄로 지옥에 떨어져, 바위를 굴려서 산 위에 올리면 다시 굴러떨어지기 때문에 또다시 올리는 일을 한없이 되풀이하는 형벌을 받았다.

3

인간은 누구나 자신이 선택한 것에 절망할 권리가 있다

삼촌의 자전적 이야기에 대해 내가 보인 첫 반응은 일종의 경탄이었다. 삼촌은 조카인 나에게 놀랄 만큼 솔직하게 자기의 인생에 대해 털어놓았다.

그러나 얼마 후, 삼촌의 서글픈 독백이 안겨 준 우울함에서 벗어나자 나는 삼촌의 이야기에 의구심이 들었다. 그 이야기가 문제의 핵심에서 한참 벗어난 것임을 알아차렸던 것이다.

그날 우리의 만남은 미리 약속된 것이었다. 따라서 삼촌에게는 자신을 정당화할 준비를 할 만한 여유가 있었다. 삼촌의 이야기는, 사춘기 시절 순수한 수학적 열정에 사로잡혔던 내게 '골드바흐의 추측'을 증명하도록 했던 그의 가혹한 행위를 설명해 줄 수 있을 때만 의미가 있는 것이었다. 그러나 삼촌은 그 긴 이야기를 하는 동안 자신이 내게 했던 그 잔인한 장난에 대해서는 굳게 입을 다물었다. 시종일관 자기의 실패(삼촌의 입장에서는 '불운'이겠지만)만을 부르짖을 뿐, 나로 하여금 수학을 멀리하도록 해야겠다고 마음먹은 일이나, 이를 실천하기 위해 사용했던 비열한 수법에 대해서는 단 한마디의 언급도 하지 않았다. 삼촌은 자신의 행동이 쓰라린 인생 경험에 의한 어쩔 수 없는 것이었음을 내가 인정하기를 기대했던 것일까?

유감스러운 일이지만 나는 그럴 수 없었다. 물론 삼촌의 인생 이야기는 효력 있는 경고의 메시지였다. 그러나 삼촌은 자신의 능력을 십분 발휘하기 위해 수학자가 회피해야 할 어려움들에 대해서만 이야기했을 뿐, 그 어려움을 어떻게 극복해야 하는지에 대해서는 입 한 번 뻥끗하지 않았다.

며칠이 지난 후 나는 다시 에칼리로 가서 삼촌에게 직설적으로 물어보았다. 왜 그때 내가 수학을 단념하도록 했는지 그 이유를 설명해 줄 수 없느냐고.

삼촌은 어깨를 으쓱이며 말했다.

"사실을 알고 싶니?"

"물론이죠. 그렇지 않으면 뭣 때문에 여쭸겠어요?"

"좋다. 사실대로 말하마. 난 처음부터 확신했단다. 물론 지금도 그 확신엔 변함이 없지. 이런 얘기를 하게 돼서 미안하다만, 너한텐 특별한 수학적 재능이 없었어."

순간 나는 화가 치밀어 견딜 수가 없었다.

"아, 그래요? 도대체 그걸 어떻게 아셨죠? 저한테 수학 문제 하나라도 내주신 적이 있었던가요? 삼촌 말대로 절대 증명 불가능한 그 '골드바흐의 추측' 말고는 없잖아요! 설마 그걸로 제 수학 실력을 평가했다고 하진 않으시겠죠?"

삼촌은 서글픈 미소를 지으며 이렇게 말했다.

"이런 말이 있더구나. 세상에는 숨길 수 없는 게 세 가지가 있는데, 그게 바로 기침, 돈, 사랑이라고 말이야. 그런데 이 삼촌은 하나가 더 있다고 생각한단다. 그게 뭐냐고? 바로 수학적 재능이지."

나는 이때다 하고 삼촌을 실컷 비웃었다.

"아, 그러니까 삼촌은 그런 걸 단박에 알아보실 수 있는 분이군요. 그 엄청나게 예리한 감각으로 수학적 재능을 알아내시는가 보죠? 어떻게요? 눈빛을 보면 아시나요? 아니면 사람마다 말로는 설명할 수 없는 어떤 표시 같은 게 있나요? 어쩌면 삼촌은 악수 한번 해 보고 상대방의 아이큐를 알아맞히실 수도 있겠군요?"

"사실 '눈빛'도 관련이 있을 수 있지."

삼촌은 내가 빈정거리는 것 따위는 아예 무시한 채 말을 이었다.

"하지만 네 경우 외관과는 별 상관이 없었어. 너한테는 최고의 실력자가 되기 위한 전제 조건이 없었지. 그게 뭔 줄 아니? 그건 오직 한길로 끝까지 정진하려는 집념이지. 만일 너한테 진정한 의미에서의 재능이 있었다면, 수학을 하는 데 굳이 내게 인정해 달라는 따위의 구걸은 하지 않았을 거야. 그냥 밀고 나갔으면 나갔지. 결국 그것이 너한텐 수학적 재능이 없는 첫 번째 증거였어!"

삼촌의 설명이 계속될수록 더욱더 화가 치밀어 올랐다.

"재능이 없다는 걸 그렇게 잘 아셨으면서 왜 그해 여름 제게 그런 끔찍한 경험을 하도록 하셨어요? 어째서 제게 스스로를 바보 같은 놈이라고 여기도록 하셨느냐 이 말입니다!"

얄밉게도 삼촌은 가볍게 대꾸했다.

"정말 몰라서 그러니? '골드바흐의 추측'은 일종의 안전장치였어. 설대로 있을 수 없는 일이지만 만약 네가 엄청난 재능을 어디에다 떼어놓기라도 했다면, 그 경험이 널 그렇게 좌절시키지는 않았을 거야. 또 네 말대로 그렇게 '끔찍한' 경험도 아니었을 거고. 오히려 흥미로운 가운데 자극이 되고 격려가 되는 경험이었겠지. 나는 결정적으로 네 정신력을 시험해 봤던 거야. 만일 내가 내준 문제를 푸는 데 실패한 후에, 물론 못 풀 거라고 예상했지만, 어쨌든 네가 더 배우겠다고 고집을 부렸다면 너는 수학자가 될 자질을 갖고 있었다고 볼 수 있지. 하지만 너는……, 그래, 너는 답조차 물어보지 않았어. 그러니까 너는 나한테 네 무능력을 증명해 보이기까지 했다 이거야!"

나는 도저히 참을 수 없었다. 수년 동안 억눌려 왔던 분노가 마침내 한꺼번에 폭발해 버렸다.

"뭐라고요! 삼촌은 자신이 얼마나 비열한 인간인지 알기나 해요? 삼촌은 한때 대단한 수학자였을지는 몰라도 인간으로선 낙제감이에요! 쓸 데라곤 한 군데도 없는 낙제 인간이라고요!"

놀랍게도 내 분노는 아량 있고 따뜻한 미소로 되돌아왔다.

"내가 가장 아끼는 조카야, 그 점엔 나도 동감한다. 네 말이 백번 옳아."

그로부터 한 달 후, 나는 4학년 등록을 위해 미국으로 돌아왔다. 새로 만난 룸메이트는 수학과는 전혀 무관한 친구였다. 새미는 그사이 졸업을 해서 프린스턴에 가 있었는데, 벌써부터 'Ω_n의 비틀림 부분군의 원소의 개수와 애덤스의 분광 수열'이라는 이상한 제목의 박사 학위 논문 주제가 될 문제에 푹 빠져 지내고 있었다.

학교로 돌아오고 나서 처음 맞는 주말에 나는 기차를 타고 새미를 찾아갔다. 새미는 우리가 함께 지냈던 때보다 훨씬 더 예민하고 신경질적인 모습으로 변해 있었다. 얼굴에는 일종의 근육 경련 증세까지 나타나 있었다. Ω_n의 비틀림 부분군(이것이 무엇이든 간에)이 그의 신경계를 혹사시킨 것이 분명했다. 우리는 대학 건물 건너편에 있는 자그마한 피자 가게에서 저녁을 먹었다. 거기서 나는 페트로스 삼촌이 내게 한 이야기를 요약해서 들려주었고, 그는 어떤 질문이나 평도 하지 않은 채 묵묵히 앉아 있었다. 그러다 내 말이 끝나자 정확히 두 단어로 자기의 의견을 대신했다.

"신 포도야."

"뭐?"

"왜 있잖아, 이솝 우화에 나오는 신 포도 얘기."

"그런데 그게 왜 갑자기 튀어나와? 그거와 삼촌에 관한 얘기가 무슨 상관이 있지?"

"정확하게 들어맞는걸 뭐. 탐스럽게 생긴 포도송이를 보고도 딸 수가 없으니까 덜 익은 것이라고 말해 버리는 여우. 네 삼촌의 변명 정말 끝내주는구나. 모든 걸 쿠르트 괴델의 탓으로 돌리다니. 정말 대단해!"

새미는 그렇게 말하고 웃음을 터뜨렸다. 그리고 이어서 말했다.

"뻔뻔하기도 하고. 하지만 참신하다는 점에선 높이 평가할 만하군. 게다가 독창적이야. 책에라도 기록해 둬야겠는걸. 지금껏 자신의 실패를 괴델의 불완전성 정리 때문이라고 변명한 수학자는 단 한 명도 없었으니까."

새미의 말은 내 마음속에 자리 잡고 있는 의혹을 다시 건드렸다. 하지만 그의 말을 이해하기에는 내 수학적 지식이 너무도 부족했다.

"결국 '골드바흐의 추측'이 증명 불가능하다는 건 있을 수 없다는 얘기야?"

"야, 난데없이 '있을 수 없다는 얘기'가 왜 나와?"

새미가 빈정거리듯 말했다.

"네 삼촌이 정확하게 짚었듯이 튜링 덕분에 이 세상에는 이제 선험적으로 증명 불가능하다고 말할 수 있는 명제는 없어. 그렇지만 만약 수학에서 선두적 연구에 매진하고 있는 수학자들이 괴델의 이론에 의지한다면, 아무도 흥미 있는 문제에 결코 접근하려고 들지 않을 거야. 사실 수학에서 흥미 있는 문제들은 늘 어렵기 마련이지. 너도 알다시피 리만의 가설은 100년이 넘도록 증명되지 않았잖아? 그런데 그게 불완전성 정리가 적용된 탓이란 건가? 4색 문제*도 그렇단 말이야? 페르마

* 서로 겹치지 않는 영역들로 나누어진 평면을 이웃하는 두 영역의 색깔이 겹치지 않도록 칠할 때 평면이 어떻게 나누어져 있든 네 가지 색깔이면 충분하다는 사실에 대한 증명 문제다. 1852년 영국의 수학자 프랜시스 구드리가 문제를 제기했고, 이를 영국의 수학자 오거스터스 드모르간이 1878년 런던 수학회에 정식으로 제출함으로써 수학상의 난제로 유명해졌다. 그런데 1976년 케네스 아펠과 볼프강 하켄이 1200시간 동안 컴퓨터를 가동시켜 이 문제를 해결했다.

의 마지막 정리*가 아직까지 해결되지 못한 것도 그렇고? 이 모든 걸 빌어먹을 쿠르트 괴델 때문이라고 핑계를 대면 되는 거야? 그런 식이라면 힐베르트의 23문제**는 아무도 건드리지 않았겠다. 그렇게 단정하면 가장 사소한 것들을 제외하고는 모든 수학적 연구는 이제 볼 장 다 본 거라고. 증명 불가능할지도 모르니까 특별한 문제를 포기한다는 건 마치……, 에, 그러니까…….”

새미는 적절한 비유를 찾느라 잠시 머뭇거렸다. 이윽고 적절한 비유를 찾았는지 그의 얼굴이 환해졌다.

“그건 마치 벽돌이 머리에 떨어져 죽을지도 모르니까 거리로 나가지 않겠다는 것과 같은 비겁한 논리야.”

나는 잠자코 듣고만 있었다. 새미의 이야기는 거의 결론에 이른 것 같았다.

“자, 이제 정리해 보자고. 복잡하게 말할 것도 없이 네 삼촌은 ‘골드바흐의 추측’을 증명하는 데 실패했어. 그보다 앞선 여러 대가처럼 말이야. 하지만 그들과는 달리 네 삼촌은 자신의 인생 전부를 그 문제에 쏟아부었지. 그렇기 때문에 자신의 실패를 인정하는 일을 감당할 수 없었

---

* n이 2보다 큰 자연수일 때, $x^n + y^n = z^n$을 만족시키는 자연수 x, y, z는 존재하지 않는다는 정리로, ‘페르마의 대정리’라고도 한다.

** 1900년 국제 수학자 대회에서 데이비드 힐베르트가 제시한 미해결 난제들이다. 제8문제(리만의 가설)를 비롯한 몇 개는 아직도 풀리지 않은 난제로 남아 있다. 하지만 나머지 몇 문제에 대한 연구는 다소 진척되고 있으며, 이미 완전히 해결된 문제도 있다. 예를 들자면 글리슨, 몽고메리, 지페가 증명해 낸 제5문제나 데이비스, 로빈슨, 마티야세빅이 해결한 제10문제, 그리고 나가타에 의해 거짓으로 판명된 제14문제와 델린이 풀어낸 제22문제가 그것이다. - 원주

던 거야. 그래서 정말 말도 안 되는, 그야말로 얼토당토않은 변명으로 스스로를 정당화했던 거라고!"

새미는 마치 건배라도 하듯 소다수가 담긴 유리잔을 높이 들어 올렸다. 그러고는 자못 심각한 어조로 말했다.

"정말 말도 안 되는 변명이지. 하디와 리틀우드가 공동 연구를 제의한 걸 보면, 네 삼촌에게 뛰어난 재능이 있었던 건 분명해. 어쩌면 네 삼촌은 대단하다 못해 위대한 성공을 거둘 수도 있었을 거야. 하지만 그는 도저히 혼자서는 성취할 수 없는 목표를 세웠어. 그 어렵기로 악명 높은 문제에 혼자 대적하겠다고 고집하며 두 사람의 제안을 무시해 버렸지. 그의 죄목은 바로 '오만'이야. 더구나 오일러와 가우스조차 이루지 못한 일을 하려고 했으니……."

"하하하!"

내 입에서 웃음이 터져 나왔다.

"왜 웃어?"

새미가 물었다.

"결국 삼촌의 비밀과 씨름하는 동안 원점으로 되돌아왔군. 우리 아버지가 늘 하던 말을 너한테 다시 들어서 웃었어. 사춘기 시절 속물 같고 야비하다고 내가 그토록 경멸하던 우리 아버지의 십팔번이 뭐였는지 알아? '인생의 진정한 비결이 뭐라고 생각하니? 그건 바로 스스로 이룰 수 있는 목표만을 세우는 거란다.' 방금 네가 한 얘기와 똑같았어. 아버지의 지론을 어긴 게 바로 페트로스 삼촌이 겪은 비극의 원인이었다는 거지."

새미가 고개를 끄덕이며 진지한 어조로 말했다.

"눈에 보이는 게 전부가 아니라더니, 너희 집안에서 진짜 똑똑한 사람은 따로 있었구나!"

그날 밤, 나는 이따금씩 들리는 한숨과 신음과 함께 종이에 뭔가 써 내려가는 귀에 익은 펜 소리가 들리는 새미의 집 방바닥에 누워서 잤다. 새미는 밤새 난해하기 짝이 없는 위상 수학 문제와 씨름하고 있었던 것이다. 이튿날 아침 일찍 일어난 새미가 세미나에 참석하러 간다며 먼저 집을 나섰고, 오후에 우리는 약속대로 파인 홀에 있는 수학 도서관에서 다시 만났다.

"바람이나 좀 쐬러 나갈까? 함께 가 볼 데가 있는데. 가 보면 아마 놀랄 거야."

새미가 말했다. 우리는 곧 나무가 줄지어 늘어서 있고 노란 잎들이 흩뿌려져 있는 길을 따라 걸었다.

"올해는 무슨 과목 들어?"

알 수 없는 곳으로 나를 이끌면서 새미가 물었다. 나는 수강하는 과목 이름을 댔다.

"대수 기하학 입문, 고급 복소해석학, 군 표현론……."

"정수론은?"

내 말 도중에 새미가 잽싸게 끼어들었다.

"그건 왜?"

"네 삼촌과 관련된 거니까. 네가 대를 이어서 그런 미친 짓은 하지 않았으면 좋겠어."

나는 웃음을 터뜨렸다.

"'골드바흐의 추측' 말이야? 말도 안 되는 소리 하지도 마!"

새미가 고개를 끄덕였다.

"그래, 그렇게 나와야지. 나는 가끔 너희 그리스인들에게는 불가능한 일에 매력을 느끼는 성향이 있지 않나 하는 생각을 하곤 해."

"왜 그런 생각을 하지? 그리스인 중에 달리 아는 사람이라도 있어?"

"이 대학에 위상수학자로 꽤 유명한 파파키리오풀로스 교수가 있어. 그는 수년 동안 '푸앵카레의 추측'을 증명하느라 애써 왔지. 지금도 애쓰고 있고 말이야. 그건 저차원 위상 수학에서 가장 유명한 문제지. 그런데 60년 넘게 증명이 안 된 최고난도 문제야."

나는 고개를 설레설레 저었다.

"나라면 별 볼 일 없는 재능만 믿고 그런 엄청난 문제를 건드리지는 않겠어."

"그 말을 들으니 좀 안심이 되는군."

새미가 말했다.

우리는 넓은 부지에 자리 잡은, 별다른 특징 없이 덩치만 커다란 건물 앞에 다다랐다. 이윽고 안으로 들어서자 새미가 목소리를 한껏 낮추었다.

"널 위해 특별 허가를 받아 뒀어."

"여기가 대체 어디야?"

"기다려 봐."

우리는 복도를 지나 약간 초라해 보이기는 하지만 점잖은 영국 신사들이 모여 있는, 어둡고 큰 방으로 들어갔다. 중년에서 노년까지 거의 열댓 명쯤 되어 보이는 남자가 가죽이 덮인 안락의자와 소파에 앉아 있었고, 몇몇은 창가 옆에서 매우 가늘게 들어오는 햇빛을 받으며 신문을 읽고 있었다. 군데군데 두어 명씩 모여서 이야기를 나누는 사람들도 보였다.

우리는 한쪽 구석에 있는 테이블 앞에 자리를 잡았다.

"저쪽에 있는, 저기 저 사람 보여?"

새미가 나이 든 한 동양 신사를 가리키며 속삭이듯 물었다. 신사는 조그만 스푼으로 조용히 커피를 젓고 있었다.

"누군데?"

"노벨 물리학상을 받은 사람이야. 그리고 저 끝에 있는 저 사람은 노벨 화학상 수상자고."

새미가 나중에 가리킨 사람은 붉은 머리카락의 퉁퉁한 사내였다. 그 사내는 격렬한 몸짓을 하며 강한 억양으로 주변 사람들에게 무언가를 설명하고 있었다. 잠시 후 새미는 가까운 테이블에 앉아 있는 두 명의 중년 신사 쪽으로 내 시선을 이끌었다.

"왼쪽이 앙드레 베유야."

"앙드레 베유라고?"

"그래, 생존하는 수학자 중에서 가장 위대한 사람으로 꼽히지. 파이프를 물고 있는 다른 한쪽은……, 로버트 오펜하이머야. 그래, 오펜하이머, 원자 폭탄의 아버지지. 현재 소장을 맡고 있어."

"어디 소장?"

"이곳 소장. 너는 지금 전 세계에서 가장 위대한 과학계 지성들의 두뇌 집단인 프린스턴 고등연구소*에 와 있는 거야!"

내가 궁금한 것이 있어서 물어보려는 순간, 새미가 내 입을 막았다.

"쉿! 서기 좀 봐!"

무척이나 기이하게 생긴 사내가 막 방으로 들어서고 있었다. 예순쯤 되어 보이는 보통 키의 그 사내는 극도로 야윈 몸에 두터운 코트를 입은 데다 털실로 짠 모자를 귀밑까지 푹 눌러쓰고 있었다. 그는 잠시 서서 두꺼운 안경 너머로 방 안을 둘러보았다. 언뜻 보아 그 모임의 회원인 모양인데, 그에게 관심을 보이는 사람이 없었다. 그는 인사 한마디 없이 천천히 찻주전자가 놓인 테이블 쪽으로 걸어갔다. 그러고는 주전자에서 끓는 물을 컵에 따른 다음 창가에 자리를 잡았다. 이윽고 사내는 무거워 보이는 코트를 천천히 벗었다. 안에 입은 두터운 재킷의 깃 아래로 스웨터가 보였는데, 최소한 네댓 겹은 껴입은 것 같았다.

"저 사람은 누구야?"

내가 속삭이듯 물었다.

* 미국 뉴저지 주 프린스턴에 있는 사설 연구소. 1930년 자선사업가 루이스 뱀버거, 그의 여동생 펠릭스 풀드 뱀버거의 기부금 및 교육행정가 애이브러햄 플렉스너의 구상으로 설립되어 1933년 알베르트 아인슈타인을 초청한 가운데 프린스턴 대학 내의 한 사무실에서 개소식을 가졌다. 사학, 수학, 자연과학 부문이 있는데, 각 부문의 제일선에서 주로 이론을 연구하는, 미국을 비롯한 각국의 젊은 학자 100여 명을 모아 안정된 환경에서 연구에 전념하도록 하고 있다. 그 기한은 대부분 1~2년이다. 특히 아인슈타인을 비롯해 헤르만 바일, 존 폰 노이만 등의 유대계 학자들이 초대되어 사망할 때까지 이곳에서 연구했다. 소장으로는 미국 제일급의 학자가 초빙되는데, 원자력 이용의 창시자로 유명한 존 로버트 오펜하이머도 오랫동안 소장직을 지냈다.

"맞혀 봐!"

"모르겠어. 영락없는 거지인데. 정신병자 같기도 하고."

내 말에 새미가 낄낄거리며 웃었다.

"저 사람이 바로 네 삼촌의 영원한 적수, 네 삼촌에게 수학을 포기하는 변명거리를 제공한 사람, 불완전성 정리의 아버지, 위대하고 위대하신 쿠르트 괴델이야!"

나는 깜짝 놀라 숨이 다 막힐 지경이었다.

"뭐야! 저 사람이 쿠르트 괴델이라고? 그런데 차림새가 왜 저 모양이지?"

"의사들은 인정하지 않는데, 그는 자신의 심장이 아주 심각한 지경에 이르렀다고 믿고 있대."

"그래서?"

"그래서 저렇게 옷을 잔뜩 껴입는 거래. 추위를 막지 않으면 심장이 당장에 멈춰 버릴 거라고 믿는 거지."

"여긴 따뜻하잖아!"

"글쎄, 하지만 저 현대 논리학의 대가, 금세기의 아리스토텔레스는 네가 그렇게 말해도 듣지 않을걸. 잘 봐, 남의 말 듣게 생겼나."

학교로 돌아가는 길에 새미는 내게 자신의 생각을 자세히 말했다.

"내 생각에 괴델이 저 지경에 이른 건, 그러니까 저렇게 미쳐 버린 건 진리의 절대적인 형태에 너무 가까이 갔기 때문일 거야. '인간은 결코 진리 앞에서 잠자코 있지 못하는 존재'라는 따위의 시구도 있지만 성경에 나오는 '지식의 나무'나 너희 그리스 신화에 등장하는 프로메테우스를 한번 생각해 봐. 저런 류의 인간들은 보통의 기준을 뛰어넘어. 말하자면 인간에게 허용된 것 이상을 알려고 들지. 하지만 신에 대한 오만한 행위에는 반드시 대가가 따르게 마련 아닐까?"

바람이 불었다. 그리고 그 바람결에 마른 잎들이 우리 주위를 맴돌았다. 내 입에서 한숨이 새어 나왔다.

이쯤에서 나에 관한 이야기를 짧게 덧붙이고자 한다.

나는 결국 수학자가 되지 못했다. 이것은 단지 페트로스 삼촌의 계략 때문만은 아니다. 물론 내 재능에 대한 그의 직관적 폄하는 나 스스로에 대한 불신감을 부추겨 끊임없이 나를 괴롭혔고, 그 결과 내가 수학을 포기하는 데 어느 정도 기여한 것이 사실이다. 그러나 그런 결과를 초래한 결정적인 원인은 바로 두려움이었다.

삼촌의 이야기에 등장했던 무서운 수학의 천재들, 즉 스리니바사 라마누잔, 앨런 튜링, 쿠르트 괴델, 그리고 맨 마지막에 언급하긴 해도 역시 중요한 인물인 페트로스 파파크리스토스는 내게 진정 특출한 수학적 재능이 있는지 다시 한 번 생각하게 했다. 그들은 모두 스물다섯, 혹은 그보다 더 어린 나이에 상상할 수 없을 정도로 어렵고도 중대한 문제들에 도전했다. 그리고 성공을 거두었다.

이러한 사실에 대해 나는 삼촌과 정확하게 같은 반응을 보였다. 그의 말대로 나 역시 평범한 사람이 되어 '걸어 다니는 비극'으로 남고 싶지 않았던 것이다. 삼촌은 수학이란 오로지 일인자만을 인정하는 분야이고, 이 독특한 선별의 원칙이 수학에서의 실패를 영광스러운 성공의 유일한 대안으로 만들어 버린다고 말했다. 비록 스스로의 무능에 대해 자각하지 못한 이유로 그때까지 희망을 버리지 못하기는 했지만, 내 경우는 분명 내가 그토록 두려워했던 '지적 실패'는 아니었다.

이 모든 생각은 두터운 옷을 여러 겹 껴입은 불완전성 정리의 아버지 쿠르트 괴델의 딱한 몰골을 본 데서 비롯되었다. 정신병자같이 청승맞은 그 늙은 사내는 프린스턴 고등연구소의 휴게실에서 다른 사람들로부터 완전히 고립된 채 홀로 뜨거운 물을 홀짝이고 있었다.

새미를 만나고 다시 학교로 돌아온 나는 삼촌이 들려준 이야기에 등장한 그 위대한 수학자들의 전기를 살펴보기 시작했다. 여섯 명 중 오직 둘만이, 그러니까 겨우 3분의1만이 그런대로 행복하다고 할 만한 삶을 살았다. 그런데 다른 사람들에 비해 카라테오도리와 리틀우드는 상대적으로 덜 언급된 것 같다. 하디와 라마누잔은 자살을 시도했고(하디는 두 번이었다), 튜링은 결국 스스로 목숨을 끊었다. 괴델의 측은한 처지는 앞서 말한 대로다.*

여기에 페트로스 삼촌도 끼워 넣는다면 이 수학자들의 계보는 한층 더 복잡하고 끔찍해질 것이다. 나는 삼촌이 지녔던 젊은 날의 낭만적인 용기와 집념을 여전히 존경한다. 그렇지만 삼촌이 내팽개치다시피 한 인생의 나머지 부분에 대해서는 존경하고 싶은 마음이 추호도 없다. 나는 삼촌에게서 단편적인 사회생활도, 한 명의 친구도, 더 이상의 포부도

* 1978년 괴델은 비뇨기계가 좋지 않아 프린스턴 병원에서 치료를 받던 중 스스로 목숨을 끊었다. 그의 자살 방식은 그가 남긴 위대한 수학 이론들만큼이나 독창적이었다. 의사들이 자신을 독살할 것이라고 믿었던 괴델은 한 달이 넘도록 일체의 식사를 거부했고, 그 바람에 결국 영양실조로 세상을 떠났던 것이다. - 원주

없이 오직 체스로 시간을 보내는 서글픈 은둔자의 모습을 보았다. 분명히 삼촌의 삶은 본받을 만한 인생의 표본이 아니었다.

새미가 내게 말한 오만에 관한 이론은 이후로도 계속 내 뇌리에서 떠나지 않았다. 그런데 수학의 역사를 간단히 살펴본 후, 나는 그의 이야기에 진적으로 공감하게 되었다. '진리의 질내직 엉태에 너무 가까이 다가가는 것은 위험천만한 일'이라는 그의 말도 끊임없이 머릿속을 맴돌았다. 그 유명한 '미치광이 수학자'라는 표현은 공상이 아닌 현실에 실존하는 인물을 가리키는 것이었다. 나는 점차 '과학의 여왕'이라는 수학의 대가들이 잔혹한 불빛 앞에 놓인 나방 같은 존재라는 생각에 사로잡혔다. 그중 몇몇은 그 불빛을 그리 오래 견뎌 내지 못하고 다른 길로 나아간 사실을 나는 알고 있다. 신학을 위해 수학을 저버린 파스칼이나 뉴턴의 경우가 그렇지 않은가.

일부는 그 불빛으로부터 빠져나갈 방법을 마구잡이식으로 선택하기도 했다. 스스로를 죽음으로 인도했던 갈루아의 대담하고도 어리석은 행동을 생각해 보자. 또 몇몇 위대한 지성은 결국 그 불빛 앞에 여지없이 무너져 버렸다. 집합 이론의 아버지 게오르크 칸토어는 정신병원에서 생을 마감했고, 불빛의 화려함에 푹 빠졌던 라마누잔이나 하디, 튜링, 괴델을 비롯한 수많은 수학자가 그 불빛에 너무 가까이 다가간 나머지 자신의 날개를 태우고 추락해서 결국 죽음을 맞았다.

설령 내게 그들과 같은 재능이 있었다 할지라도(페트로스 삼촌의 이야기를 듣고 난 후 과연 그럴까 심각하게 의심하기는 했지만) 나는 맹세코 그런 고통을 감내할 마음이 손톱만큼도 없었다. 결국 한쪽에 있는 평범함이라는 괴물 스킬라*와 다른 한쪽에 있는 광기라는 괴물 카리브디스** 사이에서 내가 내린 결론은 타고 있던 배를 버리는 것이었다. 나는 그해 6월에 수학 학부 과정을 마치고, 일반적으로 비극과는 별 상관이 없는 경영학을 대학원 전공으로 신청했다.

그러나 감히 맹세하건대 예비 수학자로서 보냈던 그 시절에 대해 결코 후회한 적은 없다. 비록 미미한 수준에 불과하지만, 수학이라는 학문을 공부함으로써 나는 가장 값진 인생의 교훈을 얻을 수 있었다. 물론 페아노-데데킨트의 공리 체계를 몰라도 일상의 문제들을 완벽하게 풀어 나갈 수 있을 것이다. 마찬가지로 유한 단순군의 분류를 안다고 사업에 성공하리란 보장은 할 수 없으리라.

하지만 보통 사람들은 수학자들에게만 허락된 그 특별한 즐거움을 결코 맛볼 수 없다. 맛보기는커녕 상상조차 할 수도 없다. 중대한 이론을 이해함으로써 깨닫는 진리와 아름다움의 조화는 그 어떤 인간 활동을 통해서도 얻을 수 없을 것이다. 신비주의에 휩싸인 종교적 체험이 아니라면 말이다. 내가 했던 수학 공부란 보잘것없는, 그러니까 거대한 수학의 바닷물에 겨우 발가락을 적시는 수준이었다. 그렇기는 하지만 그것은 더 높은 세계를 경험할 수 있는 기회를 주었다는 점에서 내 인생에 크나큰 자취를 남겼다. 그렇다. 그 짧은 경험으로 인해 나는 이상적인 세계의 존재를 조금이나마 믿고, 또 느낄 수 있게 되었다.

---

* 바위에 산다고 전해지는 머리 여섯 개, 다리 열두 개가 달린 그리스 신화에 나오는 여자 괴물.

** 바다의 소용돌이를 의인화한, 그리스 신화에 나오는 여자 괴물.

이 점에서는 페트로스 삼촌에게 큰 은혜를 입은 셈이다. 페트로스라는 모호한 표본이 없었더라면 수학을 통한 모든 경험은 하지도 못했으리라.

내가 수학자가 되겠다는 꿈을 포기했다는 말에 아버지는 반색을 하며 좋아했다(안타깝게도 아버지는 내가 학부에서 수학을 공부한 지난 1년 동안 깊은 절망에 빠져 있었다). 그리고 장차 경영학을 공부하겠다는 내 계획을 듣고는 더욱 기뻐했는데, 대학원 과정과 군대를 마친 후 아버지를 도와 가업 경영에 나서겠다는 대목에서는 그 기쁨이 최고조에 달했다.

내가 그렇게 갑작스레 진로를 변경했음에도(어쩌면 이 때문이었을지도 모르지만) 페트로스 삼촌과 나는 이전보다 사이가 좋아졌다. 내가 아테네로 돌아온 후 우리 둘 사이에는 정까지 싹트기 시작했다. 삼촌에 대한 분노는 이미 흔적도 없이 말끔히 사라져 버렸다. 판에 박힌 일과 가정 생활에 차츰 익숙해지면서, 삼촌을 방문하는 일이 내게는 하나의 습관처럼 되었다. 내게 있어서 삼촌과의 만남은 일상의 피로를 치유하는 강력한 해독제와도 같은 것이었다. 또한 그것은 어른이 되면서 대부분의 사람들이 잃어버리거나 잊어버리는 자아의 한 부분, 즉 늘 꿈을 꾸거나 호기심에 궁금해하는, 그러니까 어린아이와 같은 자아를 지키도록 도와주는 것이기도 했다. 그러나 삼촌이 필요 없다며 거부했던 동지로서의 관계를 제외한다면 정작 내가 그에게 베푼 호의는 무엇이었는지 전혀 알 수가 없었다.

에칼리를 찾아가기는 했지만 사실 삼촌과 그리 많은 대화를 나누지는 못했다. 두 명의 전직 수학자에게는 직접적인 대화보다 더 좋은 의사소통 수단인 체스가 있었다. 페트로스 삼촌은 내게 훌륭한 스승이 되어 주었다. 덕분에 나는 삼촌 못지않은 체스에 대한 열정(불행히도 재능은 아니었다)을 품게 되었다.

체스를 통해 나는 처음으로 삼촌의 사색가적인 면모를 발견할 수 있었다. 삼촌이 최고 수준의 시합 내용이나 체스 고수들이 펼쳤던 최근 경합들을 분석할 때마다, 나는 그 뛰어난 두뇌 회전과 극도로 복잡한 문제에 대한 즉각적인 이해와 기막힌 분석력과 번득이는 통찰력에 탄복하지 않을 수 없었다. 삼촌은 체스판 앞에서 언제나 완벽하게 몰입해 있었는데, 그때의 눈빛은 마치 무언가를 꿰뚫는 듯 날카롭게 빛났다. 지난 20년 동안 야심차게 몰두해 온 연구에 소중한 도구가 되어 주었던 것은, 그의 깊고 푸른 눈동자 속에서 빛나는 논리와 직관이었다.

한번은 삼촌에게 공식적인 대회에 참가하지 않는 이유를 물어본 적이 있었다.

삼촌은 고개를 가로저으며 이렇게 말했다.

"최고의 아마추어로 남을 수 있는데, 무엇 때문에 평범한 전문가가 되겠니? 게다가 내가 가장 아끼는 조카야, 사람에겐 저마다의 분야가 있는 법이란다. 그에 따라 인생을 살아야 하지 않겠니? 체스는 내 영역이 아니야. 내 영역은 오직 수학뿐이지."

그 후 나는 용기를 내어 삼촌의 수학 연구에 대해 다시 물어보았다(삼촌의 그 긴 인생 이야기 후로 우리는 단 한 번도 다시 수학에 관련된 대화를 나눠 본 적이 없었다. 수학은 우리 두 사람에게 두 번 다시 발을 디디고 싶지 않은 영역이었다). 그러자 삼촌은 내 말이 떨어지기가 무섭게 바로 묵살해 버렸다.

"지난 일은 묻어 두고 체스판이 지금 어떻게 돌아가는지나 살펴봐라. 이건 페트로시안과 스파스키 사이의 최근 게임에서 나온 시실리안 방어란다. 자, 백이 기사를 f4에 놓으면……."

나는 좀 더 완곡하게 시도해 보기도 했지만 전혀 먹혀들지 않았다. 이제 그 어떤 수학 이야기도 삼촌과 함께한다는 것은 불가능해 보였다. 내가 노골적으로 수학 이야기를 꺼낼 때마다 삼촌은 늘 '체스나 하자꾸나.'라는 식으로 빠져나가기 일쑤였다.

그러나 삼촌이 거절한다고 쉽게 물러설 내가 아니었다. 삼촌을 다시금 그의 일생의 과업인 수학의 영역으로 끌어들이려는 것이 단순한 호기심의 발로는 아니었기 때문이다.

꽤 오랫동안 새미 엡스타인으로부터 소식을 듣지 못했지만(내가 새미와 마지막으로 연락했을 때, 그는 캘리포니아에서 부교수로 재직하고 있었다), 나는 페트로스 삼촌이 수학을 포기한 경위에 대해 그가 했던 말을 잊을 수 없었다. 솔직히 내가 새미의 이야기에 큰 비중을 둔 것은 사실이었다. 어쨌거나 수학에 대한 개인적인 경험을 통해서 나는 아주 값진 교훈을 얻을 수 있었다. 우선 스스로의 약점에 대해 냉정해야 한다는 것을 깨달았다. 아울러 용기를 갖고 약점을 인정해야 하며, 그에 따라 앞으로의 계획을 설정해야 한다는 것도 알게 되었다. 나는 이러한 교훈에 충실한 편이었다. 그렇다면 페트로스 삼촌은? 글쎄…….

삼촌에 대한 진실은 다음과 같이 정리될 수 있을 것이다.

첫째, 처음부터 그는 믿을 수 없을 정도로 어려운, 그러나 불가능할 것 같지는 않은 그 문제에 자신의 모든 힘과 시간을 바치기로 마음먹었다. 이 점에 대해서는 아직까지도 기본적으로는 숭고한 결정이었다고 생각한다. 둘째, 사람들의 일반적인 예측대로 그는 자신의 목표를 달성하지 못했다(그는 인정하지 않았지만). 셋째, 그러자 그는 '골드바흐의 추측'을 증명 불가능한 것이라고 말하며, 자신의 실패 요인으로 수학의 불완전성을 핑계 삼았다.

이제야 모든 것이 명백해졌다. 삼촌의 변명의 타당성은 수학이란 엄격한 잣대로 평가되어야만 했다. 마침내 나는 새미 엡스타인의 의견에 전적으로 동의하게 되었다. 쿠르트 괴델식의 증명 불가능이라는 최후의 판단은 수학적 명제를 증명해 내려는 시도에서 쉽게 인정할 만한 결론은 아니었다.

새미의 설명은 문제의 핵심에 훨씬 근접한 것이었다. 결국 페트로스 삼촌이 꿈을 이루지 못했던 것은 '불운' 때문이 아니었던 것이다. 불완전성 정리에 매달린 그의 태도는 진실로부터 자신을 보호하기 위해 설정한 일종의 '신 포도'였다.

시간이 흐를수록 나는 삼촌의 삶이 깊은 슬픔으로 가득 차 있음을 깨달았다. 정원 일에 대한 집착, 다정한 미소, 체스판에서의 능수능란함 같은 것도 그가 상처 입은 영혼의 소유자라는 사실을 감추지는 못했다.

그러나 삼촌에게 가까이 다가가면 다가갈수록, 그 슬픔이 삼촌의 지독한 자기기만에 기인한 것임을 부인할 수 없었다. 페트로스 삼촌은 인생의 가장 중요한 일에 대해 스스로를 속이고 있었다. 그 같은 자기기만은 그의 본질을 질식시키고 영혼의 뿌리를 갉아먹는 암세포와도 같은 것이었다. 그의 죄목은 틀림없이 오만이었다. 그런데 그 오만은 여전히 삼촌 자신이 직면한 스스로의 무능 속에 내재되어 있었다.

비록 신앙심이 깊지는 않지만, 나는 기독교의 면죄 의식 속에 아주 위대한 지혜가 깃들어 있다고 믿는다. 따라서 페트로스 파파크리스토스는 다른 인간들처럼 불필요한 고통에서 벗어나 자신의 인생을 마칠 권리가 있다고 생각한다. 그러나 그런 권리를 행사하려면 우선 실패를 스스로의 잘못으로 인정해야만 할 것이다.

페트로스 삼촌을 스스로의 죄로부터 해방시켜 줄 사람은 누구일까? 이 문제는 신앙과 관련된 것이 아니기 때문에 신부님도 어찌할 수 없을 것이다. 아무튼 그 사람은 삼촌이 진 죄의 본질을 이해할 수 있는 단 한 사람, 바로 나였다(이런 나의 결론 역시 타고난 오만임을 깨달았지만, 그때는 이미 너무 늦었다). 그런데 그가 먼저 고백하지 않는다면 무슨 수로 죄를 용서해 줄 수 있겠는가? 또 그가 그처럼 고집스럽게 이야기하기를 꺼리는 수학에 대해 다시 한 번 대화를 나누지 못한다면 어떻게 그의 고백을 끌어낼 수 있을 것인가?

1971년, 나는 예상치도 않은 원조를 받았다.

당시 권력을 장악하고 있던 군부는 자신들이 문화와 과학 분야를 후

원한다는 것을 선전하기 위해 '그리스 학술대상'을 제정했다. 그리고 국내에 잘 알려져 있지는 않더라도 해외에서 두각을 나타낸 적이 있는 학자들에게 그 상을 수여하기로 했다. 그러나 수상 후보자는 얼마 되지 않았다. 수상의 영예가 돌아갈 것이라고 예견된 대부분의 후보들이 자신은 제외시켜 달라고 요청했기 때문이다. 그들은 수상의 영예가 불러일으킬 위험을 직시하고 있었다. 그런데 그러한 배경에서 수상자로 선정된 사람은 국제적인 명성이 높은 수학자, 페트로스 파파크리스토스 교수였다.

아버지와 아나기로스 삼촌은 평소에는 눈 씻고 찾아보려고 해도 찾아볼 수 없는 민주 투사 같은 열정을 보이면서, 페트로스 삼촌의 그 애매하고 불안하기 짝이 없는 수상을 막으려 무진 애를 썼다. 그와 더불어 집안은 온통 '군부에 빌붙으려는, 혹은 독재자에게 구실을 제공하려는 한심한 늙은 바보'에 대한 비난으로 소란스러웠다. 페트로스의 동생들은(둘 다 이미 늙을 대로 늙었지만) 고상한 척하는 자신들의 속내를 노골적으로 드러내기도 했다. 정권이 바뀌면 또 어떤 일이 닥칠지 모르기 때문에 사업가들은 특정 정당에 우호적인 색채를 띠는 것을 삼가야 한다는 것이었다.

그러나 나는 그들의 태도에서 페트로스 삼촌의 부러움을 살 만한 인생에 대해 부정적인 평가를 내림으로써 자신들의 삶을 정당화하려는 강한 욕구를 읽을 수 있었다. 아버지와 아나기로스 삼촌의 세계관은 언제나 페트로스 삼촌은 나쁘고 자신들은 선하다는 단순한 기본 전제에 바탕을 두고 있었다. 이러한 흑백 논리는 그들에게 베짱이와 개미, 어섵프고 별 볼 일 없는 학자와 책임감 있는 사나이들을 구별하는 잣대가 되었다. 그들의 입장에서는 (군부든 아니든 간에) 한 나라의 정부가 인생의 낙오자에게 상을 주는 것을 도저히 납득할 수 없었다. 더욱이 노동의 대가로 고작 물질적인 보상밖에 얻지 못하는 그들의 처지에서 보면 그것은 그야말로 어불성설이었다(사실 그들의 노동은 페트로스 삼촌의 식탁에도 음식을 올려 주었다).

나는 그들과 견해가 달랐다. 삼촌이 그 상을 받아야 한다는 내 신념의 이면에는 밖으로 드러낼 수 없는 의도가 있었다(삼촌은 비록 독재자로부터이기는 하지만 이제야 비로소 자신의 인생 과업에 대해 인정을 받은 것이다). 나는 곧장 에칼리로 가서 삼촌을 만났다. 그러고는 '가장 아끼는 조카'라는 장점을 최대한 살려서, 삼촌을 염려하는 척 민주주의에 호소하는 두 동생의 위선적인 회유를 이겨 내고 반드시 학술대상을 거머쥐어야 한다고 역설했다.

뒤늦게 두각을 나타낸 급진주의자 아니기로스 삼촌이 집안의 최대 수치로 꼽았던 페트로스 삼촌의 시상식은 아테네 대학의 강당에서 개최되었다. 예복을 차려입은 이학부 학장은 자연과학 분야에 대한 페트로스 삼촌의 공헌에 대해 짧게 연설했다. 예상대로 연설은 대부분 미분방정식의 파파크리스토스식 해석법에 관한 것이었다. 학장은 연설하는 내내 지나치게 자세한 설명과 과장된 칭찬을 따분할 정도로 길게 늘어놓았다. 게다가 하디와 리틀우드를 들먹이며 그들이 가장 어려운 문제들의 해법을 찾기 위해 이 위대한 시골 출신 동료의 도움을 요청했다고 말했는데, 나는 이 대목에서 무척 당황했다. 그러면서도 내심 기뻤다.

나는 곁눈질로 페트로스 삼촌을 힐끗힐끗 쳐다보았다. 그는 수치심에서인지 얼굴을 붉힌 채 주최 측에서 마련한 안락의자에 깊숙이 몸을 파묻고 있었다.

이윽고 독재자가 학술대상을 수여했다. 시상식 후에는 간단한 파티가 열렸다. 가엾은 페트로스 삼촌은 군부의 고관들과 사진을 찍기 위해 포즈를 취해야만 했다. 솔직히 나는 그 광경을 보면서 일말의 죄의식을 느끼지 않을 수 없었다. 삼촌이 그 상을 받아들이는 데 내가 결정적인 역할을 했기 때문이다.

시상식이 모두 끝나자 삼촌은 내게 '기분 전환을 위해' 함께 집으로 가서 체스를 두자고 말했다. 우리는 집에 도착하자마자 곧 게임을 시작했다. 나는 이제 삼촌의 공격을 적절하게 막아 낼 수 있을 만큼 실력이 좋아졌다. 하지만 조금 전 엄청난 시련을 겪고 돌아온 삼촌을 즐겁게 해 줄 정도의 실력은 아니었다.

"서커스 어땠니?"

삼촌이 체스판에서 시선을 떼고 물었다.

"시상식 말씀이세요? 좀 지루하긴 했지만, 어쨌든 삼촌이 상을 받아서 기뻤어요. 내일이면 일간지에 대대적으로 보도되겠죠?"

"그렇겠지. 미분 방정식의 파파크리스토스식 해법이 어떻게 아인슈타인의 상대성 원리나 하이젠베르크의 불확정성 원리와 같은 20세기 최고의 과학적 성과와 맞먹을 수 있다는 것인지……. 어쩌자고 그 이학부 학장 놈은 그런 멍청한 소리를 지껄인 거야? 그런데, 너 봤니?"

삼촌이 쓴웃음을 지으며 물었다.

"뭘요?"

"학장이 내가 그 어린 나이에 '위대한 발견'을 했다고 말하니까 사람들이 일제히 '와아!' 하고 감탄사를 연발하더니 금세 조용해진 거 말이야."

"그런데요?"

"모두 '그럼 나머지 55년 동안은 대체 뭐 하고 지낸 거지?'라고 소곤거리던 거, 아마 너도 들었을 거야."

삼촌의 자기 연민은 항상 나를 괴롭혔다.

"그렇지만 사람들이 '골드바흐의 추측'에 대한 삼촌의 연구를 몰라주는 건 삼촌 자신의 잘못이지, 다른 누구의 잘못은 아니잖아요. 털어놓지 않는데 무슨 재주로 알겠어요? 연구 보고서라도 써냈다면 상황은 달라졌겠죠. 오랜 세월의 연구 과정도 충분히 출판해 낼 가치가 있다고 생각해요. 그렇잖아요?"

"그럴 수도 있겠지. '금세기 최고의 수학적 실패 케이스'란 각주를 단다면 말이야."

삼촌이 자조적으로 말했다.

"저는요, 과학이란 성공뿐만이 아니라 실패에 의해서도 발전되는 거라고 믿어요."

나는 잠시 생각에 잠겼다가 이어서 말했다.

"어찌 되었든 미분 방정식에 대한 삼촌의 연구는 인정받았어요. 저는 우리 집안이 돈 외에 다른 것과도 관련돼 있다는 게 정말 기뻐요."

"그게 뭔지 아니?"

갑자기 페트로스 삼촌이 얼굴 가득 밝은 미소를 지었다.

"뭐가요?"

"미분 방정식에 대한 파파크리스토스식 해법 말이야."

예상치 못한 기습에 나는 생각 없이 대답해 버렸다.

"아뇨, 모르는데요."

순간 삼촌의 얼굴에서 미소가 사라졌다.

"그래, 이제 학교에선 그것에 대해 가르치지 않겠지."

그 말을 듣고 나는 솟구쳐 오르는 흥분을 주체할 수 없었다. 기다리고 기다렸던 기회가 찾아온 것이다. 물론 나는 미분 방정식에 대한 파파크리스토스식 해법을 학교에서 더는 가르치지 않는다는 사실을 알고 있었지만(전자계산기의 출현으로 이 해법은 쓸모없어져 버렸다), 시치미를 뚝 떼고 거짓말을 했다.

"아니에요, 아직도 가르치고 있어요. 다만 제가 선택 과목으로 미분 방정식을 신청한 적이 없어서……."

"그렇다면 가서 종이하고 연필을 가져오너라. 여기서 가르쳐 줄 테니까!"

나는 속으로 쾌재를 부르며 일어섰다. 이것이야말로 내가 삼촌에게 상을 받으라고 설득하며 기대했던 바였다. 나는 그 상이 삼촌의 수학적 허영심과 흥미를 다시 일깨워 줄 것이고, 그렇게 되면 어떻게 해서든 삼촌을 '골드바흐의 추측'에 대한 토론의 장으로 끌어낼 수 있을 것이라고 생각했다. 그리하여 종국에 가서는 삼촌이 그 연구를 포기한 진짜 이유에 대해 고백할 것이라고 기대했던 것이다. 미분 방정식 해법인 파파크리스토스 방식에 대한 삼촌의 언급은 그 고백을 들을 수 있다는 뜻이나 마찬가지였다.

나는 혹시나 삼촌의 마음이 변할까 싶어 서둘러 종이와 연필을 갖다 주었다.

"잘 들어야 할 거야. 워낙 오래전 일이라서……. 자, 어디 한번 해 보지꾸니."

삼촌은 혼잣말로 중얼거리며 종이 위에 무언가를 빠르게 써 내려갔다.

"여기에 클레로 형태의 편미분 방정식을 놓고, 자, 이제는 이것을……."

거의 한 시간 내내 나는 삼촌의 알아보기 힘든 글씨와 뚝뚝 끊어져 이해하기 어려운 말투를 바쁘게 쫓으면서 시종일관 과장된 반응을 보였다.

"정말 대단하네요!"

삼촌이 종이에서 손을 떼자마자 나는 일부러 크게 소리쳤다.

"대단하긴 뭐가 대단해!"

삼촌은 단박에 내 말을 무시했다. 그러면서 겸연쩍게 웃었다. 하지만 그 같은 겸손한 태도가 진심에서 우러나온 것이 아님을 나는 눈치챌 수 있었다.

"이건 식료품 가게에서 계산할 때나 적용되는 단순한 산수일 뿐, 진짜 수학은 아니야!"

드디어 내가 고대하던 순간이 왔다.

"그럼 삼촌, 그 진짜 수학이란 대체 어떤 거예요? '골드바흐의 추측'에 대한 삼촌의 연구 얘기 좀 들려주세요!"

삼촌은 음흉하면서도 알 듯 모를 듯한 표정으로 흘끗 나를 쳐다보았다. 순간 나도 모르게 움찔했다.

"너 말이야, 그 문제에 왜 그렇게 관심을 두니? 이유가 뭐야?"

나는 삼촌을 막다른 골목으로 몰아넣기 위해서 그 질문에 대한 대답을 일찌감치 준비해 두었다.

"이유가 뭐겠어요? 무려 석 달 동안이나 스스로의 형편없는 실력에 괴로워하면서 그걸 증명하려고 했는데, 더 무슨 이유가 필요해요? 열여섯 살 되던 해의 그 고통스런 여름을 보상받기 위해서라도 삼촌의 설명을 들어야겠어요."

삼촌은 잠시 생각에 잠긴 표정을 지었다. 결코 쉽게 항복하지 않겠다는 태도가 엿보였다. 이윽고 삼촌이 미소를 지었다. 순간 나는 내 승리를 직감할 수 있었다.

"'골드바흐의 추측'에 대한 나의 연구 중에서 정말 알고 싶은 게 뭐지?"

자정이 넘은 시각, 나는 하디와 라이트가 쓴 《정수론 입문》의 복사본을 들고 에칼리를 떠났다 (삼촌의 말을 인용하자면, 나는 먼저 '몇 가지 기본 지식'을 익혀야 했다). 잠시 여기서 지적하고 싶은 것이 있다. 수학 책은 소설처럼 침대나 욕조에 드러눕는다든지 안락의자나 좌변기 등에 걸터앉아서 읽는 것이 아니다. 또 수학 책을 읽는다고도 말하지만 여기서 '읽는다'는 것은 이해한다는 것을 의미하는데, 이를 위해서는 딱딱한 받침대, 종이, 연필, 그리고 집중할 수 있는 시간이 필요하다. 나는 30대 후반의 나이에 뜬금없이 정수론자가 될 생각은 손톱만큼도 없었다. 그렇기 때문에 나는 보통 정도의 집중력으로(수학에서의 '보통 정도'는 다른 영역에서의 '상당한 정도'와 맞먹는다) 삼촌의 치밀한 질문 공세에 대비하기 위해 완벽한 이해가 필요했음에도 고집스럽게 이를 무시한 채 일단 그 입문서를 한번 훑어보았다. 그런데 정수론은 과거에 공부했던 과목이 아니기 때문에 그다지 수준 높은 것이 아니었는데도 읽는 데 거의 한 날이라는 시간이 걸렸다.

내가 다시 에칼리로 찾아갔을 때, 페트로스 삼촌은 깜짝 놀라며 마치 초등학생 대하듯 나를 시험하기 시작했다.

"책 다 읽었니?"

"네."

"란다우의 정리에 대해 설명해 봐라."

나는 그것에 대해 설명했다.

"페르마의 소정리의 확장 이론인 오일러의 φ함수 정리를 증명해 보거라."

나는 종이와 연필을 가져와서 최선을 다해 증명식을 써 내려갔다.

"이제 리만의 제타 함수를 0으로 만드는 복소수의 실수 부분이 2분의1이라는 걸 증명해 보겠니?"

갑자기 웃음이 터져 나왔다. 삼촌도 나를 따라 웃었다.

"그만, 그만하세요! 이젠 그만하시죠, 삼촌! '골드바흐의 추측'을 증명하게 한 걸로 충분하지 않나요? 리만의 가설은 다른 사람한테 증명하라고 하세요."

그날 이후 두 달 반 동안 우리는 열 번이나 '골드바흐의 추측'에 대한 수업을 했다. 모든 것이 척척 진행되었다. 주요 관심사인 1차 목표가 이루어질 것 같은 예감이 들면서(삼촌이 연구를 포기한 진짜 이유를 고백할 순간이 다가오고 있었다) 나는 감히 2차 목표까지 달성할 수 있으리라는 희망을 품었다.

2차 목표란 바로 삼촌 사후에 그의 인생 여정을 책으로 엮겠다는 계획이었다. 이는 수학사에서는 그다지 의미 있는 '각주'가 되지 않겠지만, 삼촌 개인에게는 무엇보다 가치 있는 선물이 될 터였다. 나로서는 삼촌이 비록 성공을 거두지 못했고, 그래서 수학사와 무관하더라도 삼촌의 뛰어난 두뇌와 한결같은 집념과 노력에 대해서만큼은 세상 사람들의 인정을 구하고 싶었다.

수업이 계속되면서 나는 삼촌의 놀라운 변화를 목격했다. 이제 내 눈앞에는 어릴 적부터 보아 온 그 온화하고 다정하며 의젓한 신사의 모습, 그래서 사람들이 정년퇴직한 공무원으로 착각하는 삼촌의 평소 모습이 아닌, 날카로운 지성과 깊이를 알 수 없는 내적인 힘으로 빛나는 사나이가 우뚝 서 있었다. 이러한 이미지는 이전에도 수학에 관해 토론을 벌이던 새미 엡스타인이나, 체스판 앞에 앉은 페트로스 삼촌에게서 잠깐씩 본 적이 있었다.

삼촌이 하나둘씩 정수론의 신비를 벗겨 가는 것을 지켜보면서, 나는 난생처음이자 마지막으로 '진리'가 무엇인지 알 수 있었다. 굳이 그것이 무엇인가를 확실하게 알기 위해 수학을 공부할 필요는 없을 것이다. 삼촌의 두 눈동자 속에서 튀어나오는 강렬한 빛과 몸 전체에서 뿜어져 나오는, 형언할 수 없는 힘을 느끼는 것만으로도 충분할 테니까. 그랬다. 삼촌은 완벽한 순수 혈통을 지닌, 타고난 천재였던 것이다.

나는 기대하지도 않은 보너스까지 얻었다. 수학을 포기하겠다고 결심했으면서도 언제나 내 의식 속에 내재되어 있던(겉으로 드러나지 않았을 뿐이다) 수학에 대한 미련이 완전히 사라져 버린 것이다. 수학에 몰두해 있는 삼촌의 모습이 내게 그런 확신을 심어 주었다. 분명 나는 삼촌과는 다른 근성을 지닌 사람이었다. 나와는 전혀 다른 인간을 바라보면서 나는 진실임을 인정할 수밖에 없는 다음과 같은 경구를 떠올렸다.

"진정한 수학자는 만들어지는 게 아니라 태어나는 것Mathematicus nascitur non fit"이다.

결국 내가 수학자로 태어나지 않은 이상 수학을 포기한 것은 백번 잘한 일이었다.

삼촌과 내가 했던 열 번의 수업 내용에 대해서는 이 이야기의 주제와 상관없기 때문에 그냥 넘어가기로 하겠다. 그러나 여덟 번째 수업까지 우리가 다루었던 '골드바흐의 추측'에 관한 연구에 대해서만큼은 한 번쯤 짚고 넘어가야 할 것 같다. 우리는 저 뛰어난 분할 정리(비록 지금은 가설을 재발견한 오스트리아 수학자의 이름을 따서 불리지만)로 절정에 달했던, '골드바흐의 추측'에 대한 삼촌의 초기 연구를 다루었다. 그리고 라마누잔, 하디, 리틀우드의 영향을 받았던 삼촌의 주요 연구 결과에 대해서도 공부했다. 아홉 번째 수업에서 삼촌은 자신이 해석학적 방법에서 대수학적 방법으로 방향을 바꾼 근본 원인에 대해 최대한 알기 쉽게 설명해 주었다. 그리고 다음 강의에는 리마콩열대 아메리카산 여러해살이 풀 라이머빈의 열매 2킬로그램을 가져오라고 당부했다. 사실 처음에 삼촌이 주문한 것은 흰 강낭콩이었다. 그런데 삼촌은 부끄러운 듯 미소를 지으며 말을 바꿨다.

"아니, 리마콩으로 해야겠다. 그래야 잘 보이겠어. 이제 나도 젊지는 않잖니, 내가 가장 아끼는 조카야."

열 번째 수업(이 수업이 마지막이 될 줄 그때는 정말 몰랐다)을 들으러 에칼리로 향하던 나는 다소 불안한 상태였다. 삼촌의 이야기를 통해 그가 그 유명한 '콩 증명법'을 쓰면서부터 연구를 포기했음을 이미 알고 있었기 때문이다. 이제 곧 있을 수업에서 문제의 핵심인 괴델의 정리와 함께 '골드바흐의 추측'에 대한 증명을 포기한 삼촌의 이야기를 들을 테지만, 나로서는 한발 더 나아가 그동안 공고하게 쌓아 둔 삼촌의 방어벽을 허물고 증명 불가능한 이론에 대한 삼촌의 자기 합리화를 이끌어 내야만 했다. 물론 자기 합리화라고 해야 단순한 변명에 불과한 것이겠지만.

내가 에칼리에 도착하자마자 삼촌은 한마디 인사도 없이 삼촌이 거실이라 부르는 곳으로 다짜고짜 나를 끌고 갔다. 그 방의 내부는 변해 있었다. 안락의자며 체스판이 놓인 작은 탁자 같은 것들이 모두 벽에 바짝 붙여 있고, 책들이 그 주변을 따라 훨씬 더 높게 쌓여 있어 방 한가운데가 무척 넓어 보였다. 삼촌은 여전히 아무 말도 하지 않은 채 내 손에서 자루를 낚아챘다. 그러고는 바닥에 콩으로 몇 개의 직사각형을 만들었다. 나는 묵묵히 바라보기만 했다.

마침내 작업을 끝낸 삼촌이 말했다.

"지난 시간에 '골드바흐의 추측'에 관한 내 초기 연구에 대해서 설명했지? 그때는 정말 훌륭한 연구를 했어. 하지만 그건 순전히 수학적 전통에 따른 것이었지. 내가 증명해 낸 이론들은 모두 어렵고 중요한 것들이었지만, 기본적으로 선대 수학자들의 사고 틀을 따르면서 어느 정도 확대시킨 것들이야. 그러나 오늘 너한테 보여 주는 것은 나의 수학 연구에서 가장 독창적이고, 그래서 가장 중요한 성과지. 이건 정말 완전히 새로운 거야. 이 기하학적 증명법의 발견을 통해 나는 비로소 이제껏 아무도 밟지 못한 저 미지의 땅에 첫발을 내디딘 셈이지."

"그런 걸 그만두셨으니 정말 안타까운 일이네요."

삼촌과의 대결에 앞서 나는 내게 유리한 분위기를 조성할 필요가 있었기 때문에 재빨리 그렇게 말했다.

그러나 삼촌은 내 말을 무시한 채 이야기를 계속했다.

"이 기하학적 접근에서 기본 전제는 곱셈이 다분히 인위적인 연산이라는 거야."

"인위적이라뇨? 대체 무슨 뜻이죠?"

내가 물었다.

"레오폴드 크로네커가 이렇게 말한 적이 있지. '신께서는 자연수를 만드셨을 뿐, 그 나머지는 모두 인간이 만든 것이다.'라고 말이야. 그런데 내 생각엔 그가 이 말을 빠뜨린 것 같구나. '전능하신 신께서는 자연수를 만드신 것처럼 덧셈과 뺄셈, 즉 주고받기의 이치도 만드셨다.'라는 말을……."

나는 웃음을 터뜨렸다.

"저는 여기에 수학 때문에 왔지 신학을 공부하러 온 게 아네요, 삼촌!"

여전히 삼촌은 내 말에 아랑곳하지 않았다.

"확실히 곱셈은 덧셈과는 달리 인위적이야. 부자연스럽고 부차적인 개념이란 얘기지. 같은 수를 계속 더해 가는 게 바로 곱셈 아니니? 예를 들어 5×3은 결국 5+5+5와 같잖아. 이런 덧셈의 반복에 새 이름을 붙여 '연산'이라고 부르는 건 악마적 소행이지."

나는 더 이상 농담 섞인 말을 하지 않았다.

"만일 곱셈이 인위적이라면, 여기서 나오는 '소수'의 개념 또한 마찬가지야. 극도로 난해한 소수에 관련된 기본 문제들은 사실 이 곱셈에서 출발하지. 나눗셈에 명백한 양식이 없는 이유도 바로 이 곱셈 개념이, 그리고 소수 개념이 쓸데없이 복잡해져 있기 때문이야. 이것이 바로 기본 전제지. 내 기하학적 접근법은 소수를 생각하는 자연스런 방법을 고안하고자 한 데서 비롯된 거야."

페트로스 삼촌은 계속 이야기하며 미리 만들어 둔 직사각형 모양들을 가리켰다.

"이게 뭐라고 생각하니?"

"콩으로 만든 직사각형요. 7열 5행이네요. 콩의 개수를 다 더하면 모두 35개고요. 맞나요?"

삼촌은 자신이 어떻게 그 방법을 생각해 냈는지 설명했다. 매우 기초적인 수준이었지만 삼촌에게는 꽤 깊은 직관적인 의미가 있는 듯했다. 그 이론에 의하면, 점(혹은 콩)으로 직사각형을 만듦으로써 소수를 제외한 모든 자연수를 표현할 수 있다. 소수란 두 자연수의 곱이 아니기 때문에 직사각형의 형태를 띨 수 없고 오직 일렬로만 표현이 가능하다.

삼촌은 직사각형 간의 연산 과정을 설명하며 몇 가지 예를 들었다. 그러고는 기본적인 정리들을 제시하고 증명을 해 나갔다.

그러는 동안 나는 삼촌의 태도에 어떤 변화가 일고 있음을 눈치챘다. 이전 수업에서 삼촌은 그야말로 완벽한 스승이었다. 학습 내용이 어려워질수록 천천히 설명했고, 다음 단계로 넘어갈 때면 내가 이전 내용을 완전히 숙지했는지 꼼꼼히 확인했다. 그러나 기하학적 접근법에 들어가면서부터 삼촌의 설명은 다소 다급해지고, 단편적인 것이 되었으며, 모호할 정도로 불완전해졌다. 나는 마침내 깨달았다. 언제부터인가 내 질문은 무시당했고, 그동안 내가 설명이라 여겼던 것은 어쩌다 우연히 들은 그의 독백의 일부분에 불과하다는 사실을.

처음에 나는 삼촌의 그런 변칙적인 설명 양식을 그가 전통적인 해석학적 접근법만큼 기하학적 접근의 자세한 사항에 대해 기억하지 못한 채 이를 재구성하느라 애쓰기 때문에 빚어진 것이라고 생각했다. 아무튼 나는 이제 한발 뒤로 물러서서 삼촌을 관찰하기 시작했다.

삼촌은 거실을 돌아다니며 그 직사각형들을 다시 정리해 나갔다. 이윽고 그는 무슨 소리인지 모르게 중얼거리면서 종이와 연필을 올려 둔 맨틀피스벽난로 윗면에 설치한 장식용 선반로 다가갔다. 그러고는 종이에다 무언가 끄적거리고 너덜너덜한 노트를 뒤적이더니, 다시금 혼잣말로 중얼거리면서 콩이 있는 자리로 돌아왔다. 그런 다음 여기저기 둘러보고는 잠시 머뭇거렸다가 또 살펴보고, 곰곰이 생각에 잠겼다가는 다시 콩에 손을 댄 뒤 또 무언가를 끄적거렸다.

잠시 후 삼촌은 그 같은 접근법에 대해 '발전적 사고의 새로운 형태',

'괄목할 만한 보조 정리' 혹은 '심오한 소정리'(이 모두가 삼촌의 입에서 나온 말들이다) 등의 극찬을 늘어놓았다. 그러는 동안 삼촌의 얼굴은 자기만족에 가득 찬 미소로 빛났고, 두 눈은 아이 같은 장난기로 반짝거렸다. 나는 겉으로 보이는 그런 혼란스러움이 결국 그의 내부, 즉 부산한 정신 작용의 외부적 표출임을 깨달았다. 삼촌은 그 유명한 '콩 증명법'을 완벽하게 기억하고 있었다. 그리고 그 기억으로 인한 자긍심으로 흡족해하고 있었다.

삼촌과 관련해서 이전에는 생각지도 못했던 여러 가능성에 대해 몰두한 결과 나는 몇 가지 확신을 얻었다.

삼촌이 '골드바흐의 추측'을 포기한 이유를 놓고 새미와 첫 토론을 벌일 때, 우리는 그것이 일종의 피로, 즉 과학이라는 전쟁터에서 헛된 공격이 수년 동안 반복되며 쌓인 고단함의 극단적 표출이라고 생각했다. 가엾은 삼촌은 매번 패하면서도 도전하고 또 도전하다가 마침내 회복 불가능할 정도로 지쳤고, 억지스러운 변명이기는 하지만 쿠르트 괴델이 손쉬운 유혹의 손을 뻗치자 그만 포기하고 말았던 것이다.

그런데 흥분에 들떠 콩들을 만지작거리는 삼촌의 모습을 보니 훨씬 더 흥미로운 새 시나리오가 떠올랐다. 이전에 생각했던 것과 완전히 다른 각도에서 따져 본다면 이런 의문에 봉착할 수 있다. 요컨대 삼촌이 과연 자신의 연구가 절정에 이른 그 시점에서 그처럼 쉽게 물러설 수 있었겠느냐는 것이다. 어쩌면 삼촌은 정확히 그 시기에 스스로 문제를 풀 준비가 되었다고 생각하지 않았을까?

문득 튜링이 찾아오기 직전의 시기에 대해 삼촌이 했던 말이 떠올랐다. 그 말을 들었을 때만 해도 나는 그것이 얼마나 중요한지 미처 깨닫지 못했다.

삼촌은 분명히 1933년 봄, 케임브리지에 머무는 동안 그 어느 때보다도 심한 절망감과 자기 회의에 시달렸다고 말했다. 그러면서도 이를 '최후의 승리 앞에 놓인 피할 수 없는 시련'이라느니 '위대한 발견을 위한 고통'이라는 식으로 표현했다. 게다가 조금 전에 그는 또 뭐라고 말했던가. '가장 중대한 성과'라느니 '가장 독창적이며 완전히 새로운 성과'라고 하지 않았던가! 아니, 이럴 수가! 삼촌이 수학을 포기한 원인은 피로니 절망감이니 자기 회의 따위가 아니었을 수도 있다! 그 최후의 승리를 향한 마지막 위대한 도약을 남겨 두고 겁을 낸 것일 수도 있다!

그 같은 결론으로 너무나 흥분한 나머지 나는 전술적으로 적합한 순간까지 더 기다릴 수 없었다. 나는 곧장 공격에 들어갔다.

"이제 알겠어요."

내 말투는 마치 죄를 추궁하는 것 같았다.

"그러니까 삼촌은 그 유명한 '파파크리스토스 콩 증명법'을 아주 높이 평가하고 계시군요."

삼촌은 잠자코 생각에 몰두해 있었다. 따라서 내 말이 접수되기까지 얼마간의 시간이 걸렸다.

"물론 높이 평가하고 있지. 이제 보니 너 아주 굉장한 식견이 있구나."

삼촌이 거만하게 말했다.

"하지만 하디나 리틀우드는……."

나는 첫 번째 일격을 가하려고 두 사람을 끄집어냈다. 곧 예상했던 반응이 나타났다. 아니, 예상했던 것보다 훨씬 큰 반응이 나왔다.

"야, 콩 따위로 '골드바흐의 추측'을 증명할 수 있을 것 같아? 절대 그럴 수 없어!"

다소 퉁명스럽고 상스러운 그 말투는 분명 리틀우드를 흉내 낸 것이었다. 이어서 삼촌은 그 불멸의 수학 콤비 중 나머지 한 사람에 대해서도 그 특유의 여성스러움을 흉내 내며 잔인하게 조롱했다.

"자네 실력에 비해 너무 초보적이지 않아? 유치한 것도 같고 말이야."

삼촌은 주먹으로 맨틀피스를 탕탕 쳤다. 그러면서 몹시 흥분한 상태로 소리쳤다.

"망할 놈의 하디! 감히 내 기하학적 증명법을 두고 뭐, 유치하다고? 제대로 이해하지도 못하는 주제에 뭐가 어떻다고 떠들어!"

"삼촌, 진정하세요. 하디를 두고 망할 놈이라니, 그건 좀 심한……."

삼촌이 격분해서 다시 주먹질을 해 대는 바람에 나는 말을 하다가 말았다.

"망할 놈이야, 그놈은! 게다가 그 자식은 동성연애자라고! 뭐, 위대하신 G. H. 하디? 정수론의 왕? 흥, 웃기고 있네!"

평소의 삼촌과 전혀 다른 모습에 숨이 다 막힐 지경이었다.

"삼촌, 제발 좀 진정하세요. 어떻게 그런 심한 말을 하실 수 있어요!"

"심하긴 뭐가 심해? 나는 사실을 말하고 있을 뿐이야!"

나는 깜짝 놀랐으면서도 한편으로는 떨 듯이 기뻤다. 내 눈앞에는 마치 마술인 양 완전히 새로운 사람이 서 있었기 때문이다. 유명한 '콩 증명법'과 함께 그의 오래된 자아(혈기 왕성한 젊은 시절의 자아)가 마침내 고개를 쳐든 것일까? 페트로스 삼촌의 격앙된 목소리를 들은 것은 그때가 처음이었다. 어쩌면 그것은 삼촌의 진짜 목소리인지도 모를 일이었다. 내가 오랫동안 보아 왔던 그 부드럽고 점잖은 모습 역시 삼촌의 진면목이 아닐지도 몰랐다. 어쩌면 괴벽과 강박관념이야말로 젊은 시절 강한 집념과 패기로 넘쳤던, 뛰어난 수학자로서의 삼촌이 지닌 성향일 수도 있었다. 그랬다. 그것이 삼촌의 원래 성향이었다. 어떻게 보면 동료들에 대한 적의와 스스로에 대한 긍지야말로 천재가 지닌 양면적 특성일 터였다. 그렇다고 볼 때 삼촌의 자만심과 동료에 대한 적의는 새미가 진단한 바 있는 삼촌의 으뜸가는 죄인 '오만'에 정확하게 들어맞았다.

끝까지 가 볼 작정으로 나는 일부러 심드렁한 말투로 이렇게 말했다.

"하디가 동성연애자냐 아니냐는 중요하지 않아요. 삼촌의 '콩 증명법'에 대한 하디의 솔직한 견해에 관해 주목해야 할 점은 그가 위대한 수학자였다는 사실이라고요!"

페트로스 삼촌의 얼굴은 이제 진홍빛으로 변해 있었다.

"말도 안 되는 소리! 위대한 수학자라고? 그렇다면 어디 한번 증명해 보라고 해!"

삼촌이 화난 목소리로 소리쳤다.

"뭘 또 증명해요? 그가 위대하다는 건 그의 이론들이 이미 다 증명했는데……."

나는 다소 거만하게 말했다.

"증명했다고? 그자의 무슨 이론이 증명했다는 거야?"

나는 하디의 저서에서 기억하고 있는 두어 개의 이론을 예로 들었다.

"고작 그거야!"

삼촌이 무섭게 소리 질렀다.

"그것들은 식료품 가게에서 계산할 때나 필요할 단순한 산수들이잖아! 그런 거 말고 없어? 뛰어난 통찰력에서 나온 진정한 수학은 없냐이 말이야! 그래, 너는 못 댈 거다. 그런 건 애초에 없으니까!"

삼촌은 이제 통제 불능 상태였다.

"자, 있으면 어디 한번 말해 봐. 그 동성연애자가 저 착한 리틀우드나 불쌍한 라마누잔의 도움 없이 혼자 증명한 이론이 있으면 한번 대 보라고. 그 자식이 발표한 이론은 하나같이 남들 손을 거친 거야!"

점점 더 추악해지는 삼촌의 말투는 내게 고지가 얼마 남지 않았음을 알려 주는 신호나 마찬가지였다. 조금만 더 그의 화를 돋운다면 별다른 문제없이 고지에 오를 수 있을 것 같았다.

"정말 왜 이러세요, 삼촌!"

나는 짐짓 거만한 목소리로 소리쳤다.

"위신을 좀 지키세요! 아무리 그러셔도 하디의 이론이 삼촌의 연구보다 더 중요하다는 건 부인할 수 없는 사실이잖아요!"

"뭐가 어쩌고 어째? 그 인간의 이론이 내 '골드바흐의 추측'보다 더 중요하다는 거야?"

삼촌이 버럭 소리를 질렀다. 순간 나도 모르게 웃음이 터져 나왔다.

"삼촌은 '골드바흐의 추측'을 증명하지도 못했잖아요?"

"그래, 증명하진 못했지. 하지만……."

삼촌은 말끝을 흐렸다. 자신이 의도한 것 이상으로 말을 해 버렸다고 생각하는 모양이었다.

"맞아요, 삼촌은 증명하지 못했어요. 하지만 뭐죠?"

나는 계속 삼촌을 추궁했다.

"삼촌, 어서 말씀을 마저 해 보세요! 증명은 못했지만 근처까지는 간 건가요? 네? 그랬나요?"

갑자기 삼촌은 자신이 햄릿이고, 나는 그 아버지의 망령이라도 되는 듯 나를 뚫어지게 쳐다보았다. 그래, 지금이 아니면 기회는 다시 오지 않는다. 순간 나는 자리에서 벌떡 일어섰다.

"말해 보세요, 삼촌!"

어느새 나는 울부짖고 있었다.

"저는 아버지나 아나기로스 삼촌이나 할아버지와 달라요! 저는 수학을 좀 안다고요! 그러니 저한테 괴델과 불완전성 정리에 대해 그 말도 안 되는 거짓말은 하지 마세요! 삼촌은 제가 '직관을 통해 골드바흐의 추측이 증명 불가능하다는 것을 깨달았다.'는 삼촌 말을 곧이곧대로 믿을 거라고 생각하세요? 천만에요! 저는 처음부터 그게 삼촌이 실패를 덮어 두기 위한 감상적인 변명에 불과하다는 걸 훤히 알고 있었어요. 이를테면 그건 '신 포도'였던 거예요!"

삼촌은 너무 놀랐는지 입을 다물지 못했다. 그쯤에서 나는 죽은 자의 망령에서 천사의 환영으로 탈바꿈했다.

"저는 모든 걸 알고 있어요, 삼촌!"

나는 강하게 밀고 나갔다.

"그 문제를 거의 증명할 뻔하셨던 거죠? 거의 마지막 단계에 다다랐던 거 아닌가요? 제 말이 맞나요?"

내 목소리는 허밍으로 부르는 엄숙한 성가처럼 들렸다.

"거의 마지막 단계까지 가서 삼촌은 겁이 났던 거예요. 두려웠던 거죠. 안 그래요, 삼촌? 도대체 무슨 일이 있었던 거예요? 의지가 약해지셨나요? 아니면 최후의 결론을 보기가 무서우셨던 건가요? 어느 쪽이든 그건 다 삼촌 자신의 잘못이었어요. 수학의 불완전성 때문이 아니었다고요!"

내 마지막 말에 삼촌이 주춤했다. 나는 끝까지 파헤쳐 봐야겠다는 생각에서 삼촌의 어깨를 부여잡고는 얼굴에 대고 소리쳤다.

"그냥 받아들이세요, 삼촌! 삼촌 자신을 위해서라도 그래야만 해요! 삼촌의 그 용기와 뛰어난 두뇌, 그 외롭고 헛된 지난날들을 생각해서라도 받아들이세요! '골드바흐의 추측'을 증명하지 못한 것은 다 삼촌 탓이라고 말예요. 만일 성공했더라면 그 영광도 모두 삼촌에게 돌아가겠죠. '골드바흐의 추측'은 증명 가능한 것이었고, 삼촌은 처음부터 그 사실을 알고 있었어요. 다만 증명할 수 없었던 것뿐이었죠. 삼촌은 증명에 실패한 거예요. 실패한 거라고요. 아셨어요? 이젠 진실을 받아들이세요, 삼촌!"

나는 숨이 차올랐다.

페트로스 삼촌은 잠시 눈을 감은 채 몸을 떨었다. 나는 그가 죽어 간다고 생각했다. 그러나 삼촌은 곧 생기를 되찾았다. 어느새 그의 내면의 혼란은 뜻밖에도 부드럽고 편안한 미소로 바뀌어 있었다.

마침내 나도 삼촌을 따라 웃었다. 우리는 그야말로 순박하게 웃었다. 그토록 사납고 날카로웠던 내 고함은 기적처럼 목적을 달성한 듯했다. 사실 그 순간 나는 삼촌의 다음 대사가 이렇게 나오리라고 예상했다.

'그래, 네 말이 맞다. 나는 증명에 실패했단다. 인정하마. 나를 도와줘서 정말 고맙다, 내가 가장 아끼는 조카야. 이젠 행복하게 눈감을 수 있겠구나.'

그러나 그런 예상은 여지없이 빗나가고 말았다. 삼촌은 대뜸 이렇게 말했다.

"가서 콩 5킬로그램만 가져올래?"

순간 나는 어안이 벙벙했다. 이제 삼촌이 망령, 내가 햄릿이 될 차례였다.

"머, 먼저 얘, 얘기를 마저 끝내야죠."

너무 당황한 나머지 나는 말까지 더듬거렸다. 그래도 삼촌은 끝까지 고집을 부렸다.

"콩을 좀 더 갖다 다오!"

삼촌의 목소리는 견딜 수 없을 정도로 불쌍하게 들렸고, 결국 나는 그 앞에 무너져 버렸다. 잘되었든 못되었든 삼촌으로 하여금 강제로라도 자신의 자아와 직면하게 하려던 내 계획은 시도 단계에서 무산되고 말았다.

시골에서, 더구나 사람들이 식료품을 살 리 없는 한밤중에 콩을 사는 일은 내 사업가적 수완을 향상시키는 데는 가치 있는 도전이었다. 나는 음식점들을 돌아다니며 요리사들을 설득했고, 결국 그들의 식품 창고에 쌓여 있던 콩들을 여기서 1킬로그램, 저기서 500그램 식으로 얻어 필요한 양만큼 채워 나갔다(아마도 그 콩 5킬로그램은 세상에서 가장 비싼 콩이었을 것이다).

내가 에칼리에 도착했을 때는 자정이 넘어 있었다. 그럼에도 페트로스 삼촌은 정원 대문 앞에 서서 나를 기다리고 있었다.

"늦었구나!"

그것이 여기저기 돌아다니다 온 내게 삼촌이 건넨 인사의 전부였다.

나는 삼촌이 극심한 혼란 상태에 놓여 있다는 것을 눈치챌 수 있었다.

"괜찮으세요, 삼촌?"

"이게 내가 부탁한 그 콩이냐?"

"네, 그런데 무슨 일 있어요? 왜 이러고 계세요?"

아무런 대답 없이 삼촌은 내 손에서 콩 자루를 낚아챘다.

"고맙다."

삼촌은 그렇게 말하고 문을 닫으려 했다.

"저는 들어가면 안 되나요?"

내가 당황하며 물었다.

"너무 늦었어."

그러나 나는 삼촌에게 무슨 일이 벌어지고 있는지 알기 전에는 물러설 수 없었다.

"수학 얘기 안 하셔도 괜찮아요. 체스나 한 판, 아니면 허브차라도 한 잔하면서 식구들 얘기나 하죠, 삼촌."

"안 돼. 잘 가라."

삼촌은 딱 잘라 거절했다. 그러고는 집 안으로 재빨리 들어가 버렸다.

"다음 수업은 언제죠?"

삼촌의 등에 대고 내가 소리쳤다.

"진화하나."

집으로 들어간 삼촌은 문을 쾅 닫아 버렸다.

나는 삼촌을 다시 불러내어 괜찮은지 확인해 봐야 할지 말아야 할지 고민하면서 한참 동안 그 자리에 서 있었다. 삼촌이 고집불통이라는 사실을 잘 알고 있어서 나로서는 더 어쩔 수 없었다. 게다가 그날 밤 나는 수업과 콩을 사러 돌아다닌 일 때문에 지칠 대로 지쳐 있었다.

아테네로 돌아오는 길에 나는 양심의 가책에 시달렸다. 처음으로 일련의 내 행동에 회의가 든 것이다. 내 오만한 태도는 진정 페트로스 삼촌을 정신적으로 치유하겠다는 순수한 의도에서 나온 것이었던가? 혹시 나 자신의 욕구, 요컨대 사춘기 자아에 정신적 충격을 안겨 준 삼촌에게 복수하기 위해서 그랬던 것은 아니었을까? 설령 그랬다 하더라도 나는 무슨 권리로 그 불쌍한 노인의 얼굴을 과거의 환영으로 덮어씌울 수 있다는 말인가? 그래도 되는가? 과연 나는 이 용서받을 수 없는 어리석음의 결과에 대해서 심각하게 생각해 본 적이 있었던가?

집에 도착할 때까지도 그러한 의문들에 대한 해답을 찾지 못한 나는 도덕적 오명으로부터 스스로를 합리화하기 시작했다. 내가 페트로스 삼촌에게 안겨 준 고통은 결국 그를 구원의 길로 들어서게 하는 필수불가결한 단계였다. 다만 내 이야기가 삼촌이 한 번에 소화하기에는 너무 벅찬 것이었을 뿐이다. 가련한 삼촌은 조용히 내 말을 반추해 볼 기회가 필요했던 것이다. 삼촌은 내 앞에서 인정하기에 앞서 스스로 자신의 실패를 인정해야 했다. 그래서 나를 집 안으로 들이지 않았던 것이다.

그런데 그것이 사실이라면, 5킬로그램의 콩은 도대체 왜 필요한 것일까?

내 머릿속에 하나의 가설이 떠올랐다. 하지만 그것은 너무 엉뚱한 것이라서 진지하게 생각하지 않았다. 적어도 다음 날 아침까지는.

이 세상에서 진실로 새로운 것은 없다. 인간 정신이 빚어낸 지극히 고상한 연극 또한 마찬가지다. 겉보기에는 상당히 독창적으로 보이는 연극도 자세히 들여다보면, 이전에 이미 상연된 것임을 깨닫게 된다. 물론 다른 인물에, 전보다 나은 형태로 여러 장치를 가미해서 변화를 꾀했겠지만, 주제나 기본 줄거리는 옛것의 반복에 불과하다.

페트로스 파파크리스토스가 살던 시절의 연극은 수학의 역사로부터 세 개의 에피소드를 끌어와 하나의 제목 아래 묶여서 상연되었다. 이를테면 '유명한 문제에 대한 저명한 수학자들의 신비로운 해법'*이 그것이다.

대부분의 사람들은 수학에서 가장 유명한 미해결 문제들이 다음 세 가지라는 점에 동의한다.

* 돌팔이 학자들이 주장하는 유명한 문제에 대한 '신비로운 해법'은 사실상 하찮은 것에 지나지 않는다. - 원주

① 페르마의 마지막 정리

② 리만의 가설

③ 골드바흐의 추측

그런데 페르마의 마지막 정리의 경우, 페르마 자신이 이를 세상에 내놓았을 때부터 이미 '신비로운 해법'은 존재했다. 1637년 당시 디오판토스의 《산학》을 연구 중이던 피에르 드 페르마는 그 자신이 갖고 있던 복사본의 가장자리, 즉 $x^2+y^2=z^2$이라는 피타고라스의 정리를 다룬 명제 Ⅱ-8의 바로 옆 부분에 다음과 같은 메모를 남겼다.

> 세제곱한 수는 두 개의 세제곱 항의 합으로 나타낼 수 없으며,
> 네제곱도 두 개의 네제곱 항의 합으로 나타낼 수 없다.
> 일반적으로 제곱을 제외한 나머지 거듭제곱들은 같은 지수를 갖는
> 두 개의 항으로 나타낼 수 없다.
> 내가 이 법칙에 대한 실로 놀라운 증명법을 발견하기는 했지만
> 지면이 좁아 여기에 다 적을 수 없다.

페르마가 세상을 뜬 후 그의 아들은 아버지의 메모들을 모아 책으로 출간했다. 그러나 그 어디에서도 페르마가 언급한 '데몬스트라티오 미라빌리스demonstratio mirabilis', 즉 '놀라운 증명법'은 찾을 수가 없었다. 또한 이에 대한 후대 수학자들의 연구 역시 허사로 돌아갔다.*

* 페르마의 마지막 정리는 놀랍게도 1993년에 증명되었다. 게르하르트 프라이가 먼저 타원 곡선에 대한 '타니야마-시무라의 예측'이 사실이라면 페르마의 마지막 정리

결국 신비로운 해법의 존재 여부에 대한 역사의 판단은 '불확실하다'는 것이다. 오늘날 대부분의 수학자들은 페르마가 정말 그 증명법을 발견했는지조차 의심스러워하고 있다. 이에 대한 최악의 설은 그가 의도적으로 거짓말을 했다는 것이다. 요컨대 페르마는 자신의 추측을 증명해 내지 못했으며, 그 복사본의 가장자리에 남긴 메모 또한 허풍에 불과하다는 이야기다. 이와 유사한 것으로, 페르마가 실수한 것이라는 이야기도 있다. 따라서 발견되지 않은 오류를 지닌 그 놀라운 증명법은 불완전할 수밖에 없다는 것이다.

리만의 가설의 경우, 그 신비로운 해법은 사실 G. H. 하디가 지어낸 형이상학적이면서도 어떤 면에서는 현실적인 우스갯소리다. 여기에 얽힌 이야기는 다음과 같다.

당시 철저한 무신론자였던 하디는 배를 타고 사나운 폭풍이 부는 해협을 횡단하려고 준비하던 중, 자신의 동료에게 '리만의 가설에 대한 증명법을 발견했다.'는 내용의 엽서 한 장을 보냈다. 그런데 하디는, 신이 자신에게는 그 증명법을 발견한 데 따른 영예로운 상을 허락하지 않을 것이라는 모호한 이유를 대면서 자신의 주장이 잘못되었음을 드러내기 위해서라도 자신을 안전하게 도착하도록 했다는 것이다.

'골드바흐의 추측'과 관련해서 신비로운 해법은 이렇게 삼중주로 완

가 증명될 수 있을 것이라고 제안했고, 켄 리벳이 이를 증명했다. 앤드루 와일스는 리벳의 작업을 바탕으로 '타니야마-시무라의 예측'을 증명해, 그 따름정리로서 페르마의 마지막 정리를 얻은 것이다. 그가 맨 처음 발표한 증명에는 결정적인 결함이 있었는데, 1995년 리처드 테일러와 함께 그 결함을 보완했다. - 원주

결된다.

삼촌과 마지막 수업을 한 다음 날 아침, 나는 삼촌에게 전화를 걸었다. 그 무렵 내가 마구 우겨서 삼촌 집에 전화를 설치했고, 그 전화번호를 아는 사람은 오직 나뿐이었다.

전화를 받는 삼촌의 목소리는 부드럽하면서도 무척 멀게 느껴졌다.

"무슨 일이냐?"

"그냥 안부 인사차 전화했어요. 그리고 죄송하다는 말씀을 드리려고요. 어젯밤엔 제가 너무 버릇없이 굴었죠?"

아무런 응답이 없었다. 한참 후에야 삼촌의 목소리가 들려왔다.

"나는 지금 바쁘다. 다음에 얘기하자. 다음 주쯤……."

나는 삼촌의 냉랭한 태도가 나 때문에 화가 나서이며(사실 그럴 만한 충분한 이유가 있었으니까) 단순히 그 화를 표현한 것뿐이라고 믿고 싶었다. 그러나 밀려드는 불안감은 나를 사정없이 괴롭혔다.

"무슨 일 때문에 바쁘세요?"

나는 물러나지 않았다. 도저히 그럴 수 없었다.

또다시 침묵이 이어진 끝에 삼촌의 목소리가 들려왔다.

"다음번에 얘기하자고 했잖아?"

삼촌이 전화를 끊으려고 했기 때문에 나는 반사적으로 지난밤 내내 품고 있었던 생각을 불쑥 내비치고 말았다.

"삼촌, 이젠 다시 연구는 안 하실 거죠?"

삼촌은 짧게 한숨 소리를 토해 냈다.

"누, 누가 그러던?"

삼촌의 목소리는 쉬어 있었다. 나는 짐짓 태연한 척했다.

"삼촌, 제발 이젠 저를 믿고 솔직하게 털어놓으세요!"

찰칵 하는 소리와 함께 침묵이 이어졌다. 역시 내 추측이 들어맞았다. 삼촌은 완전히 미쳐 버린 것이다. 그는 정말로 '골드바흐의 추측'을 증명하려 하고 있었다!

나는 양심의 가책으로 고통스러운 나날을 보내야만 했다. 도대체 내가 무슨 짓을 했단 말인가! 인간이란 진정 진리 앞에서는 잠자코 있지 못하는 존재인가? 쿠르트 괴델을 두고 새미가 내린 그 결론은, 다른 방향에서이기는 하지만 페트로스 삼촌에게도 정확히 들어맞았다. 내가 그를 극한까지, 아니 그 이상까지 몰고 갔던 것은 틀림없는 사실이었다. 나는 의도했던 대로 정확히 그의 아킬레스건을 공격했다. 삼촌에게 자신을 직시하도록 하겠다는 내 어리석은 고집은 그의 마지막 방어벽마저 허물어뜨리고 말았다. 나는 삼촌이 그동안 정성 들여 쌓아 놓은 실패에 대한 자기 합리화, 그 불완전성의 원리를 부주의하고 무책임하게 짓밟았던 것이다.

그러나 나는 이미 산산이 부서져 버린 삼촌의 자아상을 대신할 만한 그 어떤 것도 준비해 놓지 못했다. 삼촌의 그 예상 밖의 반응은 자신의 실패를 드러내는 일이(나에게보다도 그 자신에게) 얼마나 견디기 힘든지를 보여 주는 것이었다. 소중히 간직해 두었던 실패에 대한 변명마저 철저히 파헤쳐진 상황에서 이제 그에게 남은 길은 단 하나뿐, 미쳐 버리는 것이었다. 미치지 않고서야 어떻게 70대의 끄트머리에서, 한창때도 하지 못했던 증명을 하려고 든단 말인가! 정신이 완전히 나간 상태가 아니라면 어떻게 그런 무모한 짓을 감행할 수 있겠는가!

나는 불안감에 사로잡힌 채 아버지의 사무실을 찾아갔다. 페트로스 삼촌과 나만의 동맹 관계에 아버지를 끌어들이고 싶은 마음은 추호도 없었지만, 일단 무슨 일이 있었는지에 대해서는 알려야 했다. 어쨌든 아버지는 페트로스 삼촌의 동생이었고, 가족들도 삼촌이 앓고 있는 심각한 병에 대해 알 권리는 있으니까. 나는 아버지에게 삼촌이 그 같은 위기 상황을 맞도록 한 것에 대해 죄의식을 느낀다고 말했다. 그러자 아버지는 말도 안 되는 소리라며 내 말을 일축해 버렸다. 파파크리스토스 가문의 전통에 따라 우리가 걱정해야 할 유일한 경우는 외부적인 요인에 의해 주식이 폭락하는 것일 뿐, 개인의 정신 상태에 대한 책임은 모두 스스로의 몫이라는 것이었다. 아버지는 그러면서 삼촌의 행동은 어렸을 때부터 늘 이상했으며, 그렇기 때문에 그의 기행에 지나지 않는 일을 가지고 심각하게 생각할 이유는 전혀 없다고 말했다.

"사실은 네가 방금 말했던 증상들, 그러니까 네 큰삼촌이 얼이 빠져 있는 듯하고, 자기도취에다 갑작스런 심경의 변화까지 보였다느니, 한밤중에 콩을 사 오라고 시켰다는 등의 병적인 현상은 20대 후반 내가 뮌헨을 방문했을 때 그가 보였던 행동과 별반 다를 게 없어. 그래, 그때도 네 삼촌은 미친 사람처럼 굴었지. 우리가 근사한 레스토랑에서 소시지를 먹는 동안 그는 마치 의자에 못이라도 박혀 있는 듯 좌불안석이었고, 정신병자처럼 얼굴을 씰룩거렸어."

"그게 증명이에요Quod Erat Demonstrandum! 바로 그거라고요. 삼촌은 다시 수학을 하고 있어요. '골드바흐의 추측'에 다시 매달리고 있다고요. 그 나이에 이건 말도 안 되는 행동이잖아요."

아버지가 어깨를 들썩이며 말했다.

"그건 어떤 나이에도 말이 안 되는 행동이야. 그런데 너는 대체 뭘 걱정하는 거니? 네 큰삼촌은 '골드바흐의 추측' 때문에 망가질 대로 망가졌어. 그러니 이제 더 망가질 일은 없을 거야. 나쁜 일도 생기지 않을 거고."

그러나 나는 아버지의 말에 쉽게 동의할 수 없었다. 사실 나는 최악의 상황들이 아직도 많이 남아 있다는 것을 예감했다. '골드바흐의 추측'이 되살아나면서 삼촌의 충족되지 못한 열정을 부채질하고, 그의 내부 어딘가에 깊이 숨겨진 치유되지 못한 끔찍한 상처를 더욱 악화시킬 터였다. 어리석게도 그 케케묵은 문제를 다시 건드리다니, 아무리 생각해도 그것은 좋지 않은 징조였다.

그날 저녁 나는 에칼리로 차를 몰았다. 삼촌의 집 밖에다 구식 폭스바겐 비틀을 세워 놓은 나는 재빨리 정원을 가로질러서 벨을 눌렀다. 아무런 응답이 없었다. 나는 냅다 소리를 질렀다.

"삼촌, 문 좀 여세요! 저예요!"

잠시 나는 최악의 사태를 상상했다. 다행히 조금 지나자 창문 쪽으로 삼촌의 모습이 보였다. 삼촌은 나를 향해 알 듯 모를 듯한 시선을 던졌다. 삼촌의 눈에는 평소 나를 만날 때 보이던 기쁨, 놀람, 반가움 따위의 감정이 들어 있지 않았다. 그저 무심히 바라볼 뿐이었다.

"잘 지내셨어요? 그냥 인사나 하려고 들렀어요."

내가 말했다.

일상의 근심거리와는 전혀 상관없는 듯 고요하게만 보이던 삼촌의 얼굴은 심하게 경직되어 있었고, 살갗은 창백해져 있었다. 게다가 잠을 못 이루었는지 눈은 붉게 충혈되어 있었으며, 이마에는 근심에 찌든 주름이 깊게 패어 있었다. 면도를 하지 않은 모습도 처음이었다. 눈동자 또한 멍하니 초점이 없었다. 나를 알아보기나 하는 것인지 의심스러울 정도였다.

"삼촌, 제발! 삼촌이 가장 아끼는 조카한테 문 좀 열어 주세요!"

나는 바보처럼 웃으며 애원했다.

창문에서 삼촌의 모습이 사라지는가 싶더니 잠시 후 문이 열렸다. 그러나 잠옷 바지에 잔뜩 구겨진 조끼 차림의 삼촌은 입구에 서서 내 앞을 가로막았다. 나를 절대 안에 들여놓지 않을 듯한 태세였다.

"괜찮으세요, 삼촌? 제가 얼마나 걱정했다고요."

"왜 내 걱정을 하지?"

삼촌이 애써 아무렇지도 않은 목소리로 말했다.

"난 괜찮다."

"정말이에요?"

"정말이고말고."

삼촌은 내게 힘차게 손짓하며 가까이 오라는 신호를 했다. 이윽고 그는 불안에 찬 시선으로 잽싸게 주위를 휘둘러보더니 입술이 거의 내 귀에 닿을 정도로 몸을 바짝 붙여 왔다. 그러고는 속삭였다.

"나, 다시 봤다."

나로서는 도무지 이해할 수 없는 말이었다.

"뭘 보셨는데요?"

"그 쌍둥이 소녀! 2^{100}!"

나는 예전에 삼촌이 꿈에서 보았다고 했던 그 괴이한 환영을 기억해냈다.

"그래요?"

최대한 태연한 척하며 나는 이렇게 덧붙였다.

"다시 수학 연구를 하고 계시니 수학에 관한 꿈을 꾸시는 건 당연하죠. 이상할 게 없는데요."

나는 한 걸음 앞으로 나아가기 위해(비유적으로든 말 그대로든) 삼촌에게 계속 말을 걸었다. 나로서는 삼촌이 도대체 어떤 상태에 놓여 있는지 기필코 알아야만 했다. 나는 궁금해서 미치겠다는 표정을 지으며 물었다.

"그래서 어떻게 됐어요? 그 소녀들이 삼촌한테 말을 걸었나요?"

"그래, 그 소녀들이 나한테……."

삼촌의 목소리가 갑작스레 작아지더니 곧 아무 말도 들리지 않았다. 너무 많은 것을 말해 버렸다고 깨닫고는 입을 다문 것이 아닐까 싶었다.

"무슨 말을 했어요? 해결의 실마리라도 주던가요?"

삼촌은 다시금 나를 의심하기 시작했다.

"아무한테도 말하지 마라."

삼촌은 나한테 다짐을 받아 내고야 말겠다는 투로 말했다.

"절대 말하지 않을게요, 삼촌."

그런데 삼촌이 문을 닫으려고 했다. 삼촌의 상태가 아무래도 심각해 보였다. 조만간 위급한 일이 터질 것 같았다. 나는 문고리를 잡고 문을 밀었다. 내가 힘을 주는 걸 눈치챈 삼촌은 긴장한 채 부득부득 이를 갈았다. 내가 들어오는 것을 막으려고 애를 쓰고 있었던 것이다. 삼촌의 얼굴은 절망으로 일그러져 있었다. 이런 실랑이가 삼촌에게 무리가 아닐까 하는 생각에(삼촌의 나이는 여든에 가까웠다) 나는 마지막으로 세게 밀고는 그 상태에서 잠자코 서 있었다. 그러다 급기야 이렇게(이는 내가 삼촌에게 할 수 있는 말 중에서 가장 어처구니없는 말이었다) 소리쳤다.

"쿠르트 괴델을 생각해 봐요, 삼촌! 불완전성 정리를 생각해 보시라고요. 골드바흐의 추측은 증명 불가능한 거예요!"

순간 삼촌의 표정이 절망에서 분노로 바뀌었다.

"망할 놈의 괴델! 빌어먹을 불완전성 정리!"

삼촌은 큰 소리로 울부짖었다. 그러다 갑작스레 솟아오른 힘으로, 내 저지에도 불구하고 눈앞에서 '탕!' 하고 문을 닫아 버렸다.

나는 계속 초인종을 누르고 주먹으로 문을 두드리면서 소리를 질러 댔다. 협박에 설득, 애원까지 동원해 보았다. 하지만 다 소용없는 일이었다. 그런데 공교롭게도 10월의 폭우가 쏟아졌다. 나는 삼촌이 미쳤든 그렇지 않든 나를 불쌍히 여겨 곧 안으로 들이기를 간절히 원했다. 그러나 문은 끝까지 열리지 않았다. 나는 근심에 휩싸인 채 비를 흠뻑 맞았다.

에칼리를 떠난 나는 곧장 우리 가족의 주치의를 찾아가 삼촌의 병세를 설명했다. 의사는 비단 (삼촌의 방어에 맞서 내가 부당하게 침입하려는 탓에 발생할 수도 있는) 정신적 장애가 아니더라도 두어 가지 건

강상의 문제가 그런 변화를 일으킬 수 있다고 말했다. 의사와 나는 다음 날 아침 삼촌을 찾아가 철저하게 검진하기로 했다.

그날 밤, 나는 도무지 잠을 이룰 수 없었다. 폭우는 더욱 거세졌고, 시간은 어느덧 2시를 넘기고 있었다. 페트로스 삼촌이 수많은 잠 못 이루는 밤에 그랬던 것처럼 나 역시 체스판 앞에 쭈그리고 앉아 최근 세계 체스 챔피언 대회에서 벌어졌던 게임을 분석해 보기로 했다. 그러나 삼촌에 대한 걱정으로 좀처럼 집중할 수가 없었다.

그런데 체스판 앞에서 끙끙거리던 바로 그날 밤, 느닷없이 전화벨이 울렸다. 나는 직관적으로 삼촌으로부터 온 전화임을 알았다. 비록 전화기를 설치한 이래 단 한 번도 전화를 걸어 본 적이 없는 삼촌이었지만.

나는 재빨리 뛰어가서 수화기를 들었다.

"너냐?"

삼촌이었다. 목소리가 흥분되어 있었다.

"네. 저예요, 삼촌. 무슨 일이죠?"

"당장 누굴 좀 보내 줘야겠다. 빨리!"

나는 깜짝 놀랐다.

"누구 말씀이세요? 의사요?"

"의사는 무슨 얼어 죽을 의사야? 수학자를 보내!"

나는 우선 삼촌의 비위부터 맞추기 위해 농담을 늘어놓았다.

"그럼 저 말씀인가요? 제가 바로 수학자잖아요, 삼촌. 당장 갈게요! 대신 이번엔 문을 꼭 열어 주신다고 약속하세요. 제가 폐렴에라도 걸리면……."

내 농담을 들어 줄 여유가 없었는지 삼촌이 다급하게 말했다.

"이런, 제길! 그래, 좋다. 네가 오너라. 대신 한 사람을 더 데려와야 한다!"

"다른 수학자를요?"

"물론! 증인 두 명이 필요하니까. 당장 데리고 와라!"

"그런데 왜 그 증인이 수학자여야 하는 거죠?"

나는 삼촌이 유언을 남기려고 그러는 것이 아닐까 하고 생각했다.

"내 증명을 이해할 수 있는 사람이어야 하니까!"

"증명요?"

"그래, 증명! '골드바흐의 추측'에 대한 증명 말이다, 이 멍청한 놈아!"

나는 신중하게 생각한 뒤 이렇게 말했다.

"좋아요, 삼촌. 최대한 빨리 간다고 약속할게요. 하지만 새벽 2시가 넘은 이 시간에 전화를 받을 수학자가 어디 있겠어요! 오늘 밤은 그냥 저한테 말씀하시고, 내일 다른 수학자를 데리고 갈 테니……."

"안 돼!"

삼촌이 냅다 소리를 지르며 내 말을 잘랐다.

"시간이 없어! 당장 두 명의 증인이 필요해! 빨리 데리고 와!"

삼촌은 급기야 울먹이며 애원하기 시작했다.

"얘야, 이건 정말……. 이건 정말이지……."

"정말 뭐요, 삼촌? 말씀해 보세요!"

"정말 단순해. 아주 간단한 거라고. 그동안, 헤아릴 수 없이 오랜 세월 동안 나는 어쩌면 이다지도 간단한 이치를 깨닫지 못했을까 싶구나."

"제가 당장 그쪽으로 달려갈게요."

나는 서둘러 말했다.

"잠깐! 잠깐! 자, 잠깐만 기다려!"

이제 삼촌은 완전히 혼란 상태에 빠져 버린 듯했다.

"혼자 오지 않겠다고 약속해! 다른 증인을 꼭 데려온다고 말이야! 어서……. 어서! 이렇게 애원하마! 증인을 데려와 줘! 시간이 없단 말이다!"

나는 일단 삼촌을 진정시켜야 한다고 생각했다.

"삼촌, 마음을 좀 가라앉히세요. 서두를 필요 없잖아요. 증명한 게 어디로 금방 날아가 버리는 것도 아닌데 왜 그러세요?"

"너는 이해 못해. 시간이 없어. 시간이 없다고!"

삼촌은 그렇게 외치고 나서 잠시 후 이렇게 덧붙였다.

"그 소녀들이 여기에 와 있어. 나를 데려가려고……."

그것이 삼촌이 남긴 마지막 말이었다. 그 목소리는 너무 낮아서 괴기스러운 속삭임처럼 들렸다. 마치 옆에서 통화를 엿들으려는 누군가가 있기라도 한 것 같았다.

나는 도중에 의사를 태우고 최고의 속력으로 에칼리를 향해 자동차를 몰았다. 그러나 우리가 도착했을 때는 이미 끝난 뒤였다. 의사와 나는 테라스 바닥에 널브러져 있는 페트로스 파파크리스토스의 시체를 발견했다. 벽에 상반신을 기대고 다리를 벌린 채 앉아 있는 삼촌의 얼굴은 마치 환영이라도 하듯 우리 쪽을 향해 있었다. 별안간 천둥소리에 이어 번개의 섬광이 삼촌의 얼굴을 비추었다. 순간 절대적 만족감에서 우러나온 듯한 미소가 그 얼굴에 번져 있었다(아마 이 때문에 의사는 삼촌의 사인을 뇌졸중이라고 말했던 것 같다). 삼촌의 주변에는 수백 개의 리마콩이 펼쳐져 있었다.

빗방울이 들이쳐서 평행사변형을 이루던 콩들이 여기저기 어지럽게 흩어졌다. 젖은 테라스 바닥에 놓인 콩들이 값비싼 보석처럼 반짝거렸다.

잠시 후 비가 멎으면서 젖은 흙과 소나무의 상쾌한 향기가 공기 중에 감돌기 시작했다.

삼촌과 마지막으로 나누었던 통화 내용, 그것은 '골드바흐의 추측'에 관한 페트로스 파파크리스토스의 신비로운 해법을 의미하는 것이었다.

그러나 피에르 드 페르마의 그 유명한 가장자리 메모와는 달리 '골드바흐의 추측'에 관한 삼촌의 신비로운 해법은 유능한 수학자들의 시선을 끌지 못했다. 아무도 삼촌의 시도를 계승하지 않았던 것이다(콩값 역시 오르지 않았다). 여기에는 그럴 만한 이유가 있었다. 우선 페르마의 정신 상태에 대해서는 아무도 의심하는 사람이 없었다. 그가 마지막 정리에 대해 언급했을 때, 분명히 그는 정상인이었고, 그 누구도 이 점에 대해 이의를 제기하지 않았다.

그렇지만 불행하게도 페트로스 삼촌의 경우는 달랐다. 그가 자신의 성공에 대해 장담했을 때, 그는 이미 완전히 미친 상태였다. 게다가 삼촌이 마지막으로 남긴 말은 혼돈과 그로 인한 논리의 부재를 의미하는 것으로, 흐릿한 이성이 최후의 빛을 발하다 마침내 사그라들던 순간에 나온 것이었다. 결국 삼촌의 말이 깊은 사려 끝에서가 아니라 그가 앓던 정신 착란 증세(그의 뇌는 발작에 의해 이미 파괴된 상태였고, 그로 인해 죽음에 이르렀다)에 의한 것이었음을 감안할 때, 그를 허풍쟁이나 사기꾼으로 매도하는 것은 절대적으로 부당한 일이다.

그렇다면 과연 페트로스 파파크리스토스는 생의 마지막 순간에 '골드바흐의 추측'을 증명하는 데 성공했던 것일까? 나는 개인적으로 남들의 비웃음으로부터 삼촌을 지키고 싶기 때문에 이 점에 대해서만큼은 최대한 명확하게 밝혀 두겠다. 내 공식적인 대답은 '아니요'다(내 사적인 견해는 수학의 역사와는 아무런 상관이 없으므로 나만의 비밀로 간직하고자 한다).

삼촌의 장례식에는 헬레닉 수학학회에서 화환과 함께 대표로 보내온 사람을 제외하고 가족만 참석했다.

페트로스 삼촌의 묘비에 그가 살다 간 지상에서의 시간과 함께 새긴 비문은 집안 어른들의 반대를 물리치고 내가 결정했다. 그런데 그것은 아테네 제1 공동묘지를 세상에서 가장 시적인 공간으로 만드는 비문들 중의 하나가 되었다.

2보다 큰 모든 짝수는 두 소수의 합이다.

후기

이 책을 처음 출간한 Faber & Faber 출판사에서는 이 책의 출간을 기념해 골드바흐의 추측Goldbach's Conjecture(2보다 큰 모든 짝수는 두 소수의 합으로 나타낼 수 있다.)을 증명하는 사람에게 100만 달러의 현상금을 걸었으나 아직 어느 누구도 이 난제를 해결하지 못하고 있다.

비록 그 끝이 절망일지라도…

이 책은 오스트레일리아 태생의 그리스인 작가 아포스톨로스 독시아디스의 소설 *Uncle Petros and Goldbach's Conjecture*을 우리말로 옮긴 것이다. 현재 작가 겸 연극과 영화 감독으로 활동하고 있는 저자는 열다섯 살 때 뉴욕의 컬럼비아 대학 수학과에 입학하고, 졸업 후 프랑스로 건너가 파리의 고등학문연구원에서 응용 수학 석사 학위를 받은 수학도 출신이다.

수학도든 어떻든 수학 전문가가 소설을 쓰는 일은 드물다. 수학 이론과 소설이 어우러진 책도 흔치 않다. 그런 의미에서 보면 이 책은 특별하다. 그러나 이 책이 특별한 이유를, 더욱이 35개 국어로 번역·출간될 만큼 세계적으로 인기 있는 이유를 단순히 수학 전문가가 썼고 수학 이론과 소설이 어우러졌다는 사실에서만 찾아서는 안 된다. 왜냐하면 소설 자체만을 놓고 볼 때 이 책은 읽는 이를 단숨에 사로잡는 독특한 매력을 지니고 있기 때문이다. 내용 또한 흥미진진하다.

이 소설은 '골드바흐의 추측'이라는 정수론 문제를 증명하는 데 일생을 바친 가상의 수학자 페트로스 파파크리스토스 이야기다. 골드바흐의 추측은 '2

보다 큰 모든 짝수는 두 소수의 합으로 나타낼 수 있다'는 것으로, 언뜻 보면 간단한 명제 같다. 소수는 2, 3, 5, 7, 11, 13, 17…… 같은 약수가 두 개밖에 없는 자연수를 말한다. 그리고 2보다 큰 짝수는 4=2+2, 8=3+5, 18=5+13, 30=13+17……처럼 두 소수의 합으로 나타낼 수 있다. 따라서 이렇게 보면 아주 쉬운 것 같다. 하지만 1만 정도만 해도 두 소수의 합으로 나타내는 것은 결코 쉽지 않은 일이다. 그런데 그것이 1억쯤 되면 어떻게 될까? 수학의 세계에서는 1억에서 9천9백9십9만9천9백9십9개가 맞고 단 한 개가 틀려도 그 명제는 거짓이 된다.

기실 골드바흐의 추측은 '페르마의 마지막 정리', '리만의 가설', '푸앵카레의 추측' 등과 함께 수학에서 가장 해결하기 어려운 문제로 꼽혀 왔다. 그런데 이 중 페르마의 마지막 정리는 지난 1995년 프린스턴 대학의 앤드루 와일스 교수에 의해 증명되었다. 그리고 푸앵카레의 추측도 2002년에 러시아 수학자 그레고리 페렐만이 증명해 2006년에 참으로 인정되었다. 그러나 문제가 제기된 지 260여 년이 지난 골드바흐의 추측과 145년이 지난 리만의 가설은 아직도 미해결 상태로 남아 있다.

이 소설에서 화자인 '나'의 삼촌 페트로스는 어렸을 때부터 수학에 뛰어난 재능을 보인 수학의 신동이자 천재다. 그는 초등학교 시절부터 어려운 수학 문제를 척척 풀어서 교사들을 깜짝 놀라게 했고, 고등학교 때는 대수와 기하, 삼각법의 추상적인 개념들을 줄줄이 꿰차 주위 사람들의 찬사를 한 몸에 받았다.

당연히 그의 장래는 화려하게 빛날 것으로 예상되었다.

그러나 페트로스는 두 동생에게서 '실패한 인생', '절대로 본받아서는 안 될 인생의 표본'으로 낙인찍힌다. 특히 '나'의 아버지는 수학의 역사상 가장 어려운 골드바흐의 추측을 풀기 위해 소중한 젊음과 천부적인 재능을 헌신짝처럼 내팽개친 죄를 범했다며 형인 페트로스를 맹렬히 비난한다. 그리고 남들이 풀지 못한 문제에 도전한 것이 무슨 죄냐고 항변하는 '나'에게 인생의 비결은 페트로스처럼 이루지 못할 목표가 아니라 '이룰 수 있는 목표를 세우는 것'이라고 엄숙히 선언한다.

'나'는 페트로스 삼촌의 영향으로 수학에 흥미를 갖게 된 데다 수학학회를 통해 수학의 매력에 푹 빠진 나머지 수학자가 되기로 결심한다. 그러고는 기대에 부풀어 삼촌을 찾아간다. 페트로스는 '진정한 수학자는 만들어지는 게 아니라 태어나는 것'이라면서 일단 만류한 뒤 '나'에게 타고난 수학적 재능이 있는지 없는지 알기 위해서라며 문제를 내준다. 그런데 나중에 알고 보니 그것은 바로 골드바흐의 추측을 증명하는 문제다. '나'는 그 사실을 알고 크게 분노하지만 곧 마음을 가라앉히고 삼촌의 변명을 듣기 위해 다시금 삼촌을 찾아간다. 그리고 거기서 골드바흐의 추측과 관련된 삼촌의 이야기를 듣는다.

페트로스가 골드바흐의 추측에 도전하기로 결심한 것은 첫사랑인 이졸데 때문이다. 이졸데는 페트로스의 가슴에 사랑의 불을 지펴 놓고는 야속하게도 프러시아 출신의 젊은 장교와 결혼한다. 이에 페트로스는 이졸데가 자기에게 돌아와서 무릎을 꿇고 용서를 빌도록 세상 사람들이 깜짝 놀랄 만한 성공을 하기로 결심한다. 요컨대 자신을 버리고 떠난 무정한 연인에게 복수하기 위해 가장 어려운 수학 문제인 골드바흐의 추측을 증명하려고 마음먹은 것이다.

페트로스의 이러한 발상은 어딘지 유치해 보이는데, 이어지는 그의 행동은 유치하다 못해 졸렬하기까지 하다. 그는 성공의 영광을 독차지하고 싶은 나머지 리만의 가설에 대해 공동 연구를 하자는 하디와 리틀우드의 제의를 거절한다. 또 '분할 이론 정리'라는 수학적으로 중요한 성과를 올렸음에도 다른 사람이 그것을 이용해 자기보다 먼저 골드바흐의 추측을 증명할까 봐 두려워서 발표를 미룬다.

그뿐만이 아니다. 페트로스는 자신에게 수학적 영감을 준 인도 출신의 천재 수학자 라마누잔이 죽었다는 소식을 접하고는 정수론 분야에서 라이벌이 사라진 데 대해 은근히 기뻐한다. 그리고 자신이 골드바흐의 추측을 증명하지 못한 것을 괴델의 '불완전성 정리' 탓으로 돌린다. 페트로스는 자신의 창조적인 능력의 쇠퇴를 두려워하는 한편, 자신보다 뛰어난 수학자들을 무시하고 혐오한다. 심지어 그는 자기를 가르친 하디를 나약한 동성연애자라고 매도하기까지 한다. 그런 면에서 보면 페트로스는 오만한 나머지 남을 인정할 줄 모르는 편협하기 이를 데 없는 지식인의 표상이라고 칭할 만한 인물이다. 그러나 자기가 최고라는 선민의식에 젖은 채 배타적인 언행을 일삼는 지식인의 표상일지언정 그에 대한 감정은 비난이나 힐책보다 친근감이 먼저 드는데, 이는 무언가를 이루고자 하는 열망 못지않게 절망감이 얼마나 컸으면 그랬을까 싶은 측은지심이 앞서기 때문일 것이다.

실패와 성공이라는 이분법적 관점에서 보면 페트로스의 삶은 '실패한 인생'이랄 수 있다. 하지만 끝내 이루지 못했더라도 하나의 목표를 향해 끝까지 고군분투한 삶을 실패했다고 단정할 수는 없으리라. 화자인 '나'는 "과학이란 성공뿐만 아니라 실패에 의해서도 발전되는 것"이라고 말한다. 그렇다면 페트로스 같은 사람이 있기 때문에 우리의 삶이 풍요로워지고 학문이 발전하는 것 아닐까.

꿈을 이루기 위해 도전한 것 자체만으로도 페트로스의 인생은 충분히 가치 있다. 비록 그 꿈이 불가능한 것이고, 그래서 그 끝이 절망일지라도 도전하는 삶은 가치 있고 그런 만큼 아름답다. 문제는 그 무엇에도 도전하지 않는 안이한 삶이다. 아무리 풍족하고 편안해도 그런 삶을 가치 있고 아름답다고는 할 수 없다.

우리가 아는 역사상의 위대한 인물은 모두 페트로스처럼 불가능한 것에 도전한 사람들이다. 지금 이 순간에도 불가능의 영역에 도전하는 사람들이 많을 것이다. 그런 사람들에게 경건한 마음으로 응원의 기도를 보낸다.

2014년 가을

정회성

세계 주요 수학자 연표

이 책의 주인공 페트로스 파파크리스토스는 가상의 인물이다. 그가 '골드바흐의 추측'이라는 세계의 수학 난제를 풀기 위해 일생을 바쳐 치열하게 고민한 시대는 쟁쟁한 수학자들이 활동하던 20세기 한복판이다. 이 책의 내용만으로도 '수학이 재미있다!'는 새로운 발견(?)을 했겠지만, 책 곳곳에 예고 없이 불쑥 또는 슬며시 등장하는 20세기의 수학자들이 어떤 인물인지 살펴보는 것도 또 다른 의미를 줄 것으로 생각하여 정리하였다. 또한 책의 내용을 이해하고 수학사의 흐름을 파악하는 데 도움을 주고자 기원전부터 수학의 이론을 만들며 수학의 역사를 창조해 온 주요 수학자들을 연대순으로 함께 실었다. 이 연표 이후에 쓰일 역사는 이 책을 읽는 독자가 완성할지도 모를 일이다.

그리스의 수학자

BC 624

탈레스

(BC 624~BC 546?)

그리스의 철학자. 최초의 과학자. 근본적인 기하 원리 발견.

BC 580

피타고라스

(?BC 580~?BC 500)

그리스의 철학자·수학자·종교가. '피타고라스의 정리'를 발견해 과학적 사고를 구축하는 데 큰 구실을 함.

BC 495

제논

(?BC 495~?BC 430)

그리스의 수학자·철학자. 변증법의 창시자.

BC 428

플라톤

(?BC 428~?BC 347)

그리스의 철학자. 소크라테스의 제자. '아카데미'를 열어 인재 양성.

BC 384

아리스토텔레스

(BC 384~BC 322)

그리스의 철학자. 플라톤의 제자. 연역법을 체계화해 논리학을 발전시킴. $\sqrt{2}$가 무리수임을 증명.

BC 330

유클리드

(BC 330~BC 275)

그리스의 수학자. 기하학의 창시자. 《기하학 원론》을 써서 '유클리드 기하학'의 체계를 세움.

BC 287

아르키메데스

(?BC 287~BC 212)

그리스의 수학자·물리학자. 원과 구에 관한 연구. 지레의 원리, 아르키메데스의 원리 등 발견. '유레카'라는 외침으로 유명함.

BC 276

에라토스테네스

(?BC 276~?BC 194)

그리스의 수학자·천문학자·지리학자. 최초로 지구 둘레의 길이 측정. '에라토스테네스의 체' 고안.

BC 262

아폴로니우스

(?BC 262~?BC 190)

그리스의 수학자. 포물선·타원·쌍곡선 등의 용어 소개.

246

디오판토스

(?246~?330)

그리스 알렉산드리아의 수학자. 대수학의 아버지. 수학에 최초로 문자 도입.

?

프톨레마이오스

(?~?)

그리스의 천문학자·지리학자. 천동설의 완성자. 삼각법을 이용해 태양계의 행성 연구.

중국·인도·아라비아의 수학자

78

장형

(張衡, 78~139)

중국 후한의 문인·과학자. 천문·역학의 대가.
'혼천의'와 지진을 예보하는 '후풍지동의' 발명.

429

조충지

(祖冲之, 429~500)

중국 남북조 시대의 수학자·역학자. '대명력'을 만들었으며,
원주율 355/113를 발견함.

476

아리아바타

(476~550)

인도의 수학자·천문학자. 인도 최고의 천문학 및 수학 책인
《아르야바티야》를 지음. 정수해를 갖는 부정 방정식 풀이법 제시.

780

알콰리즈미

(무하마드 이븐무사 알콰리즈미, 780~850)

페르시아계 수학자·천문학자·지리학자. 2차 방정식의 해를 기하학을
이용해서 구함. '알고리즘'이라는 용어는 이 사람의 이름에서 유래.

1114

바스카라

(1114~1185?)

인도의 수학자·천문학자. '피타고라스 정리'에 대한 다양한 증명법 제시.

유럽의 수학자

1170

피보나치

(레오나르도 피보나치, 1170~?1250)

이탈리아의 수학자. 유럽에 아라비아의 수 체계와 대수학 소개.

'피보나치 수열'.

1445

파치올리

(루카 파치올리, ?1445~?1510)

이탈리아의 수학자. 산술·대수·삼각법에 관한 모든 지식을 종합한 《산술집성》을 씀.

1452

레오나르도 다빈치

(1452~1519)

이탈리아의 천재 수학자·화가·건축가·조각가.

벽화 〈최후의 만찬〉에서 원근법을 이용한 투시도법을 처음 사용해 3차원 공간을 평면에 표시할 수 있게 됨.

1501

카르다노

(지롤라모 카르다노, 1501~1576)

이탈리아의 수학자·의사·철학자. 확률론의 창시자.

3차 및 4차 방정식의 이론 개척.

1510

레코드

(로버트 레코드, ?1510~1558)

영국의 수학자·의사.

《제예(諸藝)의 기초》에서 '+', '－', '＝' 등의 기호 처음 사용.

1537 

클라비우스

(크리스토퍼 클라비우스, 1537~1612)
독일 출신의 수학자. 소수점을 처음 사용.

1540 

비에타

(프랑수아 비에타, 1540~1603)
프랑스의 수학자. 미지수를 알파벳 문자로 나타낸 최초의 수학자. 대수학에 기여.

1540 

루돌프

(루돌프 반 쾰렌, 1540~1610)
독일에서 태어난 네덜란드 수학자. 아르키메데스의 방법으로 원주율(π)을 35자리까지 계산('루돌프 수'). '제곱근 기호' 도입.

1548 

스테빈

(시몬 스테빈, 1548~1620)
네덜란드의 수학자·물리학자. 소수의 계산법 보급. '힘의 평행사변형의 법칙' 발견.

1550 

네이피어

(존 네이피어, 1550~1617)
영국의 수학자. 로그(log) 발명. 소수 기호 도입.

1560 

해리엇

(토머스 해리엇, 1560~1621)

영국의 수학자 · 천문학자. 부등호(>, <) 처음 사용.
인수분해를 이용해 방정식 연구.

1564 

갈릴레이

(갈릴레오 갈릴레이, 1564~1642)

이탈리아의 물리학자 · 천문학자 · 철학자. 망원경 제작. 목성의 위성, 토성의 띠, 달 표면의 요철, 태양의 흑점 등 발견.

1571 

케플러

(요하네스 케플러, 1571~1630)

독일의 천문학자. 근대 과학 발전의 선구자.
혹성 운동에 관한 '케플러의 법칙' 발견.

1596 

데카르트

(르네 데카르트, 1596~1650)

프랑스의 수학자 · 철학자. 근대 철학의 아버지. 해석 기하학의 창시자('데카르트 좌표계'). '나는 생각한다. 고로 존재한다.'라는 명제를 철학의 기초로 삼음.

1598 

카발리에리

(프란체스코 카발리에리, 1598~1647)

이탈리아의 수학자. '카발리에리의 정리'라는 불가분량(不可分量)의 방법 창시. 근대 미적분학의 기초를 세움.

1601 

페르마

(피에르 페르마, 1601~1665)

프랑스의 변호사·수학자. 근대의 정수 이론 및 확률론의 창시자.
'페르마의 정리'.

1623 

파스칼

(블레즈 파스칼, 1623~1662)

프랑스의 사상가·수학자·물리학자. 현대 실존주의의 선구자.
계산기 발명. '파스칼의 원리' 발견.

1630 

배로

(아이작 배로, 1630~1677)

영국의 수학자 ·신학자. 뉴턴의 스승. 미적분학의 기초를 닦음.

1642 

뉴턴

(아이작 뉴턴, 1642~1727)

영국의 물리학자·천문학자·수학자. '만유인력'의 원리 확립. 미분 발견.
'함수'라는 용어 처음 사용. 반사 망원경 제작. 빛의 입자설 주장.

1646 

라이프니츠

(고트프리트 라이프니츠, 1646~1716)

독일의 수학자·물리학자·철학자·신학자. 미적분학의 창시자.
적분 기호 사용. 함수의 개념 확립. 이진법 연구.

1667 

베르누이

(요한 베르누이, 1667~1748)

스위스의 수학자. 미적분학, 미분 방정식, 최속 강하선 등에서 큰 업적을 쌓음.

1690 

골드바흐

(크리스티안 골드바흐, 1690~1764)

독일의 수학자. 정수론, 곡선 이론, 무한급수, 미분 방정식의 적분에 공헌. '골드바흐의 추측'.

1707 

오일러

(레온하르트 오일러, 1707~1783)

스위스의 수학자·물리학자. 미적분학을 발전시켜 변분학 창시. 해석학의 체계를 세움. 터빈 이론 정립. '오일러의 공식'.

1717 

달랑베르

(장 르 롱 달랑베르, 1717~1783)

프랑스의 수학자·물리학자·철학자. 적분학, 유체 역학 연구. 철학자인 디드로와 함께《백과전서》편찬.

1736 

라그랑주

(조제프 루이 라그랑주, 1736~1813)

이탈리아 출신의 프랑스 수학자·천문학자. 변분법 창시. 정수론·미분 방정식론·타원 함수론·불변식론 등에 관해 연구. '라그랑주의 정리'.

1749 

라플라스

(피에르 시몽 라플라스, 1749~1827)

프랑스의 수학자·천문학자. 우주 진화론의 선구자. '라플라스 변환'. '라플라스 방정식'.

1768 

푸리에

(장 밥티스트 조제프 푸리에, 1768~1830)

프랑스의 물리학자·수학자. 열전도 연구. '푸리에 급수'를 발표해 근대 편미분 방정식의 기초를 세움. '온실 효과'라는 개념 창안.

1777 

가우스

(카를 프리드리히 가우스, 1777~1855)

독일의 수학자·물리학자·천문학자. 대수학의 기본 원리 증명. 타원 함수 발견. 정수론, 최소 자승법, 곡면론, 급수론, 복소수 함수론 등 연구.

1802 

아벨

(닐스 헨리크 아벨, 1802~1829)

노르웨이의 수학자. 타원 함수론·아벨 적분론 등 발표. '아벨의 정리'. '아벨 방정식'.

1804 

야코비

(카를 야코비, 1804~1851)

독일의 수학자. 삼각 함수에 기초를 둔 타원 함수론 개척.

1805 

디리클레

(페터 구스타프 르죈 디리클레, 1805~1859)

독일의 수학자. 정수론·급수론·수리물리학 등 수론(數論) 분야에서 큰 업적을 남김. '디리클레의 정리'.

1811 

갈루아

(에바리스트 갈루아, 1811~1832)

프랑스의 수학자. 군(群) 개념 도입. '갈루아 이론' 창안.

1815 

불

(조지 불, 1815~1864)

영국의 수학자·논리학자. '불 대수(Boole 代數)' 완성. 기호 논리학 창시.

1826 

리만

(게오르크 프리드리히 베른하르트 리만, 1826~1866)

독일의 수학자. 함수론과 '리만 기하학'의 기초를 세움. '리만의 가설'.

1831 

데데킨트

(리하르트 데데킨트, 1831~1916)

독일의 수학자. 해석학과 대수적 정수론의 기초를 세움.

1845 

칸토어

(게오르크 칸토어, 1845~1918)

독일의 수학자. 무한 개념을 도입한 집합론의 창시자.

1854 

푸앵카레

(앙리 푸앵카레, 1854~1912)

프랑스의 수학자·물리학자·천문학자. 카오스(혼돈) 이론의 기초 마련. '푸앵카레의 추측'. 수론·함수론·미분 방정식론과 상대성 이론·양자론 등 연구.

1858 

페아노

(주세페 페아노, 1858~1932)

이탈리아의 수학자·논리학자. 자연수론의 공리화 시도. 공리적 집합론, 기하학 기초론, 미분 방정식론 개척. 평면 위의 모든 점을 통하는 '페아노 곡선' 구성. '페아노 공리'.

1861 

화이트헤드

(알프레드 노스 화이트헤드, 1861~1947)

영국의 철학자·수학자. 기호 논리학 확립. 러셀과 공동으로 《수학의 원리》 집필. 유기체론에 바탕을 둔 독창적인 형이상학 수립.

1862 

힐베르트

(데이비드 힐베르트, 1862~1943)

독일의 수학자. 수학 기초론의 공리주의 제창. 함수 해석학의 기초 닦음. '힐베르트 공간'. '힐베르트의 문제'.

1865 

아다마르

(자크 아다마르, 1865~1963)
프랑스의 수학자. 함수 해석학의 창시자. '소수 정리' 증명.

1872 

러셀

(버트런드 러셀, 1872~1970)
영국의 철학자·수학자·사회평론가. 수리 철학, 기호 논리학을 집대성해 분석 철학의 기초를 쌓음.

1877 

하디

(고드프리 해럴드 하디, 1877~1947)
영국의 수학자. 해석적 정수론에 큰 업적을 남김.

1885 

리틀우드

(존 이든저 리틀우드, 1885~1977)
영국의 수학자. 리만의 제타 함수를 비롯한 함수 이론과 수(數) 이론 분야에서 하디와 공동 연구로 유명함.

1887 

라마누잔

(스리니바사 라마누잔, 1887~1920)
인도의 수학자. 분배함수의 성질에 관한 연구를 포함해 정수론에 크게 이바지함. 오일러, 야코비 이래로 가장 천재적인 수학자로 꼽힘.

1906 

괴델

(쿠르트 괴델, 1906~1978)

오스트리아 출신의 미국 수학자·논리학자. 괴델의 정리와 불완전성의 정리를 발표해 논리학 및 수학 기초론에 큰 영향을 미침. '괴델의 불완전성 정리'.

1906 

베유

(앙드레 베유, 1906~1998)

프랑스의 수학자. 대수학, 정수론, 군론(群論), 대수기하학 등에서 선구적인 업적을 남김. 1930년대부터 현재의 수학계에 커다란 영향을 끼치는 수학자 집단 '부르바키' 조직.

1912 

튜링

(앨런 튜링, 1912~1954)

영국의 수학자·논리학자. 컴퓨터의 시조. 컴퓨터 과학의 아버지. '튜링 머신'을 고안해 계산기의 수학적 모델 제공.

수학의 천재인 페트로스 삼촌은 지난 2세기 동안 풀리지 않던 수학적 추측을 풀기 위해 거기에 미친 듯이 매달린다. 수학을 좋아하면서도 모호한 태도를 취하는 조카의 예리한 관찰을 통해서 페트로스는 재미있고 다정다감하며 매력적인 인물로 독자의 가슴에 다가온다. 읽는 이를 단박에 사로잡는 소설이다.

– 올리버 색스Oliver Sacks(수학 박사)

훌륭하게 써진 대단히 매력적인 수학적 탐정 소설. 작가는 이 소설을 통해 수학 연구의 참다운 정신이 무엇인가를 보여 준다.

– 마이클 아티야Michael Atiyah(1966년 필즈 메달 · 2004년 아벨상 수상자)

재능 있는 젊은 수학자의 매혹적인 초상화.

– 켄 리벳Ken Ribet(버클리 캘리포니아 대학 교수)

페트로스 삼촌은 불변의 진리와 형언할 수 없는 아름다움이 있는 수학적 사고의 초현실적인 세계로 독자들을 인도한다.

– 드미트리오스 크리스토도울루Demetrios Christodoulou(프린스턴 대학 교수)

흥미진진한 모험담을 읽는 것 같다. 작가는 신비롭고 난해하며 심오한 수학의 세계에 문학을 가미함으로써 훌륭한 소설을 창조해 냈다.

– 렉시스Lexis

독시아디스는 수학과 소설이라는 두 마리 토끼를 한꺼번에 잡았다. 그는 이 소설을 통해 순수한 수학의 정신을 보여 주었다. 과연 무엇이 수학자들로 하여금 엉뚱해 보이는 문제에 심취하게 하며 끝장을 볼 때까지 그것에만 매달리게 만드는 것일까? 니콜라스 코페르니쿠스의 말을 빌리자면, 그에 대한 대답은 "책을 사서 읽고 즐기라."는 것이다.

– 미국 수학협회

이 작품은 순수 수학과 흥미진진한 소설은 양립할 수 없다는 이제까지의 통념을 철저히 깨뜨린 것으로, 사이언스 픽션이 등장한 이후 수학 소설의 진수를 보여 준 훌륭한 예다.

– 〈인디펜던트The Independent〉

순수 수학은 매우 난해하기 때문에 감히 어느 누구도 그것을 소설로 쓰려 하지 않았다. 적어도 아포스톨로스 독시아디스가 이 책을 들고 우리 앞에 나타나기 전까지는 그랬다. 그의 소설은 간결하고 명쾌하다. 수학에 문외한인 일반 독자들도 그의 이 역작을 통해 지금까지 폐쇄적인 세계로 알려졌던 순수 수학에 보다 쉽게 접근할 수 있을 것이다.

– 〈옵저버The Observer〉

이 책을 출간한 출판사에서는 '골드바흐의 추측'을 증명한 사람에게 100만 달러를 주겠다고 약속했다. 물론 정평 있는 수학 잡지에 2004년까지 증명이 실리는 것을 전제 조건으로 달고 있지만. 이미 고인이 된 위대한 정수론자 폴 에르되시Paul Erdos 역시 수학 문제를 놓고 상금을 걸곤 했다.
하지만 그는 상금을 내놓을 필요가 거의 없었다. 출판사 측은 상금으로 인한 재정적인 위험 부담을 걱정하기보다는 잘못된 증명들로 가득한 서류 더미들이 출판사로 빗발치듯 쏟아져 들어올 것에 대비해야 할지도 모른다.

- ABC News

100만 달러를 상금으로 받는다는 것은 결코 쉽지 않지만, 생각만 해도 가슴 두근거리는 일임에 틀림없다. 악명 높은 수학의 난제를 2년 안에 풀면 당신은 백만장자가 되는 것이다. 현재 '골드바흐의 추측'을 풀어낼 수 있는 사람은 세계적으로 스무 명쯤 되는 것으로 추정된다. 화제의 소설을 출간한 훼이버사는 이번 행사가 출판계의 역사상 가장 멋진 사건으로 기록되기를 기대하고 있다.

- 〈타임스The Times〉

그가 미친 단 하나의 문제,
골드바흐의 추측

비행청소년
04

초판 1쇄 발행 2014년 11월 20일
초판 3쇄 발행 2016년 2월 15일

지은이 아포스톨로스 독시아디스 옮긴이 정회성
펴낸이 홍석 전무 김명희
책임편집 김재실 편집진행 최양순 디자인 김명희
마케팅 홍성우 · 이가은 · 김정혜 · 김화영 관리 최우리

펴낸 곳 도서출판 풀빛 등록 1979년 3월 6일 제8-24호
주소 120-818 서울특별시 서대문구 북아현로 11가길 12 3층
전화 02-363-5995(영업), 02-362-8900(편집) 팩스 02-393-3858
홈페이지 www.pulbit.co.kr 전자우편 inmun@pulbit.co.kr

ISBN 978-89-7474-758-9 44840
ISBN 978-89-7474-760-2 44080(세트)

책값은 뒤표지에 표시되어 있습니다.
이 책의 국립중앙도서관 출판시도서목록(CIP)은 서지정보유통지원시스템 홈페이지(seoji.nl.go.kr)와
국가자료공동목록시스템(www.nl.go.kr/kolisnet)에서 이용하실 수 있습니다.
(CIP제어번호 : CIP2014031634)